Roland Lang

MORD IM HIRSCH

Ein Schwarzwaldkrimi

G. Braun Buchverlag

I

Frau Hummel, die Sprechstundenhilfe, schaute den Kommissar mit ihren hellblauen Augen fragend an. Reiche betastete vorsichtig seine Backe. Es fühlte sich an, als habe er einen kleinen Sandsack im Mund. Er starrte die Frau an, ohne zu begreifen, was sie wollte.

»Der nächste Termin …« Frau Hummel legte ihre Hände auf die Tastatur des Computers. Sie hatte weiß lackierte und quadratisch modellierte Fingernägel, die weit über die Fingerspitzen hinaus ragten. »Wann geht es bei Ihnen?«

Reiche biss auf die dicke Kompresse, die den Krater in seinem Kiefer abdeckte, und die er auf Anweisung des Doktors die nächsten Stunden im Mund behalten sollte.

»Herr Reiche?« Frau Hummel fixierte ihn besorgt. »Ist alles in Ordnung?«

Nichts war in Ordnung. Er war eineinhalb Stunden gefoltert worden. Dr. Winterhalter hatte ihm einen Backenzahn gezogen. Das war aber erst gelungen, nachdem er den Brocken in drei Teile zersägt hatte. Und auch dann noch war das Herausbrechen der einzelnen Stücke mühsam. Einmal murmelte der Doktor hinter seinem verrutschten Mundschutz »Das gibt's doch nicht …« Der Schweiß stand ihm auf der Stirn, während sich Reiche mit tränenden Augen, den Mund voller Tampons, gegen das Knirschen und Ziehen in seinem Kopf stemmte. Nach der Prozedur sah es auf der Ablagefläche unter der Leuchte aus, als sei ein Kleintier geschlachtet worden.

»Bigge?« Reiche starrte gebannt auf Frau Hummels lange, gebräunte Finger und überlegte, ob die weißen Nägel vielleicht aufgeklebt waren. Er wusste, so etwas gab es. Ob man

5

sie wohl beim Kartoffelschälen abnehmen konnte? Oder schälten Frauen, die so lange Nägel hatten, keine Kartoffeln?

»Chälen Chie Kartoffeln?«, nuschelte Reiche.

Frau Hummel verstand nicht. »Kartoffeln?« Sie schüttelte den Kopf. »Sie wissen, dass Sie bis heute Abend nichts essen dürfen!« Sie wandte sich wieder ihrem Bildschirm zu. »Kommenden Donnerstag, elf Uhr, passt es Ihnen da?«

Der Kommissar nickte. »Eff Uh.«

Frau Hummel lächelte. Ihre langen Finger huschten über die Tasten. Sie gab das Datum in den Terminplaner ein. Dann notierte sie es noch auf einem kleinen Block und riss das Blatt ab. »Hier.«

Der Kommissar stopfte den Zettel in seine Hosentasche.

»Ah, eh ich's vergesse – da hat vor einer Stunde ein Herr Barden eine Nachricht für Sie hinterlassen. Sie möchten ihn gleich anrufen.«

Reiche ging zur Garderobe und holte sein Handy aus der Jacke. Er schaltete es ein und tippte die Nummer seines Kollegen.

Reiche kannte das Hotel. Er erinnerte sich, dass er in dem Haus sogar einmal übernachtet hatte. Er war auf dem Weg zu seinem Vater gewesen und hatte unfreiwillig Station machen müssen, weil ein plötzlicher Wintereinbruch die Straßen an diesem Abend unpassierbar machte. Der »Hirsch«, harmonisch eingebettet in die Landschaft, lag auf halbem Weg nach Auerswies. Nach Baden-Baden und zur B 500 war es nicht weit.

Jetzt war die Zufahrt zum Hotel abgesperrt. Reiche zeigte seinen Ausweis und der Polizeimeister hob das rot-weiße Absperrband und ließ ihn durchfahren. Das ganze Anwesen mochte früher ein Hofgut gewesen sein, denn zum Gasthaus gehörten noch andere Gebäude, ein Wohnhaus, eine sanierte Scheune und Stallungen, die jetzt Garagen waren. Auf dem weitläufigen Parkplatz standen nur wenige Fahrzeuge. Reiche erkannte den alten VW-Bus der Spurensicherung.

Er zog seine Jacke aus und legte sie sich über den Arm. Es war heiß geworden, die Sonne brannte aus einem wolkenlosen Himmel. Kommissar von Barden winkte ihm. Er stand neben einem blauen, schlammverspritzten Geländewagen, der eben abfuhr. Als der Kommissar auf seinen Kollegen zuging, wunderte er sich wieder einmal, wie jugendlich von Barden aussah, obwohl er doch immerhin schon dreißig war.

Dass sein Kollege »ein Adliger« war, – niederer Landadel, hatte von Barden einmal bemerkt – daran hatte sich der Kommissar gewöhnt. Es spielte keine Rolle mehr, zumal sich Martin Alexander Christian Freiherr von Barden am Telefon schlicht mit Barden meldete und auch sonst nie Gebrauch machte von seinem herrschaftlichen Namen.

Freilich war Reiche seinem Kollegen anfangs mit einer gewissen Skepsis begegnet. Unter einem Adligen hatte er sich nur einen Snob vorstellen können. Von Barden war keiner. Doch erinnerte er mit seinem schmalen Kopf, dem wellig braunen Haar und der markanten Nase den Kommissar an einen englischen Kollegen, den er einmal gekannt hatte. Etwas »Englisches« war auch in ihrem Verhältnis: eine wohltuende Distanz, ein freundlicher Respekt, die Gewissheit, sich aufeinander verlassen zu können. Dazu passte, dass es eine ganze Weile gedauert hatte, ehe sie vom Sie zum Du übergegangen waren.

Während von Barden eindeutig edle Stoffe bevorzugte – ungeachtet der Hitze trug er auch heute einen seiner teuren Tweed-Sakkos – pflegte Hauptkommissar Reiche einen eher lässigen Kleidungsstil: Zu seinen alten Jeans trug er eine ausgewaschene Windjacke. Seine Vorliebe für karierte Hemden war bekannt. War Martin von Barden ein eher schlanker, feingliedriger Typ, sah man Paul Reiche seine bäuerliche Herkunft an: Er war groß, breitschultrig, mit einem starken Kinn und kräftigen Händen. Obwohl er gerade mal zweiundvierzig Jahre alt war, begann sich sein Haar bereits zu lichten. Von Barden nahm die Sonnenbrille ab und schaute seinem Vorgesetzten prüfend ins Gesicht. Mit dem Finger deutete er auf seine eigene Backe. »Schmerzen?«

Reiche schüttelte den Kopf. »Taub.«

»Der Notarzt«, sagte von Barden und sah dem Wagen nach, der vom Parkplatz fuhr. »Er hat den Totenschein schon ausgefüllt.« Er zog seinen kleinen Spiralblock aus der Tasche und blätterte. »Der Mann wurde erstochen. Er hieß Georg Schradi. Stammt hier aus der Gegend, wohnt aber seit drei Jahren in Spanien. Das Zimmermädchen fand ihn heute Morgen. Es muss aber schon gestern Abend passiert sein. Die Spurensicherung ist noch an der Arbeit.«

Auf dem Weg zum Haupteingang fragte Reiche: »Ist der Staatsanwalt informiert?«

Von Barden nickte. »Staatsanwalt Geiger fragte, ob das Opfer irgendwie bekannt sei. ›Jemand Prominentes?‹ fragte er. Ich konnte ihn beruhigen.« Von Bardens linke Augenbraue zuckte nach oben. Dieses plötzliche Hochziehen der Augenbraue – nur der linken – konnte alles mögliche bedeuten: einen ironischen Kommentar ebenso wie Erstaunen, Zweifel, Beifall, Missbilligung … Es war ein Tick, der zu von Bardens Mimik gehörte wie sein jungenhaftes Lachen.

Reiche stellte fest, dass das Hotel seit seinem letzten Besuch renoviert worden war – als gehobener, anspruchsvoller Landgasthof mit viel rohem Holz und Bauernmalerei; und einem großen Kachelofen mit breiter Sitzbank im Foyer.

Die junge Dame an der Rezeption war trotz der Ereignisse

um Haltung bemüht. Sie tat, als sei dies ein Tag wie jeder andere, doch ihr Gesicht war bleich und ihre Augen hinter der modischen Brille schauten verstört. Sie trug ein kleines Schild am Revers. *Sie sprechen mit Frau Stöckle.*

»Herr Kohlmeier erwartet Sie«, sagte Frau Stöckle mit belegter Stimme. Sie drehte nervös den Kopf in Richtung Gang, wo eine bunt bemalte Bauerntruhe stand.

Im ganzen unteren Stockwerk war niemand zu sehen. Es gab keine Geräusche, keine Stimmen, nichts. Reiche warf einen Blick in den Restaurantbereich, der merkwürdig verlassen wirkte. Neben der Garderobe stand ein bis obenhin gefüllter Abfallsack. An der breiten Seite des Raumes befand sich der Tresen, darüber eine Gondel mit umgestülpten Gläsern. Über den Tischen hingen mit rot-weiß-kariertem Stoff bespannte Lampen. Nur ein monströser Staubsauger erinnerte daran, dass hier bis vor kurzem Menschen tätig gewesen waren. Reiche kam es vor, als sei das Hotel in einer Art Dornröschenschlaf erstarrt. Wo waren die Angestellten?

Das Vorzimmer war nicht besetzt, die Tür zum Büro des Direktors stand offen. Siegfried Kohlmeier kam hinter seinem Schreibtisch hervor. Er war mittelgroß und breitschultrig. Zu seinem Janker mit Stehkragen und Hirschhornknöpfen trug er eine schmale, dunkelgrüne Krawatte. Reiche stellte sich vor und bemerkte erleichtert, dass seine Stimme wieder völlig normal klang.

Kohlmeiers Büro war ganz im rustikalen Stil gehalten. An den Wänden hingen große, in Öl gemalte Schwarzwaldlandschaften. Der Fußboden war mit dicken Teppichen belegt. Durch die halb zugezogenen Vorhänge sah man hinaus auf den Vorplatz des Hotels. Kohlmeier machte eine einladende Geste zur Sitzecke hin: auf dem niederen Tisch standen zwei Flaschen Wasser und Gläser.

Die Männer setzten sich. Von Barden holte seinen Block aus der Tasche. »Möchten Sie?« Der Direktor griff nach der Wasserflasche. Und als die Männer nicht gleich antworteten: »Oder hätten Sie lieber einen Kaffee?«

»Wasser ist gut«, murmelte Reiche. Er betastete mit der Zunge die aufgeweichte Einlage in seiner Zahnlücke. Die Betäubung klang ab. Alle schauten aufmerksam auf das in die Gläser sprudelnde Wasser, als sei es ein wissenschaftliches Experiment. Für einen Moment herrschte Schweigen.

»Unbegreiflich«, sagte Kohlmeier. »Ich kann Ihnen gar nicht sagen …« Er brach ab und schüttelte vor sich hinstarrend den Kopf.

Reiche wies mit dem Kinn in Richtung des Vorzimmers. »Ihre Sekretärin hat heute frei …?«

»Wie?« Der Direktor verstand nicht gleich. Er folgte dem Blick des Kommissars. »Nein. Da arbeitet meine Frau. Ich führe mit ihr das Hotel.«

»Ist Ihre Frau im Haus?«

»Sie holt unseren Sohn von der Schule ab.«

Ein breiter Sonnenstreifen fiel in den Raum und ließ die roten Blumenornamente des Teppichs aufleuchten. Draußen kam das gleichmäßige Klopfen eines Diesels näher. Gleich darauf glitt der schwarze Schatten des Leichenwagens langsam am Fenster vorbei.

Reiche räusperte sich. »Wie viel Gäste sind noch im Haus?«

»Keine.«

»Sind schon alle weg?«

»Wir hatten gestern eine Hochzeit – geschlossene Gesellschaft. Es hat nur ein älteres Ehepaar bei uns übernachtet. Die sind heute sehr früh abgereist. Aber ich habe ihre Adresse.«

»*Einen* weiteren Übernachtungsgast hatten sie ja wohl noch«, bemerkte von Barden und seine Braue zuckte.

»Ja.« Der Direktor, auf eine verkrampfte Weise aufrecht sitzend, knetete seine Hände.

»Sie kannten den Toten?«, fragte Reiche.

Kohlmeier zögerte. Dann nickte er. »Wir stammen beide aus dem selben Dorf. Lohrbach.«

»Die Familie von Herrn Schradi lebt noch dort?«

»Der Bruder. Sein Vater ist vor zwei Wochen gestorben.«

»Moment … Sein Bruder wohnt im nächsten Dorf und er übernachtet hier im Hotel?«

»Ja.« Herr Kohlmeier betastete mit beiden Händen seine Schläfen und umkreiste sie mit den Fingerspitzen. Reiche fragte nicht weiter, ganz so, als sei das Gehörte nicht interessant genug.

Von Barden schaute auf seinen Notizblock. »Wusste jemand von der Hochzeitsgesellschaft, dass Sie noch einen anderen Gast hatten?«

»Da kümmerte sich niemand drum.«

»War Herr Schradi unten bei der Feier, kannte er da jemand?«

»Soviel ich weiß, war er immer auf seinem Zimmer.«

»Das Brautpaar – waren das Leute aus ihrem Dorf?«

Herr Kohlmeier schüttelte den Kopf. »Die kamen aus Baden-Baden.«

»Wir brauchen eine Liste von allen Gästen, die gestern im Hotel waren.«

»Ich kenne nur den Namen des Brautpaars und der Brauteltern.« Herr Kohlmeier zupfte nervös an seinen Manschetten.

»Die werden uns sagen, wen sie alles eingeladen haben.«

»Mein Gott …!« Kohlmeier hob die Hände. »Die wissen doch bis jetzt noch gar nicht, was passiert ist!«

»Sie werden es erfahren«, bemerkte Reiche ungerührt. Er stand auf und sah sich im Raum um. Kohlmeiers Schreibtisch war penibel aufgeräumt. Neben Laptop und Telefonanlage nahm eine lederne Schreibunterlage den meisten Platz ein. Nur ein Acrylwürfel mit Fotografien fiel etwas aus dem Rahmen. Von den Bildern, die Reiche sehen konnte, zeigte das eine eine junge Frau mit einem Buben und das andere Kohlmeier in Motorradkluft neben einer schweren Maschine. Auf einem Papierstoß am Rande des Tisches stand ein kleiner silberner Hirsch als Briefbeschwerer.

Reiche griff sich an die Backe. In seinem Mund begann es zu klopfen. »Sie fahren Motorrad?«

»Nicht mehr. Ich hab die Maschine verkauft.«

Der Kommissar kam an den Tisch zurück und setzte sich. »Georg Schradi hat also nicht in seinem Elternhaus übernachtet, sondern bei Ihnen im Hotel. Haben Sie eine Ahnung, warum?«

Kohlmeier trank einen Schluck Wasser, bevor er antwortete. »Easy – ich meine Georg – und sein Bruder sind ...« Er korrigierte sich. »... waren zerstritten. Georg ist vor drei Jahren, gleich nach dem Tod seiner Mutter, von zu Hause weg. Es gab damals einen großen Krach.«

»Um was ging es?«

»Um die Säge.«

»Was für eine Säge?«

»Die Schradi-Säge.« Offenbar kannte sich Kohlmeier in der Schradischen Familiengeschichte aus. Reiche wunderte das nicht. Er kam selbst aus einem Dorf, in dem jeder über jeden Bescheid wusste.

»Simon – das ist der Bruder – und sein Vater haben die Säge neben der Landwirtschaft betrieben. Georg hat sich immer geweigert, mitzuhelfen.«

»Warum?«

»Er fand, es lohne sich nicht. Die Säge sei veraltet und habe keine Zukunft. Er war dafür, sie so schnell wie möglich aufzugeben. Er hat, was die Säge anging, keinen Handstreich getan. Abgesehen davon …«

»Ja …?«

»Na ja ….« Kohlmeier hob die Schultern. »Easy hatte die Arbeit nicht erfunden. Er war mehr mit seinen Weibergeschichten beschäftigt. Die Mädchen flogen auf ihn.«

Von Barden kritzelte in seinen Block, jetzt hob er den Kopf. »Hatte er deswegen Streit mit anderen Männern?«

Kohlmeier zuckte mit den Schultern. »Irgendwann kam er allen ins Gehege.«

»Ihnen auch?«

Kohlmeier räusperte sich. »Nein.«

»Easy war sein Spitzname?«

Kohlmeier verzog spöttisch den Mund. »Das war sein Lieblingsspruch: Is doch easy. Für ihn war alles ›easy‹.«

Kohlmeier, der am Anfang des Gesprächs nervös und befangen gewirkt hatte, wurde zusehends ruhiger. Es schien fast, als würde er gern über Georg Schradi reden.

Reiche schaltete sich ein. »Die Mutter lebt nicht mehr, sagten Sie. Und der Vater ist vor zwei Wochen gestorben?«

»Ja. Deswegen ist Georg auch wieder aufgetaucht.«

»Aber die Beerdigung war doch sicher schon.«

»Natürlich. Aber er legte wahrscheinlich keinen Wert darauf, dabei zu sein.«

Es trat eine kleine Pause ein. Kommissar Reiche schaute Siegfried Kohlmeier einen Moment aufmerksam ins Gesicht.

»Waren Sie und Georg Schradi befreundet?«

Kohlmeier nickte. »Am Anfang schon.«

»Was meinen Sie mit ›am Anfang‹?«

»Wir waren als Jugendliche in einer Clique.« Er fügte hinzu: »Motorräder.«

»Und dann – später?«

Kohlmeier zögerte. »Easy … Georg hat jeden gelinkt.«

»Inwiefern?«

»Er schuldet mir Geld.«

»Wie viel?«

»Zehntausend Euro.«

»Und – haben Sie das Geld bekommen?«

Kohlmeier lachte auf und schüttelte den Kopf, als wolle er sagen, wie kann man nur so fragen. »Nein.«

»Wann haben Sie ihm das Geld gegeben?«

»Vor drei Jahren. Bevor er fuhr.«

»Sie hatten soviel übrig?«

»Ich hatte ein bisschen was geerbt.«

»Sie haben ihm das Geld gegeben, obwohl Sie wussten, dass er … ein unsicherer Kantonist ist.«

»Ja.« Das klang trotzig.

»Haben Sie ihn in den vergangenen Jahren gemahnt?«

»Ich hatte keinen Kontakt zu ihm. Er ist nach Spanien. Mehr wusste ich nicht. Er hat sich in all den Jahren nicht bei mir gemeldet.«

»Sie hatten das Geld abgeschrieben?«

»Mehr oder weniger.«

»Und jetzt, als er kam, haben Sie ihn auf seine Schulden angesprochen?«

»Natürlich.«

»Und?«

»Du kriegst deine paar Kröten schon«, hat er gesagt. »Ich erb ja jetzt.«

Mit einer gewissen Schärfe fragte von Barden: »Haben Sie gestritten?«

Kohlmeier schüttelte langsam den Kopf, als versuche er sich zu erinnern. »Nein.«

»Wann ist Herr Schradi hier im Hotel angekommen?«

»Am Nachmittag. Gegen fünf, schätze ich.«

»Im eigenen Wagen?«

»Im Taxi.«

»Hatte er Besuch?«

Kohlmeier zuckte mit den Achseln. »Ich hatte mit der Hochzeitsgesellschaft alle Hände voll zu tun. Ich war auch nicht immer im Haus.«

»Haben Sie seinen Bruder angerufen und gesagt, was passiert ist?«

»Meine Frau hat bei den Schradis angerufen.«

»Stammt Ihre Frau auch aus Lohrbach?«

»Nein. Wir haben uns in Heidelberg kennengelernt.«

Reiche trank von seinem Wasser. Er bewegte es lange im Mund, bevor er es schluckte.

»Sind alle Ihre Angestellten, die heute ihren Dienst angetreten haben, noch im Haus?«

Kohlmeier blickte kurz zu von Barden. »Ihr Kollege hat gesagt, niemand darf das Haus verlassen.«

»Und das Dienstmädchen, das den Mann gefunden hat?«

Kohlmeier schaute zur Decke empor. »Ich hab sie auf ihr Zimmer geschickt. Sie war völlig fertig.«

Das Telefon läutete. Kohlmeier erhob sich und ging an seinen Schreibtisch. Während er zuhörte, hielt er den kleinen Hirsch in der Hand und betrachtete ihn. »Die Männer vom Bestattungsunternehmen sind da.«

»Sie sollen warten.«

Reiche erhob sich. »Wir gehen hoch. Ich möchte sehen, wie weit die Spurensicherung ist.« Er nickte Kohlmeier zu. »Wir haben später noch ein paar Fragen an Sie.«

2

Hauptkommissar Wiedfeld, der Leiter der Spurensicherung, war ein Baum von einem Mann: dazu rothaarig, hellhäutig, sommersprossig. Auf den ersten Blick wirkte er schwerfällig. Aber das täuschte. Trotz seiner Größe bewegte er sich leicht und behände. In seinen Wikingerhänden wirkten alle Gegenstände eine Nummer kleiner. Und doch waren diese Hände von erstaunlicher Geschicklichkeit. Reiche, der mit einssechsundachtzig und neunzig Kilo auch ein Brocken war, kam sich neben Wiedfeld geradezu schlank und rank vor.

Wiedfeld hatte mit der Videokamera (seinem elektronischen Notizbuch, wie er es nannte) neben dem Zimmer und seiner Umgebung auch das Hotel von außen aufgenommen. Und zuletzt – aus verschiedenen Perspektiven – das am Boden liegende Opfer.

Auch Reiche musste vom Haus mehr sehen als nur den Tatort. Deswegen benutzten er und von Barden die Treppen. Sie gingen von Stockwerk zu Stockwerk. In jeder Etage lief der Kommissar den Gang entlang, in dem sich die Hotelzimmer befanden. Die Fußböden waren mit karminroten Läufern ausgelegt und an den Wänden brannten Lämpchen mit gerüschten Schirmen.

Von Barden lief schweigend neben Reiche. Er wusste, dass der jetzt nicht angesprochen werden wollte. Als sie die Treppen zur dritten und letzten Etage hochstiegen, sagte Reiche: »Wir brauchen mehr Leute. Das Personal muss vernommen werden.«

Es musste jetzt möglichst viel auf einmal gemacht werden. Nach achtundvierzig Stunden waren die meisten Spuren kalt und das Gedächtnis der Zeugen wurde unscharf. Reiche wusste, bei einem Tötungsdelikt lag man am Anfang immer richtig, wenn man eher zu viel als zu wenig Spuren sammelte. Im letzten Stockwerk gab es nur zwei Hotelzimmer. Der Gang endete schon im ersten Drittel mit einem Glasabschluss. Langsam gingen der Kommissar und sein Begleiter auf die offene Tür zu. Zimmer 302. Die Kriminaltechniker arbeiteten geräuschlos, nur ab und zu fiel ein halblautes Wort. Reiche sah, dass auch die Tür des daneben liegenden Zimmers offen stand. Hier hatte sich die Spurensicherung etabliert mit Koffern, Kartons, Kabeln und Plastiktüten. Auf dem Tisch eine Menge Papiere.

Aus diesem Zimmer kam Wiedfeld. In dem weißen Einmalanzug sah er wie ein Chirurg aus. In der Rechten hielt er die Klarsichthülle mit dem blutverschmierten Messer. Er grüßte mit einem Kopfnicken und legte die Plastikhülle in einen Karton. Dann bedeutete er seinen Mitarbeitern, die dabei waren die Sitzflächen der zwei Stühle abzukleben, zur Seite zu treten, damit Reiche und von Barden einen Blick in den Raum werfen konnten.

Das Zimmer war einfach und zweckmäßig möbliert. Es gab einen separaten Abschluss mit Dusche und WC, ein Bett, eine Kommode, in der ein kleiner Kühlschrank untergebracht war, ein Fernsehgerät, einen Tisch, zwei Stühle und einen Natur belassenen ›Bauernschrank‹. Das große Doppelbett war unberührt: Schradi hatte nicht darin geschlafen. Vor dem ungeöffneten Schrank stand sein Rollkoffer, der Reißverschluss aufgezogen, über dem Stuhl hing Schradis Jackett.

Georg Schradi lag noch so, wie ihn der Arzt vorgefunden hatte. Der kräftige Körper war seitlich gelagert, leicht nach vorn gekrümmt. Obwohl der rechte Arm den Unterleib halb verdeckte, konnte Reiche den dunkel gewordenen Blutfleck auf dem weißen Hemd sehen. Blut war auch auf den Teppichboden geflossen.

Wieder einmal fiel Reiche auf, wie groß und eindrucksvoll ein lebloser Körper wirkte, als habe der Verstorbene im Tode an Masse zugenommen. Schweigen ging von ihm aus. Für einen Moment schauten die Männer auf den Toten, still und unbeweglich wie er.

»Und?«, fragte Reiche schließlich.

»Kampf hat wahrscheinlich keiner stattgefunden«, sagte Wiedfeld und blätterte in den Papieren auf seinem Klemmbrett. Bald nach seiner Ankunft habe sich Schradi etwas zu essen bestellt und es ist ihm auch gebracht worden: eine »Schwarzwälder Vesperplatte«, bestehend aus einem Stück Schinken und einer Scheibe Presssack. Zu dieser Platte gehörte neben Senf und saurer Gurke auch entsprechendes Besteck – eine Gabel und ein scharfes Messer. Mit dem sei er irgendwann im Laufe des Abends oder der Nacht erstochen worden.

»Also kein Suizid?«, fragte von Barden.

»Ziemlich sicher nicht.«

Wenn Reiche den Kollegen Wiedfeld, der kein Arzt war, aber über viel Erfahrung verfügte, richtig verstand, war nur einmal zugestoßen worden. Schradi habe es noch geschafft, das Messer herauszuziehen. Der Stich muss durch Zufall oder durch Absicht so geführt worden sein, dass der Tod in kürzester Zeit eintrat. Wiedfeld vermutete, dass er – rechnete man den Schock dazu – nicht einmal mehr rufen konnte, geschweige denn zum Telefon greifen. Letzte Klarheit werde jedoch erst die Obduktion bringen.

Auf eine Besonderheit machte Wiedfeld aufmerksam: im Aschenbecher lagen nicht nur zwei Kippen, es war darin auch ein Foto verbrannt worden. Allerdings war von dem Bild nichts übrig geblieben außer Asche.

Von Barden machte sich eine Notiz.

»Ist in seinen Papieren was Auffälliges?«, fragte Reiche.

Wiedfeld ging die Asservatenliste durch. Dann schüttelte er den Kopf. »Auf den ersten Blick nicht. Pass, Flugticket, Scheckkarte, etwa dreihundert Euro Bargeld. Nichts besonderes.«

»Ihr seid hier noch ne Weile beschäftigt?«

Wiedfeld nickte. »Wir haben noch einiges zu tun. Ich hab in der Gerichtsmedizin schon angerufen. Wir müssen auch noch die Fingerabdrücke von den Leuten im Haus nehmen.«

Reiche hob die Hand. »Gut. Wir sehen uns heute Abend.«

Reiche und von Barden traten am Ende des Ganges an den Glasabschluss. Die Zwischenwand war offenbar erst später eingezogen worden. Die Tür hatte nur einen Knopf, der sich nicht drehen ließ. Reiche klopfte mit dem Finger an die Scheibe. »Ich will wissen, wie's da weitergeht. Der Kohlmeier soll kommen.«

Er holte sein Handy aus der Tasche. »Ich red inzwischen mit dem Chef. Wir brauchen mindestens noch zwei Leute.«

Als von Barden schon am Treppenabsatz war, drehte er sich noch einmal zu Reiche um. »Solltest du nicht Staatsanwalt Geiger nochmal anrufen und sagen wie's aussieht?«

»Mach ich später, wenn wir hier fertig sind. Dann hab ich mehr zu erzählen.«

Bevor Reiche selbst wählen konnte, klingelte sein Handy.

»Reiche.«

»Ingrid.«

Reiche zuckte zusammen und ging automatisch in Abwehrposition: seine Schwester war am anderen Ende der Leitung.

»Ingrid, im Moment ist es schlecht, ich bin gerade in einer Ermittlung …«

Wie wenn sie das jemals gestört hätte! »Paul!« sagte Ingrid Merklin, mit dieser besonderen Betonung seines Namens, die Paul Reiche wieder in den zehn Jahre jüngeren »kleinen Bruder« verwandelte. »Frau Gabelsberger hat mich vorhin angerufen. Der Vater ist gestürzt – oder gegen irgendein Gerüst gelaufen, so genau wissen sie es nicht. Offenbar hat er eine böse Kopfverletzung.« Sie machte eine kleine Pause. »Du musst nach ihm sehen.«

»Aber ich kann jetzt nicht! Unmöglich!«

»Dein Vater ist am Verbluten und du kannst nicht zu ihm?« Das kam mit Schärfe.

Reiche lag auf der Zunge zu sagen: Wenn er am Verbluten ist, gehört er ins Krankenhaus. Aber diesen Satz getraute er sich nicht zu sagen. Er wich aus. »Hat man ihn denn nicht versorgt?«

»Versorgt! Versorgt!«, höhnte Ingrid. »Schau nach ihm, darum geht es! Wo bist du denn?«

»In Lohrbach …« Er wusste sofort, es war ein Fehler, das zu sagen.

»In Lohrbach? Aber dann bist du ja ganz in der Nähe!« Ihre Stimme bekam diesen dunklen, versöhnlichen Ton, gegen den er so machtlos war. »Brüderchen, komm! Eine halbe Stunde wirst du doch abzweigen können, hm? Wer weiß, was mit dem alten Mann passiert ist …«

»Wollte er denn …« Er war nahe dran zu sagen: Wollte er denn, dass ich komme? Hat er nach mir gefragt? Auch das ein sinnloser Satz. Er unterbrach sich und fragte: »Und du? Du kannst nicht hin – nach der Arbeit?«

Ingrid lachte freudlos auf. »Rate mal, wo ich bin?«

So wie sie es sagte, nahm er an, dass sie wieder auf einem Lehrgang »irgendwo in der Pampa« war.

»Ingrid … ich kann's dir wirklich nicht versprechen.«

»*Mir* brauchst du nichts versprechen! Du musst selber wissen, was zu tun ist.« Auch diesen Ton kannte er – ein Ton, der bei ihm wie von selbst Schuldgefühle auslöste. Warum, fragte er sich wieder einmal, fühle ich mich ihr so ausgeliefert?

»Aber wenn du schon in Lohrbach bist …« Und als hätten sie über die Entfernung gestritten, fügte sie hinzu: »Sind das überhaupt zwanzig Kilometer bis Auerswies?« Dann waren Stimmen im Hintergrund und sie sagte: »Ich muss Schluss machen. Tschüs.« Und sie legte auf.

Reiche lehnte sich gegen die Wand und starrte auf das Handy, als könne es sich jederzeit in seine Schwester verwandeln. Er fühlte sich erschöpft. Er musste diesem Telefonat etwas entgegensetzen und da war ein Gespräch mit Hoffmann gerade das Richtige.

Es tat gut, Erich Hoffmanns tiefe Baritonstimme zu hören. Kriminalrat Hoffmann, seinen Chef, kannte er schon lange. Er hatte ihn Zeit seines Berufslebens begleitet. Bei Hoffmann genügten ein paar Stichworte, um ihm ein Bild vom Stand der Ermittlung zu geben. Er hörte zu und brummte nur ab und zu sein tiefes »Hm«. Als Reiche mit seinem Bericht zu Ende war, fragte Hoffmann. »Und der Zahn?«

Reiche verstand nicht gleich. »Was?«

»Dein Zahn?«

Der Hauptkommissar musste lächeln. »Ist raus.«

»Schmerzen?«

»Minimal.« Reiche bat um weitere Unterstützung.

»Die Leute sind schon unterwegs«, sagte Hoffmann.

Von Barden kam mit dem Direktor zurück. Kohlmeier warf, als er den Gang betrat, einen scheuen Blick auf den Toten und ging schnell weiter. Als er an den Kommissar herantrat, klimperte er mit dem Schlüsselbund in seiner Hand. »Kann man die Befragung und die Untersuchung nicht heute abschließen? Damit ich den Hotelbetrieb wieder aufnehmen kann. Ich hatte schon Anrufe … ich musste Gäste abweisen. Meinen Sie, es ist möglich, dass ab morgen …«

»Es kommen noch Kollegen … ich denke, wir können heute fertig werden«, brummte Reiche. Er stand, die Hände in den Taschen, und schaute sich um. Er ließ noch einmal in Ruhe die Umgebung auf sich wirken. Dann wies er auf das zweite Zimmer, in dem Wiedfeld gerade eine kleine braune Tüte vom Tisch nahm, um sie sorgfältig zu beschriften.

»Dieses Zimmer war die ganze Zeit abgeschlossen?«

Kohlmeier nickte. »Ein Einzelzimmer, Raucherzimmer. Es ist schon seit Wochen nicht mehr belegt worden.« Nach einer Weile fügte hinzu: »Wir haben hier oben nur zwei Einzelzimmer. Dreihundertzwo und dreihundertvier.« Und mit einem Blick in Richtung Glastür: »Dahinter sind die Materialkammer, das Bügelzimmer, Duschen und der Aufenthaltsraum.« Er deutete mit dem Schlüsselbund nach vorn: »Es gibt auch eine kleine Wohnung für den Koch und drei Mansarden. Einige unserer Angestellten nutzen sie manchmal als Schlafplatz. Es wohnen sonst alle außerhalb.«

Von Barden ließ seinen Blick den Korridor entlang schweifen. »Und das Personal nimmt immer den Weg an den Gästezimmern vorbei, wenn es nach unten geht?«

Kohlmeier schüttelte den Kopf. »Nur ausnahmsweise. Es gibt ja auf der anderen Seite den Fahrstuhl.«

»Von den Gästezimmern kommt man also nur mit einem Schlüssel hier weiter?«

»Nur mit einem Schlüssel«, wiederholte Kohlmeier und schloss die Tür auf.

»Und wer hat alles einen?«

»Die Zimmermädchen und die Putzfrauen haben einen Generalschlüssel.«

Im Gegensatz zum kurzen Flur vor der Glastür, war der Teil dahinter mit Truhen und Schränken vollgestellt. Gerade noch, dass ein schmaler Gang zum Laufen frei blieb. An der Decke Neonleuchten. Der Flur zog sich über die ganze Länge des Gebäudes hin, mit Türen rechts und links, und er endete in einer Dachschräge und einem kleinen Vorplatz.

Die Luft war warm und abgestanden. An den Türen, an denen sie vorbeigingen, war stellenweise die Farbe abgeblättert. Kohlmeier, die Hände auf dem Rücken und den Kopf gesenkt, ging schnellen Schrittes voraus.

Sie hörten Stimmen und als sie das Ende des Ganges erreichten, fanden sie die letzte Tür offen stehend. Es war ein großer Raum mit einem langen Tisch in der Mitte. An der Innenwand, die nicht von der Dachschräge begrenzt wurde, befand sich eine Reihe von Kleiderspinden. Unter den geöffneten Fenstern standen zwei Kühlschränke, in der Ecke gab es ein Regal mit Tassen und Gläsern und einen Wasserkocher.

Am Tisch hatte sich das Personal versammelt. Die Leute schauten halb erschrocken, halb erwartungsvoll auf die Kommissare. Die Gespräche waren schlagartig verstummt. Eine kleine dicke Frau, die am offenen Fenster stand und rauchte, drückte hastig ihre Zigarette aus.

Von Barden hob kurz die Hand mit seinem Notizblock. »Wir werden nachher jeden einzelnen von Ihnen noch befragen. Unsere Kriminaltechniker werden auch Fingerabdrücke abnehmen.« Er drehte sich zu Kohlmeier um und streifte dabei mit dem Ellenbogen die Wand. Sorgfältig wischte er sich den Staub ab. »Von uns aus können Ihre Angestellten ihrer Arbeit nachgehen, sie dürfen nur das Hotel nicht verlassen.«

Während die Kommissare mit Kohlmeier die breite Treppe hinuntergingen (der Kommissar mied auch jetzt den Lift), fragte Reiche: »Die Hochzeitgesellschaft ... wie viel Gäste waren das?« Kohlmeier musterte im Vorbeigehen einen ausgetrockneten Blumentopf auf der Fensterbank. »Wir hatten zweiundsiebzig Gedecke. Es sind aber später noch Gäste gekommen ... Es werden zwischen achtzig und neunzig Leute gewesen sein.«

»Das alles haben Sie mit Ihrem normalen Personal bewältigt?« Kohlmeier drehte sich zu dem hinter ihm gehenden Kommissar um. »Wir hatten noch eine zusätzliche Aushilfskraft.«

Sie waren im Erdgeschoss, in einer Art Vorhalle, angekommen. Von hier ging es in die Küche, in den Keller, zu den Lager- und Wirtschaftsräumen und hinaus auf den Hof.

Die Schiebetür zur Küche war einen Spalt auf und es roch nach Gebratenem. Paul Reiche spürte seinen Hunger. Er hatte heute früh nur einen Kaffee getrunken und nichts gegessen. *Kartoffeln?* Er musste an Frau Hummels Fingernägel und ihre Ermahnung denken.

Als sie auf den Weg zu Kohlmeiers Büro an den Waschräumen vorbeikamen, murmelte der Kommissar: »Geh schon mal vor, ich komm gleich.«

Der Waschraum war grell erleuchtet, doch die Spiegel über den Waschbecken hatten eine warme Tönung, sodass das Gesicht, das dem Kommissar entgegenschaute, eine schmeichelhafte Urlaubsbräune zeigte. Er beugte sich vor, öffnete den Mund und fingerte den Zellstoff aus der Zahnlücke. Sofort hatte er das Gefühl, in seinem Mund klaffe ein riesiges Loch. Er warf die blutige Kompresse in den Treteimer unter dem Waschbecken. Vorsichtig tastete er mit der Zunge über den Krater, der sich aufgetan hatte. Er spürte nur noch ein vages Ziehen. Er war froh, keine Schmerztablette nehmen zu müssen.

Er ging zurück ins Foyer. Auf der Bank des Kachelofens saßen regungslos die grauen Männer vom Bestattungsinstitut und starrten geradeaus.

3

Um die Mittagszeit trafen die Kollegin Maiwald und der Kollege Hettich ein. In den folgenden zwei Stunden wurden die Angestellten des Hotels von den Kommissaren »informatorisch befragt«, wie es offiziell hieß.

Reiche selbst sprach mit dem Zimmermädchen, einer Frau Marulic. Sie hatte Georg Schradi gefunden. Viel war von ihr nicht zu erfahren. Die Szene des auf dem Fußboden liegenden Schradi, neben ihm das blutige Messer, hatte sich traumatisch in ihr Gedächtnis eingebrannt und offenbar jede andere Wahrnehmung gelöscht. Dieses Bild war für die Frau deshalb so eindringlich, weil sie es auch gewesen war, die dem Gast am Abend zuvor, etwa gegen 18 Uhr, wie sie sagte, die Vesperplatte aufs Zimmer gebracht hatte. Aber auch da hatte sie Schradi nur flüchtig wahrgenommen. Sie registrierte lediglich, dass er ihr kein Trinkgeld gab, obwohl er doch so einen protzigen Ring am Finger trug. Nur in einem war sie sich sicher: es war nichts verbrannt worden; als sie das Tablett auf dem Tisch abstellte, hatte sie nämlich den Aschenbecher zur Seite schieben müssen. Sie beteuerte, nichts angerührt zu haben, und das glaubte ihr Reiche sofort. Im übrigen war sie in Eile gewesen, weil sie unten beim Service helfen musste.

Reiche ging noch einmal zu Wiedfeld hoch, der eben dabei war, dem Toten die Fingernägel zu schneiden und auf zehn kleine Tütchen zu verteilen. Reiche blieb in gehöriger Entfernung im Gang stehen. »Wir brauchen jemand von der Spurensicherung, der mit auf den Hof fährt.«

Ohne von seiner diffizilen Arbeit aufzuschauen, sagte Wiedfeld: »Von uns hier kann keiner. Und Seiler ist in Urlaub. Ruf in Karlsruhe an. Die sollen jemand schicken.«

Wiedfelds Mitarbeiter schoben behutsam das Bett vor.

»Sag mal – hatte Schradi einen Ring am Finger?«

»Ja, links. Wahrscheinlich echt.«

»Und sonst?«

»Nichts. Eine Armbanduhr. Übrigens …« Wiedfeld hob jetzt den Kopf.

»Ja …?« Reiche, der schon an der Treppe war, drehte sich noch einmal um.

»Wir haben bei ihm kein Handy gefunden.«

Der Kommissar hatte sich einen Schlüssel für die Glastür geben lassen und ging langsam durch den Personalbereich zurück. Aus irgendeinem Grund zog es ihn in den zugestellten Gang mit dem grellen Neonlicht. Er schaute aufmerksam auf den Boden, als könne hier Schradis Handy liegen.

Unten saß von Barden am Tischchen vor dem Kachelofen und vervollständigte seine Notizen. Reiche stellte sich neben ihn und blickte in die Ferne; seine Aufmerksamkeit galt der Zahnlücke, die sich mit einem unangenehmen Ziehen meldete. Frau Stöckle registrierte Reiches kritischen Gesichtsausdruck und rückte nervös an ihrer Brille.

Gerade als Kohlmeier aus dem Restaurant kam, wo er seinen Angestellten Anweisungen gegeben hatte, öffnete sich die Tür des Fahrstuhls und die mausgrauen Männer manövrierten die Zinkwanne mit dem toten Georg Schradi aus dem Lift. Es war eine umständliche Prozedur, denn das lange Behältnis war schwer und sperrig. Die Anwesenden, einschließlich Frau Stöckle, die völlig erstarrt schien, verfolgten stumm den schwierigen Transport. Auch als die beiden Männer mit ihrer Last den Vorraum schon verlassen hatten, schauten ihnen die Zurückgebliebenen noch eine Weile nach.

Kurz darauf wurde die Tür aufgestoßen und eine hoch gewachsene, schlanke Frau trat ein. Sie trug ein eng geschnittenes rotes Kostüm mit einer großen schwarzen Brosche. Der kurze Schnitt ihres blonden Haares gab ihrem ebenmäßigen Gesicht etwas Klassisches. In apartem Kontrast zu ihrer hellen Haut standen ihre großen, dunklen Augen. Keine Frage, die Frau, die da in hochhackigen Riemchenschuhen den Raum durchquerte, war eine Schönheit.

Von Barden, der neben Reiche stand, murmelte: »Come una Contessa …«

Reiche räusperte sich. »Was?«

»Una bella bionda«, sagte von Barden und seine linke Braue zuckte heftig.

Sie kam mit energischen Schritten auf die Männer zu und warf dabei den Kopf zurück, als wollte sie sagen: Was gibt es? Reiche tat etwas, was er sonst selten machte: er baute sich auf. Er griff in die Innentasche seiner Jacke und holte seinen Dienstausweis hervor. »Hauptkommissar Reiche. Kriminalpolizei.« Dabei war ihm klar, dass die Frau – es war Frau Kohlmeier – längst wusste, wen sie vor sich hatte.

»Ach …«, sagte die »Contessa« und wandte den Blick von Reiche zu von Barden. Die beiden sahen sich an und für einen Moment glaubte der Kommissar, sein Begleiter werde der Dame gleich einen Handkuss geben. Aber er sagte nur: »Kommissar Barden«, und ein kleines Lächeln huschte über sein Gesicht.

In diesem Moment erklang Kohlmeiers Stimme: »Wo ist Jonas?«

»Drüben«, sagte Sabine Kohlmeier und ging in Richtung Büro weiter. »Er ist immer noch ganz verstört.«

Die Männer folgten ihr. »Er hat mitbekommen, was passiert ist?«, fragte von Barden.

»Das nicht.« Die Contessa hob abwehrend die Hand. »Sein neues Rad ist ihm gestohlen worden.«

»Hier auf dem Hotelgelände?«

»Ja.«

»Ist Olga bei ihm?«, fragte Herr Kohlmeier.

»Sie macht ihm sein Essen«, sagte seine Frau, ohne sich umzudrehen.

In Kohlmeiers Büro standen die Gläser und die Wasserflaschen noch auf dem Tisch. Reiche überlegte, welches sein Glas gewesen war. Er hatte Durst.

Von Barden wandte sich an Frau Kohlmeier. »Wir hätten ein paar Fragen an Sie.«

»Bitte.«

»Sie kannten Georg Schradi?«

Reiche war es, als zögere die Contessa.

»Flüchtig.«

Kohlmeier sah seine Frau an, als wolle er etwas sagen.

»Als Freund meines Mannes«, fügte sie hinzu.

Reiche hatte sein Glas gefunden und schenkte sich ein. »Wer war an der Anmeldung, als er eintraf?«

»Frau Stöckle.« Frau Kohlmeier lehnte sich im Sessel zurück und schlug die Beine übereinander. »Ich war zufällig ebenfalls an der Rezeption, als er kam.«

»Hatte er vorher angerufen?«

»Angerufen?« Kohlmeier schüttelte den Kopf. »Nein. Meine Frau hat mir gesagt, dass er da ist und ich hab ihm sein Zimmer gezeigt.«

»Was hat Herr Schradi gesagt?«

»Wie – gesagt?«

»Über was haben Sie gesprochen?«

Die Contessa wies mit einer Handbewegung hinaus auf den

Gang. »Wir hatten eine Hochzeitsgesellschaft im Haus. Das hat auch Herr Schradi mitgekriegt. Da war keine Zeit für Plaudereien.«

Von Barden blätterte in seinen Notizen. »Frau Stöckle hat ausgesagt, Sie hätten gesagt: Da bist du ja endlich.«

Frau Kohlmeier lachte auf. »Sein Vater war kurz vorher gestorben und er war nicht einmal zur Beerdigung gekommen.« Dann fügte sie hinzu: »Außerdem schuldete er uns Geld.«

Sie tastete nach dem Anhänger mit Perle, der ihren langen Hals betonte. Reiche irritierte, dass die Frau so schön war. Dabei hatte ihr Verhalten etwas aufreizend Geschäftsmäßiges. Dass in ihrem Hotel ein Mensch erstochen worden war, schien sie nicht zu erschüttern. Während Siegfried Kohlmeier sichtlich betroffen war, zeigte die Contessa eine kühle Förmlichkeit, die auffiel, auch wenn man in Betracht zog, dass sie das Opfer, wie sie sagte, nur flüchtig gekannt hatte.

Von Barden räusperte sich. »Ihr Mann sagte, Sie hätten auf dem Bauernhof bei Herrn Schradi angerufen und ihm den Tod seines Bruders mitgeteilt.«

»Ja.«

»Kennen Sie die Schradis näher?«

»Unser Jonas und ihr Ältester, der Thomas, gehen in dieselbe Klasse.« Die Contessa richtete den Blick ihrer großen dunklen Augen auf den Kommissar. »Haben Sie noch weitere Fragen?« Sie sah auf die Uhr.

Kohlmeier schaltete sich ein. »Der alte Schradi hat seinen Siebzigsten bei uns gefeiert.«

Sie wurden unterbrochen. Die Kommissare Maiwald und Hettich standen in der Tür. Reiche murmelte »Einen Moment« und ging mit den Kollegen hinüber in den Gastraum, wo die Angestellten dabei waren, die Tischgarnituren zu erneuern.

An Hettich irritierte Reiche, dass der Mann fast immer ein Kaugummi im Mund hatte. Im übrigen war er ein sehr zuverlässiger Kollege, mit einem leichten Hang zur Pedanterie. Jetzt berichtete er, sorgfältig eine Seite seines Notizheftes nach der anderen umblätternd, von seiner Befragung. »Das Haus war voller Leute und die Angestellten sind nur noch rumgehetzt. Niemandem ist was besonderes aufgefallen. Mir scheint, die haben Georg Schradi überhaupt nicht zu Gesicht bekommen. Nur Paolo, der Hausdiener, hat den Mann im Taxi ankommen sehen.« Er nickte und begann wieder sein Kaugummi durchzuwalken.

Monika Maiwald hatte sich keine Notizen gemacht. Sie lächelte Reiche kurz an, bevor sie ihren Bericht gab. Während er zuhörte, schaute Reiche auf seine Schuhspitzen. Mit der Kollegin Maiwald hatte er vor einem Jahr eine kleine Affäre gehabt. Seitdem gab es zwischen ihnen immer wieder Augenblicke der Verlegenheit, obwohl die Sache damals – übrigens in beiderseitigem Einvernehmen – ohne Drama beendet worden war. Beide bemühten sich zu vergessen, dass sie sich einmal privat nahegekommen waren. Manchmal blitzte aber doch noch in einer Geste oder einem Satz die Erinnerung an vergangene Nähe auf. »Es gibt da die Aussage einer Frau Basler«, sagte Monika Maiwald, »die gestern Abend einen Streit zwischen zwei Männern oben im Zimmer 302 gehört haben will.«

»Wann war das?«

»Sie schätzt zwischen halb neun und neun.«

Reiche schwieg eine Weile. Dann sagte er: »Sind die Leute aus der Küche befragt worden?«

Kommissar Hettich hörte auf zu kauen. »Wir sind schon unterwegs.«

Auf dem Weg zurück ins Büro, blieb Reiche an der Rezeption stehen. Frau Stöckle starrte ihn aus ihren großen Brillengläsern erschrocken an. »Ja …?«

»Sagen Sie, waren Sie gestern die ganze Zeit hier an ihrem Platz?«

»Ja … natürlich … ich habe doch schon …« Sie stockte verwirrt.

Der Kommissar winkte ab. »Schon gut.«

Als er Kohlmeiers Büro betrat, fehlte von Barden. »Wo ist mein Kollege?«

Die Contessa lächelte spöttisch. »Für kleine Jungs.«

In diesem Augenblick hörten sie im Vorzimmer von Barden etwas sagen, was nicht zu verstehen war. Er kam herein und bemerkte, die Contessa im Blick: »Den schwarzen Gürtel!«

Es war eher ein Ausruf.

»Wie bitte?«

»Ich hab gerade das Foto in ihrem Zimmer gesehen.« Von Barden setzte sich. »Sie machen Karate.«

Die Contessa schüttelte den Kopf. »Das war mal. Ich hab keine Zeit mehr zu trainieren.«

»Aber der schwarze Gürtel – da muss man gut sein!«

»Es ist ein Braungurt«, sagte die Contessa von oben herab, »nicht der erste Dan.«

»Nicht der erste Dan«, wiederholte von Barden.

In die entstehende Pause hinein sagte Reiche: »Es gibt da Unklarheiten …«

Kohlmeier, der hinüber zu seinem Schreibtisch gegangen war und eben telefonieren wollte, legte den Hörer ab und kam näher. »Unklarheiten …?«

»Hatte Georg Schradi Besuch?«

Die Contessa nickte. »Ja.«

Reiche, der bis jetzt gestanden hatte, setzte sich wieder. »Offenbar wusste Frau Stöckle nichts von diesem Besuch.«

Die Contessa nickte. »Frau Stöckle war nicht immer am Empfang.«

»Vorhin sagten Sie, Frau Stöckle sei an der Rezeption gewesen, als er eintraf.«

»Ich hab Frau Stöckle kurz vertreten, damit sie eine Kleinigkeit essen konnte. Sie hatte einen langen Tag.« Die Contessa machte wieder ihre beiläufige Handbewegung. »In dieser Zeit kam Schradi. Simon Schradi.«

»Und das sagen sie mir erst jetzt?« Der Kommissar bremste sich. Er schluckte seine Verärgerung hinunter.

Die Contessa sah ihn mit ihren großen Augen kühl an. »Ich hoffe, es ist nicht zu spät.«

Reiche wandte sich an Kohlmeier. »Haben Sie es gewusst?«

Kohlmeier nahm neben seiner Frau Platz.. »Natürlich. Ich hatte nicht vor, es Ihnen zu verheimlichen, wenn Sie das meinen.«

»Wann war das – wann kam er?« Reiche vergewisserte sich, dass von Barden mitschrieb.

Sabine Kohlmeier schloss kurz die Augen. »Das wird gewesen sein …« Sie überlegte. »Richtig … bevor wir die zusätzliche Lieferung Eis bekamen … also gegen halb acht, acht.«

»Eine Ihrer Angestellten hat gehört, wie sich zwischen halb neun und neun zwei Männer im Zimmer 302 stritten.«

Kohlmeier seufzte. »Easy und Simon … der soundsovielte Krach.«

»Haben Sie mitbekommen, wann Simon Schradi das Haus verließ?«, fragte von Barden.

»Nein.«

»Ich war lang in der Küche«, ergänzte die Contessa. »Es gab Probleme und ich musste mich drum kümmern.«

»Kann es sein, dass Georg Schradi das Hotel durch den Hintereingang verließ?«

»Theoretisch möglich. Aber unwahrscheinlich.« Kohlmeier stand auf. Er ging in das Vorzimmer und kam mit zwei neuen Sprudelflaschen zurück.

»Demnach hat niemand mitbekommen, wann Schradi das Haus verließ«, sagte Reiche. »Woher wusste Simon Schradi überhaupt, dass sein Bruder da war – haben Sie es ihm ...« Reiche suchte nach dem passenden Wort. »... gemeldet?«

»Ich bitte Sie, warum sollte ich? Wahrscheinlich hat Easy ihn angerufen.« Kohlmeier schenkte unaufgefordert die Gläser voll. »Es war ja klar, dass sie miteinander reden müssen.«

»Ist Ihnen an Simon Schradi was aufgefallen? War er irgendwie ... nervös? Aufgeregt?«

»Nein.« Sie erhob sich. »Brauchen Sie mich noch?«

4

Reiche rief noch einmal Hoffmann an und meldete, es habe sich eine Spur ergeben. Sie bräuchten jemand von der Kriminaltechnik. Hoffmann versprach, sich gleich mit Karlsruhe in Verbindung zu setzen. Reiche gab ihm die Adresse von Simon Schradis Bauernhof.

Dann telefonierte er mit Staatsanwalt Geiger. Geiger war ein wenig pikiert, dass sich der Kommissar als der leitende Ermittler vor Ort so spät meldete. Als Reiche meinte, bis jetzt habe es nichts zu berichten gegeben, reagierte der Staatsanwalt mit einem knappen: »Schon gut.« Er fügte hinzu, ab sofort möchte er auf dem Laufenden gehalten werden – »im weitesten Sinn«.

Der letzte Anruf Reiches galt dem Kollegen Schubert in der Zentrale, dem er die wichtigsten Personendaten durchgab.

Dann fuhren er und von Barden los.

Jeder fuhr mit seinem Wagen. Reiche kannte den Weg. Nach zehn Minuten bedauerte er, dass sie nicht in einem Auto gefahren waren. Er wollte mit von Barden reden. Reiche schätzte es, von Barden an der Seite zu haben. Martin konnte gut zuhören. Die Art, wie er nachfragte, wie er an eine Sache heranging, war klug und oft überraschend.

Als Reiche die kleine Parkbucht sah, blinkte er und bog ab. Er musste jetzt einen Moment im Freien sein – es war ein so schöner Tag. Von Barden hielt ebenfalls und ließ das Fenster herunter. Reiche ging zu ihm. »Kleine Pause. Es ist nicht mehr weit. Wir sind gleich da.«

Hinter dem Parkplatz öffnete sich die Landschaft. Ein sanfter Abhang führte zu einer Wiese, an deren Rand, in einer kleinen Sandgrube, ein großer Baumstamm lag. Reiche winkte von Barden und sie stiegen die wenigen Meter hinunter und setzten sich auf das warme Holz.

Ein Teil der Wiese war als Pferdekoppel eingezäunt. Zwei Tiere, ein Brauner und ein Rappe, schauten kurz zu ihnen herüber und senkten dann wieder die Köpfe. Über dem kleinen Feld, das sich der Wiese anschloss, stand hoch eine Lerche, deren silbernes Trillern die Luft erfüllte. Der Verkehr von der Straße war nur noch gedämpft zu hören. Ruhe und Frieden lagen über der Wiese und sommerliches Insektengesumm.

Reiche hob einen Zweig vom Boden auf und zog damit eine schmale Furche in den Sand. »Was wissen wir?«, fragte er und blickte hinüber zu den Pferden.

»Wir wissen«, antwortete von Barden, »dass Georg Schradi gestern Nachmittag gegen fünf mit dem Taxi angekommen ist. Er hat im Hirsch ein Zimmer genommen und das Zimmer dann, so wie's aussieht, nicht mehr verlassen.«

»Hm.«

»Kurz nach achtzehn Uhr«, fuhr von Barden fort, »wird ihm eine Vesperplatte und eine Flasche Bier gebracht. Gegen halb acht besucht ihn sein Bruder Simon. Zwischen halb neun und neun hört eine Angestellte, wie sich im Zimmer 302 zwei Männer streiten.« Von Barden nahm die Sonnenbrille ab. Er holte ein säuberlich zusammengefaltetes Stofftaschentuch aus der Jacke und putzte, nachdem er sie angehaucht hatte, die Gläser. »Weiter wissen wir, dass am nächsten Morgen das Zimmermädchen den Raum betritt, und zwar, weil die Tür einen Spalt aufsteht. Sie findet Schradi in einer Blutlache auf dem Boden liegend, daneben ein Messer.« Er setzte die Brille wieder auf.

Reiche zog über die waagrechte Furche eine senkrechte Linie.

»Todeszeit …« Von Barden machte mit der rechten Hand

eine Pendelbewegung. »Wiedfeld meint, auf jeden Fall noch vor Mitternacht.«

»Warum hat Kohlmeier dem Schradi das Geld gegeben, obwohl er damit rechnete, es nicht mehr zurück zu bekommen?«, fragte Reiche.

»Erpressung? Schweigegeld? Schulden?«

Reiche warf das Stöckchen weg. »Und wo ist Schradis Handy? Ich wette, er hatte eins.« Er stand auf.

Von Barden erhob sich ebenfalls und klopfte seine Hosen ab. »Ich bin sicher, die Contessa kannte Georg Schradi gut.«

Reiche nickte. »Glaub ich auch. Aber warum lügt sie?«

Sie stiegen die kleine Anhöhe hinauf. Auf der Strasse vor ihnen donnerten die LKWs vorbei. »Hast du deine Waffe dabei?«, fragte Reiche.

Von Barden klopfte sich auf die Hüfte.

»Wir sind uns einig«, fuhr Reiche fort, »dass Simon Schradi in hohem Maße verdächtig ist.«

Hinter dem Dorf zweigte eine Nebenstraße von der Bundesstraße ab. Sie führte an einem Neubau und einem weiter zurückliegenden Bauernhof vorbei in ein Wäldchen. Nach dem Wald senkte sich die Straße ins Tal hinunter und hier, gleich am Anfang, lag der Schradi-Hof. Er war auf die Sonnenhalde gebaut. Zur Sägemühle am Talgrund, den ein kleiner Bach durchfloss, waren es keine zweihundert Meter.

Der Platz vor dem Haus war asphaltiert. Der Hof, ein Eindachhof mit Dachreiter und Glöckchen, war renoviert worden. Den oberen Teil mit Fachwerk und Holzbalkon hatte man unverändert gelassen. Die Geranien auf dem Balkon über dem Eingang leuchteten in allen Farben. Neben der offenen Haustür und dem staubigen Fußabstreifer, lag eine dicke Katze, die widerwillig aufstand und sich streckte, als sie die Männer sah. Von Barden drückte den Klingelknopf, aber nichts passierte.

Sie betraten einen langen Flur. Gleich links neben der Tür befand sich ein Schuhregal, das voll gestopft war mit Männer-, Frauen- und Kinderschuhen. Auf dem Boden davor ein Haufen verschiedener Gummistiefel. Die sich anschließende Garderobe bestand aus einem geschnitzten Brett mit schmiedeeisernen Haken, an denen eine Vielzahl von Kleidungsstücken, Mützen, Kappen und Schals hingen. Die Tür auf der gegenüberliegenden rechten Seite stand offen: eine Abstellkammer, in der eine von verschiedenen Plastikkörben umstellte Waschmaschine vor sich hinrumpelte.

Reiche rief laut »Hallo«, aber es gab keine Reaktion. Auch die Tür des nächsten Raumes war auf. Ein Kinderzimmer. In einem Laufstall klammerte sich, leicht schwankend, sein kleiner Insasse ans Gitter. Neben dem Schnuller rann ihm ein dünner Speichelfaden übers Kinn. Der Winzling starrte die Fremdlinge mit glänzenden Augen an. »Na du!«, sagte von Barden und zog eine freundliche Grimasse, während er in die Hocke ging. Der Kleine bewegte aufgeregt seinen Schnuller im Mund und gab einen glucksenden Laut von sich.

Der Raum, aus dem am Ende des Ganges Radiomusik kam, war die Küche. Auf dem Tisch stand noch das schmutzige Geschirr vom Mittag; verstreut daneben Hefte, Bücher, Zeitungsblätter, Brotstücke, Legosteine. In der Küche war niemand. Eben als Reiche und von Barden wieder gehen wollten, öffnete sich eine zweite Tür. Therese Schradi, die sich am Rahmen abstützte, während sie ihre Gummistiefel auszog, schien weder überrascht noch beunruhigt, dass zwei fremde Männer in ihrer Küche standen. »Ah, grüß Gott«, sagte sie und schlüpfte in ausgetretene Sandalen. Sie schloss die Tür zum Brunnengang und schaute flüchtig auf den Ausweis, den ihr der Kommissar entgegenhielt. Sie war eine dunkelhaarige, mollige Frau, die ihr Haar zu einem langen Pferdeschwanz zusammengebunden hatte.

»I' war grad schnell im Stall, wissen S', uns is nämlich eine Kuh krank worn, die andern sind ja draußen …« Sie sprach schnell und eindeutig bayerischen Dialekt. »Sie komm wegm Schorsch, gell … Mögens Eahne net setzen …?« Sie nahm einen blauen Arbeitskittel vom nächsten Stuhl und wischte mit der Handfläche über den zweiten. Reiche und von Barden setzten sich.

»Is des net furchtbar? Wer macht denn so was?« Sie stellte das Radio aus. »Der Schorsch!« Sie schüttelte den Kopf. »Ehrlich gsagt, i' hab ihn ja net mögn, er war schon ein … na, ma soll nix Schlechts sagen über die Toten … Aber alles hat er besser gewusst, e' große Goschn hat er ghabt, in alles hat er sich neigmischt, dabei … i' moan, i' weiß es ja, er hat sich um die Arbeit druckt, wo er nur konnt. Also i' war richtig froh, wie er nach Spanien is, denn des war ja net gut gange mit dem Vadder und dem Simon und ihm …«

Während sie redete, machte sie sich daran, die Teller vom Mittagessen einzusammeln und in die Spülmaschine zu stellen. »Wissen S', er is ja net amal zum Begräbnis von seim Vadder komm, obwohl wir ihm ein Telegramm gschickt ham, erst e' Woch später hat er sich gmeldt, er wär gschäftlich unterwegs gwesn, hat er gsagt …« Sie strich sich eine Haarsträhne aus der Stirn. »Wer's glaubt. Und dann kommt er und …«

Sie richtete sich auf, schaute zum Herrgottswinkel, wo ein Kruzifix und ein Heiligenbild hingen und bekreuzigte sich. Einen Moment war sie still. »Ich kann's immer noch net glauben«, sagte sie dann. »Wissen S', er war schon ein Filou – also das darf ma sagen … aber er war doch net … net kriminell …«

Sie begann energisch eine Pfanne im Spülstein auszukratzen. »Obwohl ... über die letzten Jahre weiß ma nix, was er für ein Umgang ghabt hat ... er hat ja nie was von sich hören lassn, nur über sei letzte Freundin ... dass wir überhaupt eine Adresse ghabt ham ... wobei des mit de Weiber ... also i' sag Eahna ...«

Sie unterbrach sich, weil aus dem Kinderzimmer Weinen zu hören war und verschwand. Gleich darauf kam sie mit dem Kleinen auf dem Arm zurück. »Spatzl, hast dei Nucki verloren, gell ... ja ... jetzt bleibst bei uns ...« Sie zog den hölzernen Kinderstuhl an den Tisch heran und pflanzte das Kind, dem sie ein Kissen in den Rücken schob, hinein. »Hast scho Grüßgott gsagt zu die Männer?«

»Wie heißt er denn?« Es war der erste Satz, den Reiche bis jetzt anbringen konnte.

»Eine Sie ist's. Die Karla. Spatzl sag i' halt immer ...« Sie lachte. »Aber der Simon hört's net gern ...«

Klein-Karla streckte ihren Arm nach der Apfelsaftflasche auf dem Tisch aus und brachte ihren Schnuller in eine heftige Rollbewegung. »Hast Durscht?« Therese Schradi rückte die Flasche ein Stück von ihr weg. Karla begann zu brüllen, der Schnuller fiel ihr aus dem Mund. »Kein Apfelsaft, das weißt scho, der is ganz schlecht für die Zähn ...« Sie ging an die Spüle, wo auf einem Brett ein Krug stand. Die Kleine schrie aus voller Lunge. »Sei staad, es gibt einen Fencheltee, den magst doch auch.« Sie füllte das bunte Trinkfläschchen und goss aus der Leitung etwas Wasser dazu. »Hier, komm ... ach du!« Die Tränen kullerten Klein-Karla die Backen herunter, der Speichel floss, das ganze Gesicht war nass. Die Mutter wischte ihr vorsichtig mit dem Lätzchen über Backen und Kinn und schob ihr die Flasche in den Mund. Spatzl griff nach der Flasche und begann zu trinken. Dabei waren ihre Augen unverwandt auf die Fremden gerichtet. Von Bardens Braue zuckte. Er war gerührt.

»Aber i' red da ...« Wieder fiel der Bäuerin eine Strähne ins Gesicht. Sie griff nach ihren Haaren und begann sie mit schnellen, geübten Griffen neu zu binden. »Mögen S' an Kaffee? Oder an Apfelsaft?« Sie ging zum Küchenschrank und holte frische Gläser. Im Umdrehen meinte sie lachend: »Aber Polizisten sehn net so aus, als ob's an Apfelsaft trinken würdn ...«

»Ein Glas Wasser wär gut«, sagte von Barden. Er schaute fasziniert zu, wie Karla kraftvoll an ihrer Flasche sog.

»Wir ham hier a sehr guts Wasser«, sagte Therese Schradi, während sie zwei Gläser füllte und auch Reiche unaufgefordert ein Glas hinstellte. »I' trinks selber am liebsten ...« Sie räumte die Schulbücher, die auf dem Tisch lagen, in den Ranzen und stellte ihn neben die Tür. Plötzlich hielt sie inne und sah Reiche direkt an. »Ham S' an Hunger?«

Der Kommissar überlegte, ob sie seinen knurrenden Magen gehört haben könnte und war drauf und dran »Ja« zu sagen, besann sich aber und wartete darauf, endlich seine Frage anbringen zu können. »Nein, danke, ich ...«

»Mir ham au an selbergmachtn Kas ...« Als sie keine Antwort erhielt, ging sie zum Kühlschrank und holte ein abgedecktes Holzbrett mit Käse heraus. »Wissen S', i' bin des von daheim gewöhnt, mir ham da auch a Milchwirtschaft ghabt, Grünlandbetrieb halt, und e zeitlang hab i' bei meim Onkel in der Käserei mitgeholfn ...« Schon hatte sie einen großen Laib Brot in der Hand und schnitt zwei Scheiben ab, die sie in den Korb legte, der noch auf dem Tisch stand. Sie brachte zwei Holzbrettchen und holte aus der Schublade Messer und Gabeln. »Greifen S' nur zu ...«

Karla nahm die Flasche aus dem Mund und ließ sie fallen. Ihr

41

Blick war jetzt auf die zwei Fliegen gerichtet, die in Richtung Käsebrett marschierten. Die Bäuerin hob die Flasche auf und scheuchte die Fliegen weg. Dann nahm sie den Schnuller, steckte ihn erst sich und dann dem Kind in den Mund. Spatzl patschte gebieterisch mit der Hand auf den Tisch. Therese Schradi griff vom Küchenschrank eine gelbe Plastikente und gab sie ihr.

»Frau Schradi«, begann Reiche, »wir wollten Ihren Mann sprechen …«

»Ja freili.« Sie ging zum Kühlschrank und stellte eine Butterdose neben den Käse. »Er müsst eigentlich scho da sein. Er ist zum Maschinenring, die ham da e Besprechung und unser Großer, der Thomas, wollt unbedingt mit, aber jetzt is er schon über e Stund weg. Aber es dauert ja eh immer länger …« Sie unterbrach sich und auf einmal wirkte sie unsicher und besorgt. »Is was … Bsonders … i' mein … soll ich ihn auf seim Handy …?«

Reiche wechselte einen kurzen Blick mit von Barden. »Nein, nein, wenn er bald kommt …«

Von Barden beugte sich vor und nahm interessiert den Käse in Augenschein.

»Gleich nachm Essen sind's los. Aber er kann net lang bleiben, der Tierarzt wollt noch komm.«

Klein-Karla warf die Ente auf den Boden. Dann deutete sie mit ihrem winzigen Finger auf von Barden. »Dee!«

»Sie solln sie aufhebn«, sagte die Bäuerin. Der Kommissar hob die Ente auf. Das Kind strahlte ihn an. Von Barden blinzelte, seine Augenbraue bewegte sich.

Reiche räusperte sich laut. »Haben Sie mit Ihrem Mann gesprochen, als er gestern von seinem Bruder zurückkam?«

»Natürlich. Er war ja no ganz fuchtig.« Sie sammelte die losen Blätter der Zeitung ein und faltete sie zusammen.

»Was heißt das?«

»Aufgeregt hat er sich halt. Geärgert.«

»Und warum?«

»Weil der Schorsch, der …« Sie winkte ab. »Wissen S' was, am besten Sie fragen ihn selber.« Sie schob die Stühle vom Tisch weg und begann den Boden zu fegen. »Entschuldigen S', aber i' muss hier fertig wern, Wäsch hab i' au no …«

»Wann war er denn wieder daheim?«, fragte Reiche und stand auf, um seinen Stuhl zur Seite zu rücken.

Die Bäuerin schob sich die widerspenstige Strähne aus der Stirn. »So gegen zehne wird's gwesen sein.« Sie überlegte. »Warten S'. Zehne, genau. Es kame grad' Nachrichten.«

»Woher wusste Ihr Mann, dass sein Bruder im Hirsch ist?«

»Na, der Schorsch hat doch hier angrufen.« Sie kehrte um Klein-Karla herum, die dem Besen interessiert nachsah.

»Wann kam der Anruf?«

»Wann war des? So um d' Mittagszeit.«

Karla beugte sich vor und versuchte die Zeitung zu erreichen. Therese Schradi schob sie ihr hin und die Kleine begann mit ihren winzigen Händen das Papier zu zerknüllen.

Von Barden hatte seinen Stuhl wieder herangezogen und sich gesetzt. »Sie sagen, Sie haben drei Jahre nichts von Ihrem Schwager gehört. Er hat nicht geschrieben, nicht angerufen?«

»Na, nix.« Therese Schradi holte Besen und Schaufel unter der Spüle hervor und begann den Abfall zusammenzukehren. »Mir ham ihm au kei Träne nachgweint.«

»Sie wussten also gar nicht, wo er genau ist.«

»Er hat gsagt, er geht nach Mallorca. Er is da scho e paar Mal im Urlaub gwesn – früher halt.«

»Was hatte er denn für Pläne, hat er davon gesprochen?«

Sie winkte ab. »Der Schorsch hat dauernd Pläne ghabt. I' glaub, er wollt was mit Motorrädern machen … oder Fahrräder? Vermieten oder so was.«

»Hatte er denn Geld?«

Therese Schradi lachte. »I' wüsst net, woher.«

»Von Ihrem Mann hat er sich nichts geliehen? Oder von seinem Vater?« Der Kommissar nahm die Legosteine und schob sie in eine Reihe.

»A gehen S'!« Sie schüttelte den Kopf. »Da hat er gwusst, von denne kriegt er kein Pfennig net.«

Karla, die beim Kehren ihre Ente zurückbekommen hatte, warf sie wieder runter. »Dee!«, sagte sie und sah von Barden erwartungsvoll an. Der machte Anstalten, sie aufzuheben.

Therese Schradi lachte. »Wenn S' das machen, sind S' die nächste halbe Stunde beschäftigt.«

Von Barden blieb sitzen. Spatzl spuckte verärgert den Schnuller aus. Sie bekam einen Kaffeelöffel, mit dem sie auf den Tisch zu klopfen begann.

»Ruhe!«, sagte von Barden und lachte dabei. Karla schaute ihn überrascht an. Sie steckte den Löffel in den Mund, um darauf herumzubeißen.

»Als Ihr Schwiegervater gestorben ist, haben Sie Georg Schradi benachrichtigt«, sagte Reiche, der seinen Stuhl so rückte, dass er aus dem Fenster sehen konnte.

»Wie?«, warf von Barden ein. »Ich denke, Sie hatten seine Adresse nicht.«

Sie schüttelte den Kopf. »Es gibt da ein Bekannten, den Lug Müller, den kennt au der Schorsch, der wohnt scho lang in Palma. Der hat da e Gschäft, was mit Lederwaren, glaub i'. Dem sei Adress hat der Simon gwusst. Der hat uns dann zurückgrufen.«

»Und er wusste Georgs Adresse?«

»Der Ludwig kannte die Freundin vom Schorsch. Die dortige. Mit der war es zwar au scho wieder aus, aber beim Tod vom Vadder ... jedenfalls hat die ihn erreicht und gsagt, er soll daheim anrufen, sei Vadder is gstorben.«

Reiche schob den Käse, der jetzt sein Aroma voll entfaltete, ein Stück von sich weg. »Wussten Sie, dass Siegfried Kohlmeier vom Hirsch Ihrem Schwager Geld geliehen hat?«

»Der Siggi – dem Schorsch? Wusst ich net. Aber der Schorsch hat ja Gott und die Welt angepumpt.« Sie fügte hinzu. »Vor allem sei Fraue.«

»Hat er seine Schulden zurückbezahlt?«

»Weiß I' net. Kann i' mir net vorstellen. Der Schorsch hat's doch bei keinerer Arbeit lang ausghaltn. Der hat ja nie a Geld ghabt. Deswegen wollt er ja au unbedingt ...« Sie redete nicht weiter.

»Ja?« Von Barden sah von seinem Notizblock auf.

Therese Schradi hob den Löffel auf, den das Kind weggeworfen hatte und reichte der Kleinen eine Brotkruste, an der sie sofort zu nagen begann. »Er wollt halt, dass ihm sei Erbe ausbezahlt wird.«

»Und sein Vater hat sich geweigert.«

»Wie hätt'n des au gehn solln? Bargeld is doch keins da!«

»Und darüber gabs Streit ...«

»Mei, was heißt Streit.« Sie fuhr sich mit dem Handrücken über die Stirn. »Gstritten worn is eigentlich immer, wenn der Schorsch auftaucht is. Aber der Vadder hat gsagt, solang er lebt, wird kei Land verkauft und die Säg dreimal net.«

Um seinen knurrenden Magen zu besänftigen, trank Reiche einen Schluck Wasser. »Ihr Schwiegervater hat bis zuletzt in der Säge gearbeitet?«

»Bis zum letzten Tag.« Therese Schradi nahm den blauen Arbeitskittel aus dem Wäschekorb und prüfte die ausgerissene Tasche. »Eigentlich hat er sich so an Tod immer gwünscht«, sagte sie leise.

45

»Gewünscht?«

»Halt arbeiten … die Säg, das war scho seins … und von jetzt auf nachher umfalln … Er wollt net im Bett rumliegen … Aber trotzdem … so plötzlich dann … i' mein, es hat ihm ja nix gfehlt … so Zipperlein halt … aber nichts Ernsts … er war ja scho zweiesiebzig … Ma sagt ja immer, Vadder und Schwiegertochter, des geht net gut … gell? Aber mir ham uns prima verstanden, der Alois und i' … er war …« Sie schneuzte sich. Lachte. »Ma hat so schön ratschn könn mit ihm.«

»Aber war das nicht eine schwere Arbeit, in der Säge, für so einen … älteren Mann?«

Sie schüttelte den Kopf. »Naa, der Simon und der Valentin sin ja au no da.«

»Und wer ist Valentin?«

»Ach Gott, der Vale, der war immer da … scho als i' auf'n Hof komm bin, war der da.« Sie nahm von der Kredenz einen runden Korb mit Nähzeug und suchte darin nach Nadel und Faden.

»Also ein Sägewerksarbeiter?«

»Der schafft für zwei, wenn's sei muss. Deswegen hat der Simon ja au gsagt, die Säg wird net verkauft, solang der Valentin da ist. Das pack i' scho mit dem zamm, hat er gsagt.«

»Heißt das, der Mann arbeitet auch jetzt in der Säge unten?«

»Freili.« Sie setzte sich und legte sich die Jacke auf den Schoß.

»Geht das denn überhaupt – allein?«

»Scho. Der Simon is oft untn. Da mach halt jetzt i' mehr im Stall. Aber später, i' mein: auf Dauer … a Hilf wer mer scho brauchn. Vieredfuffzig Stücker Milchvieh …« Bevor sie zu nähen begann, warf sie einen Blick auf Klein-Karla, deren Köpfchen nach hinten gekippt war und die offenbar ein Nickerchen einlegte.

Von Barden erhob sich leise und setzte sich auf den nächstgelegenen Stuhl. »Ich hab vorhin gar nicht gehört, dass die Säge läuft.«

»Doch, doch, der Valentin is unten.«

»Ich glaub, wir sprechen mal mit ihm«, sagte Reiche.

»Der Simon kommt sicher bald. Aber beim Maschinenring, sie wissen ja, wie's is … weil, es soll ein neuer Kreisler angschafft wern.«

Reiche nickte von Barden zu. Sie erhoben sich leise, um Klein-Karla nicht aufzuwecken.

5

Sie gingen über den Hof und kürzten den Weg zur Säge auf einem Trampelpfad ab. Bald war das rhythmische Stampfen des Gatters zu hören. Reiche dachte an Ingrid und an seinen Vater. Er schob den Gedanken schnell beiseite; sah hinüber auf die andere Seite des Tales, wo weit verstreut eine schwarzbunte Viehherde weidete. Ein asphaltierter Zufahrtsweg führte zum Talgrund, vorbei an einem verwitterten Holzschuppen, vor dessen Wand ein prächtiger Glyzinienstrauch wuchs. An den alten, schindelverkleideten Teil der Säge schloss sich die neue Halle an: ein lang gestreckter Holzbau, dessen vordere Schmalseite offen war, im oberen Drittel lediglich durch einen Plastikschutz abgedeckt.

Am Rande des weiten Platzes vor der Halle waren Bretterstapel ›aufgehölzelt‹, gab es Berge von Latten und meterhoch geschichtete Balken. Seitlich der breiten Zufahrtsstraße lagen frisch geschälte Rundhölzer. Reiche sog tief den Geruch des frischen Holzes ein. Jetzt, da sie unmittelbar vor der Halle standen, war der Lärm ohrenbetäubend. Im selben Moment, als sie die Halle betraten, erstarb das hektische Ratsch, Ratsch, Ratsch des Gatters und der Motor lief mit einem schwindenden Sirenenton aus.

Vom Spannwagensitz kletterte ein Mann herunter. In dem von Staub flirrenden Licht war vorerst nur sein Umriss zu sehen. Er schob seine Arbeitshandschuhe unter die Achsel und kam langsam auf sie zu. Er war sicher schon über die Sechzig. Sein wettergegerbtes Gesicht wurde bestimmt von einer mächtigen, fleischigen Nase und einer dicke Hornbrille. Seine Cordmütze und der mehrmals geflickte Overall hatten nach all den Jahren eine blasse, ins Graugrüne spielende Farbe angenommen.

Der Kommissar hielt dem Mann seinen Ausweis hin. »Reiche, Kriminalpolizei. Das ist mein Kollege von Barden. Können wir Sie einen Moment sprechen?«

Valentin Munz schien nicht überrascht. »Ich muss sowieso nachher umspannen.« Er klopfte sich Sägemehl vom Ärmel. »Gehen wir naus.«

Draußen blinzelte er in die Sonne und schob seine Mütze tiefer in die Stirn.

»Wir kommen wegen Georg Schradi«, sagte Reiche.

»Ich weiß Bescheid.« Munz legte seine verschrumpelten Handschuhe auf den Bretterstapel neben dem Eingang.

»Sie arbeiten schon lange hier?«

Der Alte schaute auf seine staubbedeckten Schuhe und überlegte. »Zweiundzwanzig Jahre.«

»Da haben Sie ja einiges mitgekriegt. Es gab viel Streit wegen der Säge?« Reiche schaute Valentin Munz aufmerksam an. Der Mann strahlte Ruhe und Gelassenheit aus.

»Eigentlich net«, sagte Valentin.

Reiche und von Barden wechselten einen Blick.

»Was heißt Streit?« Valentin zuckte die Achseln. »Alois war der Bauer. Er hat gesagt, was gemacht wird.«

»Aber offenbar war der junge Schradi, der Georg, mit vielem nicht einverstanden …«, bemerkte von Barden.

»Ja no!« Valentin nahm seine Brille ab und blies auf die Gläser. Dann setzte er sie wieder auf. »Der Schorsch. Freilich. Der hat sich damals mordsmäßig aufgeregt, als der Alois beschlossen hat, umzubauen.« Er machte eine Pause. »Die Jungen haben halt oft andere Vorstellungen.«

»Der Simon auch?«

»Was die Säg angeht, net. Aber sonst … Da gab's schon auch Krach.«

»Wie war das mit der Säge?«

Valentin nickte bedächtig. Die Kommissare warteten. Es schien ganz selbstverständlich, dass sich der alte Valentin Zeit ließ. Von Bardens Augenbraue ging nach oben.

»Es war ja so ...«, sagte Munz endlich. »Die Säge, das Gatter ... es war halt alles alt. Der Alois hat zu mir gesagt: entweder ich geb die Säge auf – oder ich modernisiere und baue um. Wir brauchen mehr Platz und eine neue Halle.«

Von Barden kritzelte etwas in seinen Block. »Wann war das?«

»Vor vier – nein, vor fünf Jahren.«

»Das Geld war da?«

»Ich nehm's an, Kredite vielleicht, keine Ahnung.« Valentin deutete zum Hof hinüber. »Da müssen sie den Simon fragen.«

»Sagen Sie«, meinte Reiche jetzt, »trägt sich denn so eine kleine Säge wirklich?«

Valentin fuhr mit seiner schwieligen Hand langsam über den Bretterstapel. »Kommt drauf an, was Sie erwarten.« Er rückte an seiner Schirmmütze. »Die großen Sägen – das ist kein Vergleich mit uns. Die haben Profilspanner, die sägen bis zu sechzig Meter in der Minute, da graut's mir, wie man da mit dem Holz umgeht. Der Simon sagt immer, wir arbeiten zwischen den Elefanten ihre Füß. In der Nische. Wir machen's nicht in der Masse, wir arbeiten individuell.«

Er schaute Reiche an, als wolle er prüfen, ob den anderen das wirklich interessiert. »Wir leben hauptsächlich von den Lohnschnittkunden«, fuhr er fort. »Da kommen die Bauern in der Früh mit ihrem Holz, die haben ihren eigenen Wald, die helfen hier beim Sägen und nehmen abends auch ihr eigenes Holz wieder mit. Wenn die ihr wintergeschlagenes Holz bringen, können sie sicher sein, dass sie genau das auch wieder zurückkriegen.«

Reiche nickte. »Und der Georg, der fand das zu … zu …«
Ihm fiel das richtige Wort nicht ein.

»Der Schorsch hat immer alles besser gewusst. Dem hat keine
Arbeit geschmeckt.« Valentin wiegte den Kopf. »Der Alois
hat schon ein Kreuz gehabt mit ihm.«

»Der Georg hätte mit anpacken sollen …?«

Munz zuckte mit den Schultern. »Einen alten Schrott hat er
die Säge mal genannt. Dafür macht er keinen Finger krumm,
hat er gesagt. Er ist halt schon als Kind von seiner Mutter
immer verwöhnt und in Schutz genommen worden.« Er
schwieg und schaute mit seiner dicken Brille, hinter der
seine Augen unnatürlich groß erschienen, über die Kommissare hinweg. »Und jetzt ist er tot …« Er fixiert Reiche. »Es
heißt, er ist erstochen worden …?«

Der Kommissar nickte.

Valentin schüttelte den Kopf.

»Es muss einen letzten großen Streit gegeben haben. Wissen
Sie was davon?«

Valentin war in Gedanken immer noch bei Schradis Tod.
Nach einer Weile sagte er: »Damals, kurz bevor er weg ist,
der Georg, da wollte einer das ganze Land kaufen. Angeblich
fürn Haufen Geld. Genau weiß ich das nicht. Da hätt hier ein
Golfplatz hinkommen sollen. Die Säge wär natürlich abgerissen worden. Aber der Alois wollte nicht. Und der Simon auch
nicht. Sie haben sich angebrüllt. Ich war dabei. *Die* Chance!
hat der Georg immer geschrien. Aber mit dem Bauer war das
nicht zu machen. Und dann ist die Martha gestorben, die
Bäuerin. Da war mit dem Alois sowieso nicht mehr zu reden.
Da ist der Georg dann weg. Ich weiß nicht, ein, zwei Monate
später.« Er schwieg wieder und dann sagte er: »Ich hätt meine
Arbeit ja auch verloren …«

Als sie, von der Säge kommend, die Böschung hinaufstiegen, hielt auf dem Hof ein alter VW-Käfer. Ein Mann stieg aus und holte vom Rücksitz einen kleinen Metallkoffer und eine Tasche. Als er sich eine Spiegelreflex umhängte, wusste Reiche, wer der Besucher war. Die Kommissare gingen zu ihm. Der Kriminaltechniker aus Karlsruhe nannte seinen Namen: Tann. Reiche fand, der Name passte: der Kollege war lang und hager.

Sie erklärten die Situation. Tann fragte nicht viel, nickte immer nur. Dann nahm er seine Kamera und begann, Bilder vom Hof und von der Umgebung zu machen.

In der Haustür stand Therese Schradi, Karla auf dem Arm. Erstaunt sah sie dem fotografierenden Tann entgegen. Auch die Kleine, den Schnuller im Mund, betrachtete den Neuankömmling mit großen Augen.

»Das ist mein Kollege von der Spurensicherung«, sagte Reiche.

Tann nickte nur, ohne der Bäuerin die Hand zu geben.

»Ja ... und warum macht's die Fotos?«

»Das gehört zu seiner Arbeit«, sagte Reiche.

Tann holte aus der Tasche ein Paar Latexhandschuhe und zog sie an.

»Darf ich?« Er trat an der Schradi vorbei in den Flur, fotografierte die Garderobe, das Schuhregal, den Gang.

Erschrocken sah sie von einem zum anderen. Erst jetzt schien sie zu begreifen. »Hoaßt des jetzt ... moane Sie, dass der Simon sein Bruder ...« Sie konnte nicht weiterreden.

»Frau Schradi«, sagte Reiche, »Ihr Mann gehört zum Kreis der Verdächtigen. Jeder, der in der fraglichen Zeit im Hotel war, kann der Täter gewesen sein. Wir müssen jeder Spur nachgehen.«

»Was denn für a Spur?« Sie drückte Klein-Karla an sich und

blickte sich im Flur um, als habe sie hier bislang so etwas wie eine Spur übersehen.

Tann deutete auf die Waschmaschine, die aufjaulend zu schleudern begonnen hatte. »Sind da Sachen von Ihrem Mann drin?«

»Freili.«

»Was?«

»Halt Unterwäsche, Hemden.«

»Stoppen Sie bitte die Maschine.«

Sie sah ihn verständnislos an. »Sie schleudert eh schon. Die is doch glei fertig.«

»Bitte halten Sie die Maschine an.«

Das Kind im Arm, ging sie zur Maschine und drückte den Knopf. Das Wimmern der Trommel ging in ein Brummen über und mit einem dumpfen Gerumpel stand die Trommel schließlich still.

»Würden Sie bitte die Wäsche in einen Korb ...«

Therese Schradi war bleich geworden. Verwirrt sah sie sich um. »I' muss des Kind ...« Von Barden trat einen Schritt vor und nahm Karla auf den Arm. Die Kleine war ganz still und aufmerksam, als begriffe sie, dass etwas Wichtiges vor sich ging.

Als die Bäuerin nach dem großen Korb griff, zitterte ihre Hand. Sie öffnete die Maschine, zog die halbnasse Wäsche heraus und stopfte sie in den Korb.

»Würden Sie bitte die Sachen Ihres Mannes in einen Extrakorb ...«, sagte Tann. Ruhig sah er zu, wie sie die nassen Kleidungsstücke entwirrte. Sie sortierte verschiedene T-Shirts, Unterwäsche und zwei Hemden heraus.

»Hatte Ihr Mann eines dieser Hemden gestern an?«

Nach kurzen Zögern, deutete sie auf ein dunkelrotes Hemd, wagte es aber nicht mehr anzufassen, so, als gehöre es ihr nicht mehr. »Das da.«

Tann nahm einen Plastikbeutel und schob beide Hemden hinein, ebenfalls die Socken. Die Bäuerin stand dabei und beobachtete ihn wortlos und erschreckt.

»Was hatte Ihr Mann denn an, als er gestern ging?«, fragte Reiche.

»Seine Jeans, und sei Lederjack.«

»Und heute trägt er dasselbe?«

»Sei Jeans hat er an. Die Lederjack hängt hier.« Sie deutete auf die Garderobe.

Tann nahm die Jacke und packte sie in eine Papiertüte.

»Hat er heute die selben Schuhe wie gestern an?«

»Warten S', da muss ich schaun …« Sie warf einen Blick auf das Schuhregal. »I' glaub, er hat die gleichen an.«

Reiche und von Barden gingen Simon Schradi entgegen, der sich gewundert haben musste, dass plötzlich drei fremde Autos auf seinem Hof standen. Schradi fuhr einen alten Polo, dessen roter Lack völlig stumpf geworden war.

Simon Schradi war ein kräftiger, athletischer Mann. Er trug einen blonden Vollbart, der seine gebräunte Gesichtsfarbe betonte. Neben ihm, die Baseballmütze mit dem Schirm nach hinten, stand sein achtjähriger Sohn. Fragend schaute er zu seinem Vater hoch, als die drei Männer auf sie zukamen.

Reiche klappte wie beiläufig seinen Ausweis auf, sagte aber nichts, solange das Kind bei ihnen stand. Simon Schradi gab Thomas einen leichten Schlag mit dem zusammengerollten Prospekt, den er in der Hand hatte. »Los, ab, Schularbeiten machen.« Der Junge tat widerwillig einen Schritt. »Du wolltest mit mir die neue Maschine ansehen …« Schradi reichte ihm den Prospekt. »Hier nimm, ich komm später.« Der Junge drehte sich im Gehen noch einmal um. Man sah ihm seine Neugier an, aber er hatte nicht den Mut zu fragen, wer die Männer waren. Vielleicht ahnte er es.

Er ging zu seiner Mutter, die in der Haustür stand, Karla auf dem Arm. »Dee!« schrie die, als sie ihren Bruder sah. Die Bäuerin schaute zu den Männern hinüber, die im Schatten des alten Hochsilos standen und zu denen sich jetzt Tann gesellte. Er hatte in der Zwischenzeit Koffer, Tasche und Tüten im VW verstaut.

Reiche stellte sich noch einmal mit Namen vor. Sie seien hier, sagte er, weil er, Simon Schradi, nach bisherigen Erkenntnissen, zu den Tatverdächtigen zähle. Schradi, mit dem schräg geneigten und leicht gesenkten Kopf, eine tiefe Falte zwischen den Brauen, sah aus, als wolle er gleich angreifen. Jetzt brach es aus ihm heraus: »Sind sie verrückt? Sie verdächtigen *mich*?!«

»Wir ermitteln in jede Richtung«, sagte Reiche. Er blickte Simon Schradi ruhig ins Gesicht. »Sie waren gestern bei Ihrem Bruder und hatten Streit mit ihm. Sie waren, soweit wir wissen, der letzte, der bei ihm war. Am Morgen darauf wurde Ihr Bruder tot aufgefunden.«

Schradi machte eine heftige Armbewegung. »Wollen Sie damit sagen …? Ich …«

Reiche unterbrach ihn: »Wir müssen Sie bitten, zu einer Vernehmung mit aufs Revier zu kommen.«

»Ich denke nicht daran.« Schradi, den Mund zornig verkniffen, senkte den Kopf noch ein Stück tiefer. »Was Sie fragen wollen, können Sie auch hier fragen!« Er sah hinüber zum Haus; aber Therese Schradi war mit den Kindern hineingegangen.

Reiche hob die Stimme. »Wir machen hier unsere Arbeit, nichts sonst. Ihr Bruder ist tot. Es muss Ihnen doch daran liegen, den Mörder zu finden, oder?«

55

»Glauben Sie wirklich, ich hab den Schorsch umgebracht?«, fragte der Bauer höhnisch.

»Was ich glaube, ist völlig unerheblich. So, wie die Dinge liegen, sind Sie verdächtig.«

»Wir wollen das alles ohne großes Aufsehen hinter uns bringen«, sagte von Barden. »Helfen Sie uns. Es gibt ja nicht nur Beweise für Schuld, es gibt auch Beweise für Unschuld.«

Aber Simon Schradi schüttelte den Kopf und winkte ab, als sei das, was man vom ihm verlange, eine Zumutung.

Jetzt meldete sich Tann. »Hatten Sie diese Kleider auch gestern an?«

»Was geht Sie das an, was ich anhabe?«

Tann wiederholte unbeirrt: »Hatten Sie diese Kleider auch gestern an?«

»Herr Schradi, wir können auch anders!«, bemerkte Reiche mit Schärfe.

Schradi atmete gereizt aus. »Ja.«

»Genau die gleichen Sachen?«

»Mann Gottes, ich hab frische Unterwäsche und frische Socken an!« Und dann fügte er hinzu: »Und ein frisches Hemd.«

»Schuhe?«

Er musste kurz überlegen, schaute an sich hinunter. »Die gleichen Schuhe.«

Tann nickte. »Lassen Sie sich von Ihrer Frau Ersatzkleidung bringen. Ich muss auf der Dienststelle Ihre Kleidung auf Spuren untersuchen.«

»Ja, noch was!« Schradi hob die Schultern und ballte die Fäuste. »Was ist das hier für eine Scheiße?!« Und dann, zu Reiche: »Dürfen Sie das überhaupt – einfach Sachen mitnehmen?«

»So, wie die Dinge liegen, ja«, sagte Reiche kühl.

Simon schwieg. Seine Kiefermuskeln arbeiteten. Man sah, er versuchte sich zu beruhigen. Natürlich hätte man ihn auch hier befragen können, das wusste Reiche. Aber er wusste auch, wie wichtig es war, einen Verdächtigen aus dem Schutz seiner vertrauten Umgebung herauszunehmen. Es durften ihm keine Rückzugsmöglichkeiten bleiben – nur der Weg in die Wahrheit.

Schradi räusperte sich. »Ich kann nicht mitkommen, wie stellen Sie sich das vor? Das Vieh muss bald gemolken werden.«

»Ihre Frau kann einen Nachbarn bitten zu helfen«, sagte der Kommissar. »Herr Munz kann ebenfalls helfen.«

»Ich habe Sie auch persönlich zu untersuchen«, sagte Tann unbeirrt. »Ob sie eventuell Hämatome oder andere Verletzungen haben.«

»Was für Verletzungen?«

»Sie hatten Streit mit Ihrem Bruder …« Und als ihn Schradi erstaunt ansah, fügte Tann hinzu: »Es wird ein Arzt dabei sein.«

»Und wenn ich mich weigere?«

Reiche ließ seinen Blick kurz über den Hof wandern, hinüber zum Wohnhaus. »So geht das nicht.« Er wurde förmlich. »Herr Schradi, Sie sind vorläufig festgenommen. Sie können ab sofort die Aussage verweigern und es steht Ihnen frei, einen Anwalt hinzuzuziehen.«

Schradi schwieg, seine Kiefernmuskeln waren angespannt.

»Herr Schradi, es geht hier um Mord«, sagte von Barden. Seine Augenbraue hob sich bedeutungsvoll. »Glauben Sie uns, wir wollen Sie nicht in die Pfanne hauen. Wir tun nur, was notwendig ist.«

Der andere schüttelte den Kopf, als fiele ihm schwer, das alles zu begreifen. Er schloss kurz die Augen und sagte dann: »Gut, ich gehe meiner Frau Bescheid sagen.«

»Nein«, sagte Reiche. Er gab von Barden einen Wink. »Wir holen Ihre Frau, Sie sprechen hier mit ihr. Sie soll Ihnen die Kleider bringen.«

Schradi zuckte resigniert mit den Schultern.

»Sind Sie gestern mit Ihrem Wagen zum Tatort gefahren?«, fragte Tann weiter.

Der Bauer wusste was kam, als er nickte.

»Ihr Wagen ist beschlagnahmt.« Tann warf einen Blick hinüber zu dem schlammbespritzten Polo. »Ich kann ihn mit einem Abschleppwagen holen lassen ...« Er überlegte kurz: »Wir können es aber auch so machen, dass Sie als Chauffeur mit uns zur Dienststelle fahren, wo er untersucht wird.«

Schradi schaute zu seinem Auto hinüber. »Und wie komme ich zurück?«

Tann sah Reiche an, aber der zeigte keinerlei Reaktion.

6

Die Vernehmung fand im »Berliner Zimmer« statt – dem hohen Raum mit den breiten Flügeltüren. Außer Reiche und von Barden waren noch Staatsanwalt Geiger und Silberchen Fleig als Protokollführerin anwesend. Geiger, wie immer in grauem Anzug und mit Fliege, stand als eine dunkle Säule in der Ecke neben dem Schrank. Reiche bemerkte nur, als Schradi zu ihm hinsah: »Das ist Staatsanwalt Dr. Geiger, er wird bei der Vernehmung dabei sein.«

Die Fleig hatte die Warmhaltekanne mit frischem Kaffee auf den alten Aktenwagen gestellt, dazu Tassen, Milch und Zucker. Außerdem gab es einen Krug mit Wasser und Gläser. Philomena Fleig, genannt »Silberchen Fleig«, weil sie schielte und demnach einen leichten Silberblick hatte, eine außerordentlich tüchtige und belastbare Sekretärin, saß am Computer und protokollierte. Sie konnte unvorstellbar schnell auf dem PC schreiben: Reiche glaubte inzwischen, dass sie schneller tippen konnte als andere Menschen sprechen.

Das Zimmer war nach Westen ausgerichtet und so schien jetzt die Nachmittagssonne herein und erfüllte den Raum mit scharfer Helligkeit.

Nachdem Reiche Simon Schradi noch einmal auf seine Rechte hingewiesen hatte, antwortete Schradi gereizt: »Ich brauch keinen Rechtsanwalt und ich hab auch nichts zu verschweigen.« Er saß aufrecht auf seinem Stuhl, die Hände auf den Knien und blickte auf das gegenüberliegende Fenster, an dem jetzt von Barden die Jalousie zuzog.

»Haben Sie das Messer in der Hand gehabt?«, fragte Reiche unvermittelt.

»Nein.«

»Wenn, dann finden wir Spuren.«

Schradi machte eine heftige Handbewegung. »Ich hab's nicht angefasst.«

»Ihr Vater hat kein Testament hinterlassen?«

»Nein.«

Es sah aus, als habe Schradi die Situation akzeptiert. Er wirkte immer noch angespannt und hielt den Kopf schräg, geschützt von den leicht hochgezogenen Schultern, aber von seiner anfänglichen Aggressivität war nichts mehr zu spüren.

»Worüber haben sie gestritten?«

»Er wollte die Hälfte von allem.«

»Also vom Hof und von der Säge?«

»Und von den Grundstücken und vom Wald.«

Reiche goss sich eine Tasse Kaffee ein. Er tat, ganz gegen seine Gewohnheit, viel Milch und Zucker dazu: der Kaffee war jetzt Ersatz fürs ausgefallene Mittagessen.

Von Barden nahm den Faden auf. »Und was haben Sie ihrem Bruder gesagt?«

Schradi schaute kurz zu Dr. Geiger hinüber; es war deutlich, dass die Anwesenheit des Staatsanwaltes für Simon Schradi besonderes Gewicht hatte. »Ich hab gesagt, ich hätte mich juristisch beraten lassen. So einfach sei das mit der Teilung nicht.«

»Ihr Bruder hat das natürlich anders gesehen.«

Schradi verzog den Mund. »Ganz easy sei das, hat er gemeint. Erst würde der Hof geschätzt und dann verkauft oder versteigert.«

»So ist die Rechtslage, oder?«

»Nicht unbedingt. Es kann auch auf eine Erbteilungsklage hinauslaufen. So eine Klage vor einem Zivilgericht mit Einspruch und Gegenklage kann sich über Jahre hinziehen.«

»Und daran konnte Ihrem Bruder nicht gelegen sein.«

Schradi nickte. »Am liebsten hätte er das Geld gleich morgen gehabt.« Und er fügte hinzu: »Anscheinend ist er wieder mal pleite.«

»Sie haben ihm also mit einem Rechtsstreit gedroht?«

»Was heißt gedroht? Ich bin Bauer. Der Hof ist meine Existenz. Er gehört unserer Familie seit über zweihundert Jahren. Ich will ihn behalten.« Als er vom Hof sprach, ballte er die Fäuste.

»Haben Sie ihm denn selber einen Vorschlag gemacht?«

»Ich hab ihm gesagt, ich zahl ihn aus. Wir verkaufen den Wald und er bekommt das ganze Geld.«

»Hätte das denn gereicht?«, fragte von Barden

Schradi zögerte, dann sagte er: »Nicht ganz.«

Es entstand eine Pause. Silberchen Fleig nahm die Hände von den Tasten und schmierte sich ihre Lippen mit einem Fettstift ein. Geiger verschränkte die Arme und nickte, als sei gerade etwas Wichtiges bestätigt worden. Reiche trank seine Tasse leer.

»Sie hätten also Ihren Bruder gar nicht auszahlen können«, bemerkte von Barden.

»Und er wollte sich auf keine Halbheiten einlassen«, ergänzte Reiche, »stimmt's?«

Schradi winkte verächtlich ab. »Er hat sich aufgespielt, wie immer.«

Reiche stand auf und stellte sich vor den Bauer hin. »Herr Schradi, reden wir Klartext. Sie hatten ein Motiv, Ihren Bruder aus dem Weg zu räumen. Er hat Ihre Existenz und die Ihrer ganzen Familie bedroht. Jetzt macht sein Tod Sie zum Alleinerben.«

Schradi sah den Kommissar fest an. »Ich hab meinen Bruder nicht umgebracht, glauben Sie mir! Wir haben gestritten – ja. Wir haben uns auch angebrüllt, mehr nicht!«

»Nein, so war es nicht!« Reiche beugte sich zu Schradi hinunter. »Ihr Bruder hat Sie provoziert, Sie sagen ja selbst, er hat sich aufgespielt. Er wusste, er hat jetzt alle Trümpfe in der Hand. Er hat Sie bis aufs Blut gereizt – und da haben Sie die Nerven verloren – und zugestoßen.«

»Das Messer lag ja vor Ihnen!«, warf von Barden ein.

Simon Schradi schüttelte energisch den Kopf. »Hören Sie auf, ich hab mit Georgs Tod nichts zu tun!«

Reiche fixierte ihn scharf.

»Sind Sie die vordere oder die hintere Treppe hinuntergegangen?«

»Welche hintere Treppe?«

»Hat Sie jemand gesehen?«

»Ich hab nicht drauf geachtet, ich nehm's an.«

»Sie sind gleich nach Hause gefahren?«

»Ja.«

»Wann war das?«

»Keine Ahnung. Gegen zehn, schätze ich.«

»Haben Sie ihrem Bruder ein Foto gezeigt?«

Er war irritiert. »Ein Foto? Nein.«

Reiche und von Barden sahen sich an.

»Erzählen Sie doch mal, wie ihr Besuch abgelaufen ist.«

»Er hat mich angerufen und gesagt, er ist im Hirsch, ich soll kommen.«

»Er kannte das Ehepaar Kohlmeier?«

»Ja.«

»Sie sind gleich zu ihm?«

»Es gab nichts aufzuschieben. Ich wollte Klarheit.«

Simon machte einen gereizten Eindruck, er wirkte ungeduldig, mürrisch. Aber er verhielt sich nicht wie jemand, der sich in die Ecke gedrängt fühlt. »Der Kohlmeier hat mir die Zimmernummer gesagt und ich bin hoch.«

»Wann war das?«

Er zuckte mit den Schultern. »So um Acht.«

Als ein Wachtmeister Schradi zur Toilette begleitete, blieben Reiche, von Barden und Dr. Geiger schweigend zurück. Die Fleig ging zum Fenster und verstellte die Lamellen so, dass mehr Licht ins Zimmer fiel.

»Entweder er ist ein guter Schauspieler«, sagte von Barden. »Oder ...« Er ließ den Satz unbeendet.

»Ist er wirklich so abgebrüht?«, fragte Reiche.

Dr. Geiger kam aus seiner Ecke hervor und fuhr sich nachdenklich über seine Bürstenfrisur. »So eine Situation mobilisiert ungeahnte Kräfte – im weitesten Sinn.«

Reiche sah ihn an. »Stellen Sie einen Haftbefehl aus?«

Der Staatsanwalt nickte.

In diesem Augenblick kamen Schradi und der Wachtmeister zurück. Schradi setzte sich wie selbstverständlich wieder auf seinen Stuhl, schenkte sich Wasser ein und trank.

Bevor Reiche mit der Vernehmung fortfahren konnte, öffnete sich die Tür einen Spalt und Monika Maiwald steckte den Kopf herein. »Paul, kommst du mal ...«

Der Kommissar ging hinaus und schloss die Tür.

»Wir haben das Handy«, sagte Monika Maiwald.

7

Während der Fahrt hatte er das Fenster geöffnet. Er fuhr nicht schnell, der Fahrtwind strich ihm um den Nacken. Den Weg nach Auerswies würde er wahrscheinlich auch im Schlaf finden, so oft war er die Strecke schon gefahren. Reiche hatte sich eine Stunde Auszeit genommen, um den Kopf frei zu bekommen.

Georg Schradi hatte um Viertel nach zehn noch einmal mit Spanien telefoniert. Simon Schradi konnte also seinen Bruder nicht erstochen haben, vorausgesetzt, er war wirklich um zehn zu Hause, woran der Kommissar keinen Grund mehr hatte zu zweifeln. Natürlich musste Simons Alibi noch einmal überprüft werden. Doch sein Gefühl sagte Reiche, dass Simon Schradi als Täter nicht mehr in Frage kam. An einen Haftbefehl war nicht zu denken.

Sie standen wieder am Anfang. Die Fragen blieben: Was hatte es mit dem verbrannten Foto auf sich? Wer hatte Schradis Handy neben den Müllcontainer geworfen? Warum hatte Kohlmeier Schradi Geld geliehen, obwohl sie längst keine Freunde mehr waren? Stimmte es, dass die Contessa Georg Schradi wirklich nur »flüchtig« kannte?

Es brachte im Moment nichts, weiter darüber zu grübeln. Am Abend, wenn alle Berichte ausgewertet wurden, würde man weiter sehen. Sicher hatte auch Schubert schon etwas zu vermelden und es lag bereits das Ergebnis der Autopsie vor.

Kurz vor Auerswies, ehe die Bundesstraße in einer sanften Kurve das Dorf erreichte, bog Reiche ab. Er fuhr ein Stück auf den Schotterweg, der hier Richtung Wald abzweigte. Früher hatte er, wenn er hier hielt, eine Zigarette geraucht. Die Zeiten waren vorbei. Jetzt konnte er nur mit seiner Zunge im Unterkiefer stochern.

Reiche dachte an seinen Vater. In den letzten Monaten hatte Josef Reiche sichtbar abgebaut. Er wurde immer vergesslicher und misstrauischer. Seine Schlüsselmanie verschlimmerte sich. Er schloss ab, wo und was er nur konnte. Dann versteckte er die Schlüssel und vergaß, wo sie waren. Daraufhin beschuldigte er Frau Gabelsberger sie auf die Seite geschafft zu haben. Außerdem ließ er in allen Zimmern des Erdgeschosses – die oberen Stockwerke betrat er nicht mehr – das Licht brennen. Im Winter hatte er alle Heizkörper aufgedreht, obwohl er sich nur in der Küche und im kleinen Wohnzimmer aufhielt. Früher war er extrem sparsam gewesen. Da hieß es: Statt zu telefonieren, nimm's Fahrrad und fahr hin. Jetzt verlegte sein Vater regelmäßig seinen Geldbeutel und beschwerte sich bei Paul und Ingrid, man würde ihn bestehlen.

Reiche schaute auf die Uhr und beschloss, zuerst auf den Hof zu fahren. Sein Vater war um diese Zeit noch in der Tagesstätte. Er parkte vor dem Schuppen, der, wie er feststellte, von Mal zu Mal baufälliger wurde. Zwischen den Steinen vor dem Haus war das Gras kniehoch aufgeschossen.

Reiche schloss die Haustür auf und wäre im Flur beinahe über den Wäscheständer gestolpert, voll behängt mit grauer Unterwäsche. Die Luft in der Küche und im Wohnzimmer war abgestanden und roch nach altem Bettzeug. Offenbar war auch Frau Gabelsberger schon länger nicht mehr hier gewesen. »Die Gabelsbergerin«, wie sie auch genannt wurde, war sowohl die Fahrerin des Seniorenheims, als auch Josefs »Putzfrau«, wenn man den Begriff nicht zu eng fasste.

Auf der Küchenanrichte waren die Medikamente säuberlich aufgereiht. Die Gabelsbergerin hatte versprochen, darauf zu achten, dass er jeden Morgen die Tropfen gegen den Grauen

Star nahm, bevor er zur Tagesstätte mitfuhr. Seit er im »Haus Abendschön« war, bestand auch nicht mehr die Gefahr, dass er vergaß zu essen und zu trinken.

Reiche ging noch einmal durch die Räume, um zu prüfen, ob noch irgendwo Lampen brannten. Im großen Wohnzimmer war die Deckenleuchte an. In ihrem funzligen Licht schimmerten zwischen den Zinntellern über der Eckbank dünne Staubfäden. Auf dem Fensterbrett neben den ausgetrockneten Blumentöpfen lagen drei tote Fliegen.

Als er wieder zurück in den Flur trat, sah er auf einmal den toten Georg Schradi vor sich. Hastig verließ er das Haus.

Auf dem Weg zum »Haus Abendschön« machte Reiche Halt an der einzig verbliebenen Bäckerei im Ort. Die ehemalige Bäckerei Ochs, in der bis vor einem Jahr noch die dicke Oma Ochs bedient hatte, deren verrutschte Perücke legendär gewesen war, hatte sich in einen »Backshop« verwandelt – mit einem Zeitungsständer, einer Obst- und Gemüseecke und zwei Stehtischen.

Die junge Frau, die bediente, kannte Reiche nicht. Er kaufte eine Butterbrezel und ließ sich eine Tasse Kaffee geben. Hoffentlich kam jetzt niemand, der ihn kannte und in ein Gespräch verwickelte.

Er hatte Glück. Es tauchte nur der Ketterer-Toni auf. Die Leute fanden, dass der Ketterer-Toni, seit er in Rente war, »wirres Zeug« redete. Reiche fand das nicht. Zumal der Toni überhaupt wenig redete. Er zeigte lieber seine Bilder. Seitdem er nicht mehr als Elektriker arbeitete, widmete er sich ganz dem Fotografieren. Aber er machte nur »abstrakte Bilder«. Für ihn war wichtig, dass auf seinen Fotos nichts Gegenständliches zu erkennen war.

Jedes Mal, wenn sie sich trafen, zeigte ihm Ketterer seine

neuesten Werke. Sie waren postkartengroß und er trug sie immer bei sich.

»Und, wie, Paul?«, sagte er und trat zu Reiche ans Tischchen. Reiche nickte. »Gut, Toni.«

»En Kaffee!«, rief Ketterer zur Verkaufstheke hinüber. Ketterer war mager wie eh und je. Der alte, abgetragene Anzug schlotterte an ihm wie an einem Kleiderständer. Doch er hielt sich immer noch kerzengerade. Seine ganze Haltung strahlte etwas Würdevolles aus.

Die Verkäuferin brachte den Kaffee. Während Toni reichlich Milch in den Kaffee gab und umrührte, fragte er: »Weißt du, was Schleichkatzen-Kaffee ist?«

Reiche biss mit Genuss in seine Brezel. »Nein«, sagte er kauend.

Ketterer nickte. »Gibt es.« Dann trank er schlürfend und schwieg.

»Und – was ist Schleichkatzen-Kaffee?«

Statt zu antworten, griff Ketterer in die Innentasche seines Jacketts und zog einen Pack Fotografien heraus. »Willsch sehen?«

»Klar.« Reiche wischte sich die Finger ab und nahm den Stapel.

Offenbar befand sich Ketterer gerade in der schwarzen Periode. Fast alle Bilder waren dunkel. Es war aber auf jedem immer auch eine helle Farbe zu erkennen, ein verwischtes Gelb, ein hellgrauer Streifen oder ein orangefarbener Zacken. Reiche stellte sich vor, dass es gar nicht so einfach war, derartige Effekte – mit oder ohne Zufall – zustande zu bringen. Manche Bilder hatten zweifellos einen gewissen Reiz.

Während Reiche aufmerksam die Fotos betrachtete, sah Ketterer aus dem Fenster, zur Haltestelle hinüber, wo zwei Frauen auf den Bus warteten.

Der Kommissar gab die Bilder zurück. »Hat was«, sagte er anerkennend.

Ketterer griff in die Außentasche seines Jacketts und brachte eine billige Einmal-Kamera zum Vorschein. Demonstrativ legte er sie auf den Tisch. »Ich schaff nur noch mit denne.«

Reiche kaute langsam seine Brezel. Er hatte das Gefühl, schon lange nichts mehr so Gutes gegessen zu haben.

»Die sind am einfachsten«, fuhr Ketterer fort.

Reiche stupste die Kamera an, als sei sie etwas Lebendiges. »Und – was ist jetzt mit dem Katzenkaffee?«

Der Ketterer-Toni hob den Zeigefinger, um ihn zu korrigieren. »Schleichkatzen-Kaffee. Was ganz Besonderes. Gibt's auf Sumatra.«

Reiche wollte weiterfragen, aber in diesem Augenblick betrat Rosemarie Schenkel in einem geblümten, sackartigen Kleid, das ihre ausufernde Rundlichkeit kaschierte, den Laden. Reiche zuckte zusammen. Als Rosemarie den Kommissar sah, wandte sie sich ihm mit einem falschen Lächeln zu. »Ja der Paul!« Sie sah ihn mit zusammengekniffenen Augen an. »Siehsch au mal wieder nach deim armen Vadder?« Die Schenkel war bekannt für ihre Bösartigkeit. Ingrid nannte sie nur »die dicke Giftspritz«. Die Geschwister waren – über die Mutter – weitläufig mit ihr verwandt.

»Hallo, grüß dich, Rosi«, murmelte Reiche und marschierte eilig zur Theke, um zu zahlen.

Sie folgte ihm. »Oder bisch gar net wegem Josef da?«, fragte sie lauernd. »Am End wege was Kriminellem?«

Reiche zahlte auch Ketterers Kaffee.

Sie trat einen Schritt an ihn heran, die Fäuste in die Hüften gestemmt. »Du, ich red mit dir!«

Der Kommissar hob, zu Toni gewandt, grüßend die Hand.

»Nix nix, aber fix!«, rief Ketterer zurück.

Reiche nickte der giftigen Rosi kurz zu, bevor er den Laden verließ.

Der Kommissar öffnete zögernd die Tür. In dem kleinen Flur roch es penetrant nach Bohnerwachs. Hinter der Tür, im toten Winkel, standen eine Gehhilfe und ein Rollstuhl. Aus der Küche war Geschirrklappern zu hören. Lukas, der Zivi, schichtete das Kaffeegeschirr in die Spülmaschine. Paul klopfte an den Türrahmen und der junge Mann drehte sich um. »Ah, Herr Reiche …« Er strahlte ihn an. Seit er wusste, dass er es mit einem echten Kommissar zu tun hatte, zeigte er seine Bewunderung unverhohlen. »Ihr Vater ist im Speisesaal.«

Josef Reiche war dabei, die Milchkännchen an den Tischen einzusammeln und auf ein hölzernes Tablett zu stellen. Mit kleinen Schritten, er hob kaum die Füße vom Boden, ging er von Tisch zu Tisch. Paul rührte der gebeugte Rücken seines Vaters; ihm schien, als sei die vertraute Gestalt schmaler geworden.

Er räusperte sich und der Alte drehte sich um. Als er Paul sah, runzelte er die Stirn, als müsse er nachdenken, wer da vor ihm stand. Paul bemerkte das breite Pflaster, das von der Schläfe bis zum Jochbogen des rechten Auges reichte.

»Was is?«, fragte Josef Reiche. Es klang nicht verwundert. Er strich sich, eine alte Angewohnheit, über die blaue Strickjacke, die trotz der Hitze von oben bis unten zugeknöpft war.

»Ich war grad in der Gegend«, sagte Paul.

Sein Vater sah ihn misstrauisch an. »Hat Ingrid dich angerufen?«

»Was ist passiert?«, fragte Paul und deutete dabei auf seine eigene Stirn.

»Hab mich gestoßen«, antwortete Josef unwirsch. Er wandte sich wieder dem Tisch zu und griff nach den gebrauchten Papierservietten.

Aus dem Aufenthaltsraum kam Herr Wetterauer herübergeschlurft. Wie immer, wenn er Paul sah, grüßte er militärisch, legte auf übertrieben zackige Art die Hand an die Schläfe. »Kompanie vollzählig angetreten. Keine besonderen Vorkommnisse!«, schnarrte er und sein großer Adamsapfel hüpfte auf und ab. Wegen seiner zerknitterten Krawatte mit dem aufgestickten Anker nannten ihn die anderen »unser Kapitän«. Paul nickte ihm zu und der Kapitän tappte zufrieden aus dem Zimmer.

Josef Reiche trug das Tablett in die Küche. Paul wusste, dass sein Vater der einzige Gast im Haus Abendschön war, der mithalf. Der darauf bestand, mitzuhelfen und der stolz darauf war. Während Josef die Milchkännchen vom Tablett nahm und auf ein Bord stellte, meinte er, ohne sich umzuwenden: »Musst du nicht zur Arbeit?«

Paul kannte das. Er kannte diese kurzen Sätze. So beiläufig, wie im Vorübergehen, hatte sein Vater immer mit ihm gesprochen. Selbst als er noch beim Heuen geholfen hatte, früher, als Schulbub, als jede Hand gebraucht wurde, und Paul schuftete wie ein Erwachsener – auch, weil ihm die Arbeit Spaß machte – schien ihn sein Vater nur wie von ungefähr wahrzunehmen. Manchmal schaute er ihn an, als sei er überrascht, dass es ihn gab.

Bevor Paul antworten konnte, hörte er hinter sich eine Stimme: »Guten Tag, Herr Reiche!« Es war »Madame Abendschön«, wie Ingrid die Leiterin, Frau Weber, zu nennen pflegte. »Lieb, dass Sie wieder einmal vorbeischauen.«

Wieder mal? Wann war ich das letzte Mal hier? überlegte Paul schuldbewusst. Vor einem Monat? Oder ist es länger her?

Er reichte Frau Weber, deren Bluse unter den Achseln dunkle Flecken aufwies, die Hand. »Kann ich Sie einen Moment sprechen?« Bevor er mit ihr hinausging, winkte er noch einmal seinem Vater zu, aber der tat, als habe er es nicht gesehen. Sie gingen durch den Aufenthaltsraum, in dem in dröhnender Lautstärke der Fernseher lief. Es war ein kleiner Raum, in dem die schweren Polstermöbel eng beieinander standen. Paul grüßte die Gäste, aber nur der Kapitän reagierte, in dem er den Oberkörper leicht vorbeugte. Seine Nachbarin, die Frau mit den dicken Brillengläsern, starrte unverwandt auf den Bildschirm. Ebenso die weißhaarige Frau neben ihr, die lautlos die Lippen bewegte, als müsse sie den Schauspielern soufflieren. Beide hatten ihre Füße auf Hockern und darüber eine Wolldecke. Die anderen Sessel waren leer.

»Kleine Besetzung heute«, sagte Reiche, als er hinter Frau Weber die Tür schloss.

»Es wechselt jeden Tag«, bemerkte die Leiterin. Sie setzte sich an den Schreibtisch und wies auf den Besucherstuhl. »Bitte.«

Paul rückte den Stuhl, der direkt vor dem an der Wand befestigten Erste-Hilfe-Kasten stand, zur Seite und nahm Platz. »Die Kopfverletzung meines Vaters – ist das hier passiert?«

Frau Weber schüttelte den Kopf. »Nein. Als Frau Gabelsberger ihn heute früh abholen kam, stand er im Hof und das Blut lief ihm übers Gesicht.« Frau Weber machte eine entsprechende Geste. »Sie war natürlich sehr erschrocken.«

»Ich war vorhin im Haus«, unterbrach sie Paul, »da war kein Tropfen Blut, nirgends.«

»Frau Gabelsberger hat ihn gefragt, was passiert ist, da hat er nur auf den Schuppen gedeutet.« Sie breitete resigniert die Hände aus. »Sie wissen ja, wie er ist. Er wollte sich auf dem Hof nicht einmal provisorisch verbinden lassen. Hielt sich nur ein Taschentuch an die Stirn. Sie konnte ihn kaum dazu bewegen, mit in die Ambulanz zu fahren. Das Ganze war ihm sehr unangenehm.«

»Sie haben ihn im Krankenhaus gleich eine Spritze gegeben und die Wunde gesäubert und verklebt.«

»Der Schuppen war abgeschlossen«, murmelte Reiche, als sei das jetzt von Wichtigkeit.

Frau Weber zuckte mit den Schultern. »Er hat immer nur von einem Schlüssel gesprochen.«

Paul seufzte. »Seine Schlüssel ... Hat er denn nicht später gesagt, was genau passiert ist?«

»Wenn er's noch weiß ...« Sie beugte sich vor. »Hat er's Ihnen erzählt?«

Als Paul zu seinem Vater ging, um sich zu verabschieden, nahm der ihn beiseite. »Die Gabelsberger wollte in unseren Schuppen«, sagte er mit gedämpfter Stimme. »Aber den hab ich abgeschlossen.« Dabei klopfte er sich bedeutungsvoll auf die Hosentasche.

8

Hoffmann hatte die Besprechung auf achtzehn Uhr angesetzt. Reiche überlegte, ob er noch nach Hause fahren sollte. Sein Hemd war durchgeschwitzt und er hatte das starke Bedürfnis, sich zu duschen. Er hörte förmlich das Wasser rauschen, kühles, erfrischendes Wasser.

Aber es war auch ein Risiko vor der Besprechung noch heimzufahren. Im Flur stand der Anrufbeantworter und wenn er blinkte, konnten alle möglichen Anrufe drauf sein. Auch ein Anruf von Doris. Doris rief immer bei ihm zu Hause an, nie auf dem Handy. Jedenfalls nicht, seit sie geschieden waren. Reiche hatte Angst vor Doris' Anrufen. Gleichzeitig konnte er nicht schnell genug am Apparat sein, wenn es klingelte. Sein Herz schlug jedesmal schneller, wenn er ihre Stimme hörte.

Sie waren drei Jahre verheiratet gewesen. Ihre Ehe stand von Anfang an unter keinem guten Stern. Dass sie jedoch so schnell ein schmerzliches Ende finden würde, hätte niemand für möglich gehalten. Reiche selbst wusste immer noch nicht, was er falsch gemacht hatte, was er hätte anders machen können. Doris' immer wiederkehrende Aufforderung, er solle sich *zeigen*, war für ihn ein mysteriöser Appell. Er fand, er verbarg nichts vor ihr, was also sollte er tun?

Diese Frage beschäftigte ihn später immer wieder. Er wusste, er hatte das Thema zu meiden, vor allem, wenn er tief in der Arbeit steckte. Schon ein Anruf von ihr vermochte ihn aufzuregen.

Und jetzt, vor der Besprechung im Kommissariat, konnte er schon gar keine Aufregung gebrauchen.

Nachdem er die Wohnungstür aufgeschlossen und den Roll-

laden ein Stück hochzogen hatte, präsentierte sich das Wohnzimmer in seinem ganzen Chaos. Er sagte sich, dass es höchste
Zeit war, wieder einmal aufzuräumen und zu putzen. Aber
nicht gerade heute. Er konnte sich, bevor er in die Dusche
ging, lediglich dazu durchringen, den überquellenden Müll-
beutel zuzuschnüren und zum Hinunterbringen vor die Tür
zu stellen.

Bevor er ging, bleckte er vor dem Spiegel die Zähne. Die
Lücke im Kiefer erschreckte ihn.

Als er die Tür zum »Berliner Zimmer« öffnete, war es sieben
Minuten nach sechs und alle waren schon versammelt. Von
Barden saß noch am Computer und tippte seinen Bericht.

Hoffmann runzelte die Stirn, als Reiche den Raum betrat und
drehte ihm demonstrativ sein Handgelenk mit der Uhr entgegen. Reiche grinste. »Neu? Ein schönes Stück.«

Der Kriminalrat, seinen gepflegten weißen Schnauzer streichend, räusperte sich. »Also, wir sind jetzt vollzählig.« Dann
schaute er zu den beiden Neuen an der Tür. »Der Kollege
Schmidt und die Kollegin Fehrholz werden uns unterstützen.
Morgen kriegen wir noch mehr Leute.«

Schmidt war ein alter erfahrener Beamter, der kurz vor der
Pensionierung stand und mit seinen dichten, buschigen
Augenbrauen wie der Räuberhauptmann aus dem Märchen
aussah. Die Kollegin Fehrholz, eine stattliche Frau, auf
deren üppigen Busen Reiche erst lange hinsah, um dann seinen Blick erschrocken abzuwenden, kam von der Bereit-
schaftspolizei. Anwesend waren außerdem Staatsanwalt Geiger, Wiedfeld, von Barden, Monika Maiwald, Hettich,
Der-Mann-der-alles-weiß-Schubert und Silberchen Fleig.

Inzwischen lag auch der Obduktionsbericht vor. Von Barden
referierte kurz das Wesentliche. Demnach war Georg Schra-

dis Tod nicht vor zweiundzwanzig Uhr und vermutlich nicht nach Mitternacht eingetreten. Reiche ließ sich das Papier geben und überflog die letzte Seite. ... *sodass die Körperhauptschlagader im Bauchbereich einige Zentimeter oberhalb ihrer Aufteilung in die Beckenschlagader eine 2 cm lange, quer verlaufende Durchtrennung aufweist, die sich in der Rückseite in einer gleichhoch gelegenen, 1,5 cm langen Querdurchtrennung fortsetzt ...*

Der Kommissar schaute aus dem Fenster. Auf dem Dach gegenüber hatte sich eine Taube niedergelassen und heftig zu gurren begonnen. Er hörte das Gurren der Taube und gleichzeitig die Berichte der Kollegen. Er fügte, was er hörte, in seinem Kopf zu einem Puzzle zusammen – einem Puzzle mit großen Lücken.

Hoffmann nickte Kommissar Hettich zu und der hörte sofort zu kauen auf. »Also«, sagte er, musste aber dann doch noch den Kaugummi von der rechten auf die linke Seite schieben, »wir haben uns ums Küchenpersonal gekümmert: vier Personen. Der Koch war praktisch pausenlos beschäftigt, dafür gibt's natürlich genügend Zeugen. Dann gab's einen Rußland-Deutschen, sowas wie Koch Nummer zwei und alle bis weit nach Mitternacht am Arbeiten. Dann noch zwei Frauen, eine Frau Schneider, eine feste Aushilfe, die hauptsächlich an den Wochenenden kommt und noch ne zweite Aushilfe.«

Hettich sah die Kollegin Maiwald auffordernd an. »Die zweite Aushilfe«, fuhr die Kommissarin fort, »haben wir nicht erreicht. Wir haben mit der Nachbarin gesprochen. Die hat uns gesagt, dass die Frau, also diese andere Küchenhilfe, mit ihrer Schwester in den Urlaub gefahren ist. Nach Holland – oder Schweden?«

»Holland«, ergänzte Hettich.

»Grad heute?«, fragte Reiche.

Monika Maiwald sah ihn an. »Heute früh.«

»Das Stammpersonal muss genau unter die Lupe genommen werden«, sagte Hoffmann.

Schubert nickte. »Ich hab schon von Frau Kohlmeier eine Liste der Angestellten angefordert.«

»Was hat die Auswertung von Schradis Handy ergeben?«

Wiedfeld hatte sich Notizen gemacht. »Die Daktyloskopie hat nichts erbracht. Das Handy ist mit Fett in Berührung gekommen, eine einzige Schmiere. Aber wir haben die Nummern der letzten zwanzig Anrufe, samt Datum und Uhrzeit. Der letzte Anruf erfolgte 22 Uhr 16 – eine Verbindung nach Spanien. Da hat Schradi mit seinem Kompagnon gesprochen. Der Mann heißt Gomez.« Seine großen Hände blätterten um. »Dann haben wir da den Anruf an seinen Bruder, 17 Uhr 09, und den ins Hotel hier, 16 Uhr 55.« Er schaute nach. »Sein Flieger ist um 16 Uhr 21 in Stuttgart gelandet.«

»Hat die Auswertung seiner persönlichen Habe was gebracht?«, fragte Hoffmann. »Kalender, Adressbuch, et cetera?«

»Müssen wir abwarten. Wenn wir mehr über ihn wissen. Beim ersten Durchsehen ist mir nichts aufgefallen. Die Zigarettenkippen im Aschenbecher stammen eindeutig von ihm.«

Staatsanwalt Geiger, in seiner Lieblingsecke neben dem Schrank, hüstelte. »Spätestens morgen wird es Anfragen der Presse geben. Was haben wir zu vermelden – im weitesten Sinn?«

»Es wird ermittelt«, sagte Hoffmann und steckte sich ein Pfefferminzbonbon in den Mund. Er war dabei das Rauchen aufzugeben.

»Gibt es schon einen Verdacht, Hinweise?« Geiger fragte das nur pro forma.

Hoffmann schüttelte den Kopf. »Nein.«

Hauptkommissar Wolfgang Schubert, vor Jahren angeschossen und seitdem im Innendienst, war, was Aktenaufbereitung, Quellenstudium, Datenbeschaffung und Durchforsten von Informationssystemen anging, zum »Mann-der-alles-weiß« geworden. Seine Spürnase und seine Kombinationsgabe waren legendär.

»Ich hab da was über Siegfried Kohlmeier«, sagte er jetzt. »Er hat eine Vorstrafe wegen schwerer Körperverletzung. Liegt aber schon vierzehn Jahre zurück.«

»Sieh an«, murmelte Reiche. Einen Moment herrschte Schweigen.

»Wer hat das Handy gefunden, und wo?«, fragte von Barden.

»Jemand aus der Küche. Die Frau hat Abfall zu den Mülltonnen gebracht. Ihr ist beim Auskippen was runtergefallen und als sie's aufhebt, bemerkt sie am Boden das Handy.« Monika Maiwald sah Hettich an. »Eine Frau Bauer«, ergänzte Hettich. »Arbeitet seit fünf Jahren im Hirsch.«

Reiche schaute auf das Wasser-Poster, das die Fleig aufgehängt hatte: eine wild beschäumte Meeresküste mit großen Steinen und einem dämonischen Sonnenuntergang. Alle fanden das Bild fürchterlich, aber keiner getraute sich, Silberchen die Wahrheit zu sagen. In manchen Dingen war sie empfindlich.

»Wo gibt es einen neuen Ansatz?«, fragte Hoffmann. Er wandte sich an Reiche: »Was sagt dein Gefühl – wo würdest du weitermachen?«

»Bei den Kohlmeiers.«

Von Barden nickte. »Ich auch.«

»Warum?«

»Es ist nicht direkt gelogen, was sie sagen. Aber es stimmt auch nicht.«

»Mir scheint, da ist viel gelogen«, sagte Reiche. »Das stinkt

77

doch – Kohlmeier leiht Schradi zehntausend Euro und zuckt mit den Schultern, wenn man ihn fragt, ob er Chancen sieht, es zurückzubekommen.«

»Wichtig wäre, an Schradis Konto in Spanien zu kommen, zumindest an seine Kontoauszüge. Aber wir haben da ja unsere Erfahrungen«, setzte Hoffmann düster hinzu. »Wenn es über die Staatsanwaltschaft läuft, dauert es …« Er wandte sich an Geiger.

»Monate«, vervollständigte Geiger den Satz.

»Das können wir vergessen. Also muss es über den polizeilichen Informationsaustausch laufen.« Er schüttelte den Kopf. »Aber das dauert auch.«

»Hm«, machte Kommissarin Maiwald.

»Ja, Monika?«

»Ich war ja mal in Palma. Das war eine Informationsreise. Ich konnte dann länger bleiben und habe dann auch«, eine leichte Röte überzog ihr Gesicht, »jemand von der Polizei kennengelernt. Beruflich«, fügte sie hastig hinzu. »Ich meine, ich könnte versuchen, den dortigen Kollegen …«

»Sprichst du denn spanisch?«, unterbrach sie Wiedfeld.

»Schon, eigentlich ganz gut.«

»Ausgezeichnet!« Hoffmann sah sie wohlwollend an. »So machen wir's. Red mit dem Mann. Erst mal ganz privat. Sieh, was sich da machen lässt.«

»Gut«, sagte Kommissarin Maiwald und warf einen flüchtigen Blick zu Reiche, der interessiert seine Schuhspitzen musterte. Der Kriminalrat wandte sich an Reiche. »Ist Simon Schradi wirklich aus dem Schneider?«

Reiche zuckte mit den Schultern. »Sieht so aus. Im Moment haben wir keinen Anhaltspunkt, um bei ihm weiterzumachen.«

»Kohlmeiers Vergangenheit.« Der Kriminalrat rieb sich nachdenklich das Kinn. »Schwere Körperverletzung. Mitglied in einer Motorradgang. Jetzt Hotelier …«

»Wir brauchen jemand, der ihn von früher kennt«, bemerkte von Barden.

»Und wo finden wir den?«

Reiche überlegte. »Wir haben nur Simon Schradi. Vorerst.«

»Und Valentin Munz«, sagte von Barden.

Hoffmann machte sich in seiner winzigen Schrift Notizen. Er hatte immer nur ein einziges Blatt Papier bei sich. »Gut. Da ansetzen.«

»Und die Dame Kohlmeier?«, fragte Monika Maiwald.

»La Contessa«, murmelte von Barden und seine Augenbraue zuckte.

»Kohlmeier, Hotelfachschule Heidelberg. Da muss es ja Unterlagen geben. Hettich, machst du das?«

Hettich hörte auf zu kauen und nickte.

»Die Mitarbeiter vom Hirsch. Die muss man gründlich unter die Lupe nehmen.« Hoffmann wandte sich an Kommissar Schmidt. »Ludwig, kümmerst du dich drum?«

Schmidt brummte etwas.

»Die Kollegin Fehrholz nimmt sich die Hochzeitsgäste vor.« Hoffmann nahm seine Brille ab und rieb sich die Augen. »Das ist trocken Brot, ich weiß. Aber wir müssen uns in alle Richtungen bewegen.« Der Kriminalrat wandte sich an Schubert. »Kommst du an die Prozessunterlagen Kohlmeier ran?«

»Ich glaub nicht, dass es sie noch gibt.«

»Vielleicht stand ja was in der Zeitung«, bemerkte Reiche. Er stocherte mit der Zunge im Kiefer.

Hoffmann schaute auf seine Notizen. »Was fällt euch zu dem verbrannten Foto ein?«

»Nichts«, murmelte von Barden.

»Ja, Martin?«

Von Barden winkte ab.

»Warum verbrennt man ein Foto?« Der Kriminalrat sammelte Argumente.

»Damit das, was drauf ist, nicht mehr zu sehen ist«, sagte Hettich, ohne sein Kauen zu unterbrechen.

»Um jemand zu ärgern. Um zu provozieren«, ergänzte die Maiwald.

»Das, was auf dem Foto ist, hat sich erledigt«, warf Schubert ein. »Man braucht es nicht mehr.«

»Oder das Bild ist gefährlich, kompromittierend, eine Bedrohung«, meldete sich Wiedfeld.

»Hat es mit dem Besuch zu tun?«, fragte Hoffmann.

»Möglich. Aber der Zeitpunkt, wann genau die Aufnahme verbrannt wurde, lässt sich nicht genau genug eingrenzen«, sagte Reiche. »Es kann sein, dass Schradi gleich nachdem die Bedienung das Vesper gebracht hat, die Aufnahme verbrannt hat. Als er noch allein war. Es kann, aber es muss nicht mit dem Fremden zusammenhängen.«

»Oder *der* Fremden«, warf Kommissarin Fehrholz ein.

Reiche schaute zu ihr hin und schnell wieder weg.

»Was ist mit dem Handy?«, fragte Wiedfeld.

»Das Handy …«

Von Barden stellte sich hinter seinen Stuhl und stützte die Hände auf die Lehne. »Jemand hat das Handy aus dem Zimmer Schradis genommen. Er kann es zufällig oder absichtlich getan haben. Theoretisch kann es sogar vor Schradis Tod passiert sein. Es kann jemand aus dem Haus gewesen sein, eine Bedienung, jemand, der gerade am Zimmer vorbei kam. Alles theoretisch. Aber das Naheliegende ist, dass die Person, die Schradi erstochen hat, das Handy genommen hat. Aus welchem Grund auch immer. Aber warum, wenn wir jetzt mal bei der Annahme bleiben, hat er es dann weggeworfen? Hat er es absichtlich neben die Mülltonne geworfen? Oder wollte er es in die Mülltonne werfen und hat nicht bemerkt, dass es daneben gefallen ist?«

»Wenn wir schon bei der Theorie sind«, warf Reiche ein, »Georg Schradi kann das Handy sogar selbst neben die Tonne geworfen haben – obwohl er es vielleicht hineinwerfen wollte.«

»Dann müsste ihn aber jemand gesehen haben«, bemerkte Wiedfeld.

»Nicht unbedingt.«

»Und warum hätte er sowas tun sollen?«

Reiche zuckte mit den Schultern. »Es ging jetzt nur um die Frage: Wie kommt das Handy aus dem Zimmer neben die Mülltonne?«

»Gehen wir mal davon aus, dass derjenige, der Schradi erstochen hat, das Handy genommen hat«, sagte Hoffmann. »Er hat es genommen und beim Verlassen des Hotels weggeschmissen. Warum?«

»Er hat die Nummern abgelesen und nachdem er die Informationen, die er haben wollte, hatte, war das Ding für ihn wertlos.« Monika Maiwald schaute nicht Hoffmann an, sondern Reiche, als habe der gefragt.

»Das heißt, jemand wollte etwas von Schradi wissen, was dieser nicht preisgeben wollte – im weitesten Sinn«, ließ sich Staatsanwalt Geiger aus seiner Ecke vernehmen.

Reiche grinste. »Irgendwie hört sich das alles wie ›Der Kampf ums Handy‹ an.«

»Oder er erhoffte sich vom Handy Informationen, die es nicht gab, und als er das merkte, hat er's in den Müll geworfen.« Kommissarin Maiwald blieb ernst.

»Und dann haben wir da noch ›Das Geheimnis des verbrannten Bildes‹.« Wiedfeld zeichnete mit den Fingern ein Viereck in die Luft.

Hoffman seufzte. Er wusste, wenn die Kollegen anfingen »lustig« zu werden, ging die Besprechung ihrem Ende zu. Er faltete sein Blatt zusammen. »Das wär's erst mal.«

Reiche hatte als Einziger noch nicht seinen täglichen Bericht geschrieben. Während die anderen gingen, diktierte er Silberchen Fleig das Wichtigste in den Computer.

9

Reiche fuhr nach Hause. Als er seinen Wagen in der Tief-
garage abgestellt hatte, merkte er, dass er jetzt noch nicht in
die Wohnung konnte. Das Wetter war zu schön. Ein milder
Sommerabend, der Himmel hell und wolkenlos und eine süd-
liche Leichtigkeit in der Luft.
Während er Richtung Park ging, dachte er an Schradis Bauernhof. In seiner Nase war wieder der würzige Geruch des
gewendeten Heus, er hörte die vertrauten Geräusche aus dem
Stall, das leise Klirren der Ketten, das Schnauben der Tiere, er
hörte das Schrillen der Mauersegler, die im Sturzflug in den
Hof einflogen. Es war die Zeit der Mahd, der Glühwürmchen,
der ersten Kirschen und der Flurprozessionen.
Darüber schob sich auf einmal das Bild der toten Fliegen im
Wohnzimmer, das Bild des Vaters, wie er in der Tagesstätte
mit kleinen tapsenden Schritten von einem Tisch zum anderen geht und die Milchkännchen einsammelt.
Auch Georg Schradi war auf dem Land aufgewachsen – und
hatte alles unternommen, um von dort wegzukommen. Aber
letztlich war er nicht in die Großstadt gegangen, nicht nach
Berlin, Hamburg oder München, sondern wieder aufs Land,
nach Mallorca. Vom Schwarzwald nach Spanien. Aus dem
Schwarzwald nach Amerika, das hatte Tradition, dachte Reiche, meinetwegen auch nach Kanada – aber Mallorca?
Am Rande des Parks gab es ein Café, durch dessen seitliches
Fenster Eis verkauft wurde. Erwachsene und Kinder standen
in einer langen Schlange geduldig an und gingen dann, wenn
sie die Tüte in der Hand hielten, mit einem verklärten
Lächeln, die Zunge ungeniert herausstreckend, in den Park
zurück. Offenbar machte erst ein Eis diesen Sommerabend

vollkommen. Und obwohl er eigentlich kein großer Eisesser war, holte sich Reiche ebenfalls eine Tüte.

Langsam ging er in den Park zurück. Als ein junges Pärchen von einer Bank aufstand, setzte er sich. Er beschäftigte sich mit seinem Eis und schaute auf die Leute, die vorbeiflanierten. So süß hatte Reiche Eis nicht in Erinnerung. Hatte sich sein Geschmacksempfinden verändert oder hatte man Eis im Laufe der Jahre süßer gemacht? Als ein Stück der Waffel abbrach und zu Boden fiel, kam ein Spatz angeflogen und pickte den Krümel auf. »Müsstest du um diese Zeit nicht längst im Nest sein?«, wunderte sich der Kommissar. Der Spatz hüpfte vor Reiches Füßen auf und ab und bekam ein weiteres Bröckelchen. »Du wirst schlecht schlafen, wenn du dir den Bauch so voll schlägst.« Auch das neue Stück wurde aufgepickt. »Ich kann das nicht weiter unterstützen«, sagte Reiche. Er versuchte den Vogel zu ignorieren und schaute beharrlich ins Grüne. Das Eis wurde immer süßer. »Ist auch nicht gesund«, murmelte Reiche und versenkte die Tüte samt Inhalt im Papierkorb neben der Bank. Schamhaft legte er ein Stück alter Zeitung drüber. Der Spatz flog weg.

Zu Hause wollte Reiche die Rollläden wieder hochziehen. Er unterließ es: Das Wohnzimmerfenster war ohne Vorhang. Er hatte längst einen nähen lassen, aber der Stoff lag immer noch beim türkischen Schneider um die Ecke.

Der Kommissar machte die Stehlampe an, holte sich ein Bier und setzte sich in seinen Lieblingssessel – ein altes, schweres Möbelstück, das er als einziges vom elterlichen Hof in seine Wohnung geholt hatte.

Auf dem Anrufbeantworter waren keine Anrufe. Er war erleichtert – aber auch ein wenig enttäuscht. Er gestand sich ein, dass er sich über einen Anruf von Doris gefreut hätte – so problematisch er vielleicht gewesen wäre.

Er rief Ingrid auf ihrem Handy an. Schon als seine Schwester sich meldete, wusste Reiche was los war. Immer, wenn sie in einem dieser anonymen Hotelzimmer übernachten musste, bekam sie Kopfschmerzen. Sie war dann fürchterlicher Laune, die sie gern vor ihrem Bruder ausbreitete. Manchmal hatte er Mitleid und ließ sie schimpfen und klagen. Heute war ihm überhaupt nicht danach. Er berichtete kurz von seinem Besuch im Hause Abendschön, wünschte gute Besserung und drückte die Verbindung weg.

Simon Schradi wusch sich gerade die Hände am Wasserhahn am Haus, als am anderen Morgen die Kommissare auf dem Hof erschienen. Er schlenkerte ein paar Mal mit den Händen, ohne sie abzutrocknen und erwartete die Beamten mit finsterer Miene. Er hatte wieder diesen Blick von unten herauf, mit schräg geneigtem Kopf, als höre er schlecht. Und er machte keinerlei Anstalten ihnen zu antworten, nachdem er gehört hatte, um was es ging.

Von Barden fixierte ihn. »Herr Schradi, es muss ihnen doch dran gelegen sein, dass der Mörder ihres Bruders gefasst wird!«

»Hoffentlich finden Sie diesmal den Richtigen«, knurrte der Bauer.

Von Bardens Augenbraue schnellte in die Höhe. »Was wollen Sie? Wir machen unsere Arbeit. Dazu gehörte auch, dass wir herausfinden, dass Sie als Täter nicht in Frage kommen.« *Wahrscheinlich* nicht in Frage kommen, wollte er hinzufügen, aber er ließ es.

»Hier geht es um Mord«, schaltete sich Reiche ein. »Ihr Bruder ist umgebracht worden. Kommen Sie von Ihrem hohen Ross runter!«

Schradi sah den Kommissar an, als registriere er erst jetzt, wer vor ihm stand. Er machte eine vage Geste, die wohl eine Einladung sein sollte, und die Beamten folgten ihm. Vor dem Haus zog er die Gummistiefel aus und ging in Strümpfen weiter. Im ersten Raum brummte wieder die Waschmaschine. Im Kinderzimmer und auch in der Küche war niemand.

»Ist Ihre Frau nicht da?«, fragte von Barden.

»Sie ist mit dem Valentin und der Kleinen zum Impfen.«

»Herr Munz geht zum Impfen?«, fragte von Barden erstaunt.

Schradi zeigte auf die Stühle am Küchentisch und Reiche und von Barden setzten sich. »Karla wird geimpft und Vale musste zum Zahnarzt.«

Der Bauer brachte Brot, Speck und die gläserne Kaffeekanne und schob Legosteine, Buntstifte und Playmobilfiguren zur Seite. Reiche schaute auf seine Uhr. »'s z' Niene-Esse«, bemerkte er im Dialekt.

Für einen Augenblick erschien der Anflug eines Lächelns auf Simon Schradis Gesicht. »Wollen Sie was trinken?«, fragte er. Und fügte hinzu: »Oder essen?«

»Sie haben gutes Wasser«, sagte Reiche.

Schradi stand auf, füllte einen Krug, den er vom Bord über dem Kühlschrank nahm, mit Wasser und stellte ihn mit zwei Gläsern vor die Polizisten. Dann setzte er sich und streckte die Füße aus.

Während von Barden die Gläser füllte, fragte er: »Sind Sie früher auch Motorrad gefahren?«

Schradi schüttelte den Kopf. »Ich hab nicht mal den Motorradführerschein.«

»Aber Sie kannten die Freunde Ihres Bruders?«

»Ich hab mit Schorschs Clique nicht viel zu tun gehabt. Ich hab überhaupt mit meinem Bruder nicht viel zu tun gehabt.« Sorgfältig schnitt er eine Scheibe vom Brotlaib ab. »Manchmal sind seine Kumpel mit ihren Maschinen auf den Hof gekommen und haben ihn abgeholt.« Er schenkte sich Kaffee ein. »Der Vadder hat des net gern gsehn. Aber d' Mutter hat immer zum Georg gehalten. Der war ihr Liebling.« Er zuckte mit den Schultern und bevor er trank, murmelte er: »Wie Mütter halt so sind.«

Der Bauer aß und kaute bedächtig und es schien, als sei seine Auskunftsfreude schon wieder erloschen. Reiche und von Barden warteten geduldig. Sie spürten, dass man Schradi Zeit lassen musste. Erst mit dem heutigen Tag drang zu ihm durch, was geschehen war: Sein Bruder war tot. Die Aggression, sobald dessen Name fiel, war verschwunden. Niemand sagte etwas. Nur das Brummen der Waschmaschine war zu hören.

Simon Schradi schaute angestrengt auf die Tasse in seiner Hand. »Haben Sie eine Spur?«, fragte er schließlich mit belegter Stimme.

»Wir sind am Anfang«, antwortete Reiche ausweichend.

Der Bauer nickte. »Wissen Sie, der Schorsch und ich … Schon als Kinder waren wir …« Er brach ab und wischte sich hastig über die Augen.

Nach einer Weile fragte Reiche: »Sagen Sie, Herr Schradi, was wissen Sie über seine Freunde. Es ist wichtig für uns.« Er sah den Bauer eindringlich an. »Ihr Bruder und Siegfried Kohlmeier – wie standen sie zueinander?«

»Sie meinen damals?« Schradi hatte sich wieder gefasst. »Die zwei waren ganz dicke. Die waren ne Clique für sich. Da hat auch noch der Reiff dazugehört. Die hingen immer zusammen, haben auch größere Fahrten gemacht. Einmal waren sie zusammen in Südfrankreich.«

»Aber irgendwann muss es zum Streit zwischen ihnen gekommen sein. Wissen Sie was darüber?«

»Ich hab das nicht so genau mitgekriegt. Der Schorsch hatte ja dauernd Zoff mit irgendwem, auch wegen der Weiber. Und der

Kohlmeier …« Schradi nahm zwei Legosteine und schob sie hin und her. »Eigentlich war der ganz anders als der Schorsch. Der war auch in der Landjugend, von daher hab ich ihn näher gekannt. Der hat genau gwusst, was er will. Der war irgendwie …« Er suchte nach dem passenden Wort, »ehrgeizig.«

»Ehrgeizig?«

»Sein Vater hat den Hof als einer der ersten hier aufgegeben, da ging der Siggi noch zur Schule. Der Siggi hat dann eine Lehre als Koch gemacht, bei seinem Onkel. Dem hat nämlich früher der Hirsch gehört.«

»Der Siegfried Kohlmeier hat Koch gelernt?«

Schradi nickte. »Er hat immer viel geschafft und ist viel rumgekommen. Hat auch in der Schweiz gearbeitet, soviel ich weiß. Aber eigentlich war er immer auf ein Hotel scharf. Und da hat's natürlich gepasst, dass sein Onkel keine Kinder hatte. Irgendwann ist der Siggi wieder zum Hirsch zurück.«

»Als Koch?«

»Glaub ich nicht.« Er zuckte mit den Schultern. »Er wird schon auch anderes gemacht haben. Der Onkel hat bald gemerkt, dass der Siggi wirklich Interesse hat. Der Mann war ja alt, über siebzig. Jedenfalls hat er ihn auf die Hotelfachschule nach Heidelberg geschickt. Und als der Siggi zurückkam, hat der Onkel seinen Wald verkauft und der Hirsch wurde umgebaut. Da hatte der Siggi schon die Zügel in der Hand. Und dann ist die Tante gestorben. Und ein halbes Jahr später der Onkel, das ging Schlag auf Schlag. Und er hat alles geerbt.«

Unversehens hatten die Kommissare jetzt mehr über Kohlmeier als über Georg Schradi erfahren. Aber zum Bruder überzuleiten, war nicht schwer.

»Mit der Motorradclique – wie lang ging das?«

Der Bauer stand auf und brachte den Teller mit dem Speck in

den Kühlschrank zurück. »Schwer zu sagen. Der Schorsch hat sich ja immer wieder neue Maschinen gekauft. Immer was größeres natürlich.«

Von Barden sah von seinen Notizen auf. »Hat er denn so gut verdient? Ich meine – ein neues Motorrad, die Steuern, die Versicherung … das geht doch ins Geld.«

Schradi winkte ab. »Das waren alles gebrauchte Maschinen. Und er hat ja lang aufm Hof gelebt, keine Miete zahlen müssen …«

»Hat er so gut verdient?«

»Zuletzt hat er beim Landmaschinen-Müller als Vertreter gschafft.« Er lachte kurz auf. »Schwätzen konnt er ja. Er war auch mal ne Weile weg. Hat in Karlsruhe bei ner Freundin gewohnt. Angeblich war er Kompagnon von einem Taxiunternehmer. Das ging aber nicht lang. Nach einem Jahr war er wieder da. Ist mit ner Hucke voller Schulden zurückgekommen.«

Schradi schwieg eine Weile, während er das letzte Stück Brot kaute. Dann sagte er: »Der Schorsch hatte Schulden, seit ich denken kann.« Nach einer Weile: »Und nach dem Motorrad musst es ein BMW sein.« Er verzog ironisch den Mund. »Ein Gelegenheitskauf …«

»Ein Wagen, kein Motorrad?«

Schradi nickte. »Unsere Mutter hat ein Grundstück verkauft.«

Reiche verstand sofort; von Barden zog fragend die Braue hoch.

»Eine Wiese, genauer gesagt, die sie von ihrer Tante geerbt hatte. Georg ist ihr wochenlang in den Ohren gelegen.« Der Bauer sah auf. »Wenn *ich* d' Mudder drum gebeten hätt … um das Geld … Pah!« Er machte eine wegwerfende Handbewegung. »Das Geld hat sie dann wenigstens unter uns aufgeteilt.« Er lachte bitter.

Reiche wollte sicher sein. »Ihr Bruder die Hälfte und Sie die Hälfte.«

Der Bauer lächelte gezwungen. »Der Vadder war stocksauer, er und d' Mudder haben tagelang gstritten …«

Es war, als sei Simon Schradi froh, über seinen Bruder sprechen zu können, auch wenn es nichts Schmeichelhaftes war. Reiche hatte das schon öfter erlebt: Wenn aus Beschuldigten Zeugen wurden, wenn die Last der Verdächtigung von ihnen genommen war, fingen sie zu reden an. Und je mehr sich Simon Schradi an die Vergangenheit und an das gemeinsame Leben mit seinem Bruder erinnerte, desto öfter schimmerte Trauer in seinen Augen auf.

»Sie haben vorhin von den anderen in der Clique gesprochen …« Von Barden schaute auf seine Notizen. »Sie haben den Namen Reiff erwähnt.«

»Der Reiff, der Heinrich und der Andres, an die kann ich mich erinnern. Der Heinrich ist später zum Bund als Berufssoldat, keine Ahnung, wo der jetzt steckt. Der Andres hat den Hof von sei'm Vater übernommen, der macht aber jetzt nur noch auf Pferdepension, soviel ich weiß, der ist weg von der Milchwirtschaft …«

»Und dieser Reiff?«

»Der Benno Reiff? Der ist bei den Motorrädern und den Autos geblieben. Der hat ne Reparaturwerkstatt, hier ganz in der Nähe.«

10

Die Einfahrt zur Werkstatt war mit kleinen, runden Steinen gepflastert und links und rechts vom Tor wuchs wilder Wein. Im Hof, unter einem roten Sonnenschirm, stand ein neuer, großer Motorroller, eher an ein Motorboot als an ein Straßenfahrzeug erinnernd.

Durch die offene Werkstatt-Tür war die Hebebühne zu sehen mit einem aufgebockten Toyota. Rechts davon an der Wand eine riesige Leuchtreklame für Autoreifen. Darunter ein Schild und eine Tabelle: *Bremsenprüfstand.*

Benno Reiff, die Hände an einem Lappen abwischend, trat mit einem offenen, fragenden Blick auf sie zu. Er hatte freundliche, blaue Augen, das braune Haar mit ersten grauen Strähnen reichte ihm bis auf die Schultern.

Reiche zeigte seinen Ausweis und sagte, es gehe um Georg Schradi. Benno Reiff war dann über das, was er zu hören bekam, schockiert. Er sagte erst einmal nichts, legte den Lappen weg und schüttelte immer wieder den Kopf. Schließlich winkte er seine Besucher ins Büro, einen kleinen, fensterlosen Raum, in dem ein wuchtiger alter Schreibtisch stand, der voll bepackt war mit Papieren, Ordnern, Prospekten und diversen Klarsichthüllen. Wie Inseln trieben in diesem bürokratischen Durcheinander ein Telefon, ein Faxgerät, ein Scheckkartenterminal und ein kleines Radio.

Benno Reiff ging hinter den Schreibtisch und schaltete das Radio aus. »Ich kann ihnen nicht mal was zum Sitzen anbieten«, sagte er. Tatsächlich gab es in dem Kabuff außer dem Stuhl hinter dem Schreibtisch keine weitere Sitzgelegenheit.

»Mein Gott, der Easy …« Reiff zog eine Zigarettenschachtel

unter dem Papier hervor und nahm eine Zigarette heraus, ohne sie anzuzünden.

»Wann haben Sie Georg Schradi zum letzten Mal gesehen – oder gesprochen?«, fragte von Barden. Er hielt sich das leicht parfümierte Taschentuch vor die Nase, um für einen Moment etwas anderes zu riechen als Abgase und Benzin.

»Ich wusste nur, dass er nach Spanien ist. Wir haben die letzten Jahre überhaupt keinen Kontakt mehr gehabt.« Benno Reiff steckte sich die kalte Zigarette in den Mund, sog daran und nahm sie wieder zwischen die Finger. »Schon komisch – wenn man früher so viel zusammen war.« Er grinste. »Unsere wilden Zeiten. War schön.«

Reiche nickte von Barden zu, das Fragen zu übernehmen. Währenddessen schaute er sich unauffällig im Raum um. Das Zimmer war schon lange nicht mehr gestrichen worden. Es wirkte wie aus einer vergangenen Zeit mit dem überholten Motorradkalender an der Wand, dem eisernen Schlüsselkasten und dem verstaubten Plakat, auf dem das Funktionsschema einer Zündkerze dargestellt war.

»Sie haben keinen Kontakt mehr zu den anderen Freunden von damals?«, fragte von Barden.

Benno Reiff schüttelte den Kopf. »Nee. Der Easy ist ja schon lange weg. Und der Siggi ist irgendwann in seinem Hotel verschwunden und was Besseres geworden …« Er sagte das ohne Häme, mit einem flüchtigen Lächeln. »Der Heinrich ist zur Bundeswehr und der Andres …« Er zögerte.

»Ja?«

»Der ist mehr oder weniger abgestürzt.«

»Abgestürzt – wie meinen Sie das?«

Reiff war etwas verlegen. »Ist auf keinen grünen Zweig gekommen, wenn Sie wissen, was ich meine.«

»Ist er arbeitslos?«

Der Mechaniker schüttelte den Kopf. »Der hat vor Jahren den Hof von seinen Eltern übernommen. Aber da war der schon total runtergewirtschaftet. Der Andres hat dann was mit Pferden aufgezogen. Da war im Bauernblättchen immer so ne Anzeige – Pferdepension, Reitstall. Ist aber auch schon mindestens drei Jahre her. Na ja, und der Theo, ich will mal so sagen: er hat immer gern einen gebechert. Dann ist ihm die Frau davongelaufen ...« Er machte eine bedauernde Handbewegung. Dann grinste er wieder. »Aber er hatte seinerzeit den stärksten Schlitten, eine BMW, sechshundert Kubik, da war'n wir alle ein bisschen neidisch.«

»Und der Kohlmeier?«

Er lachte. »Der hatte die ›Güllepumpe‹, wie wir immer gsagt haben, weil die so einen Ton drauf hatte. Eine Honda Tourenmaschine ...«

»Sagen Sie, Herr Reiff, Siegfried Kohlmeier ist mal wegen schwerer Körperverletzung verurteilt worden. Kannten Sie ihn da schon?«

Reiff machte eine abschätzige Handbewegung. »Ach Gott, *die* Geschichte. Ich war damals nicht dabei. Da hat der Siggi auch'n bisschen Pech gehabt. Ich meine – er hat ja selber auch einiges abgekriegt.« Er schüttelte den Kopf. »Nee, ein Schläger war der Kohlmeier eigentlich nicht.«

»Und wie war das Verhältnis von Georg Schradi zu Kohlmeier?«

»Verhältnis?«, machte Benno Reiff verständnislos. »Wir waren *eine* Clique, wir waren alle Kumpel ...«

»Aber man steht doch dem einen näher als dem andern, in so einer Gruppe gibt es immer ...«

Reiff schob die ungerauchte Zigarette in die Schachtel zurück. »Kann ich so nicht sagen. Okay, später ist die Sache auseinander gelaufen, ich hatte den Unfall ...« Er wies auf die Narbe auf seiner Stirn, »Schenkelbruch, Mittelhandknochen gebrochen, konnte lange nicht fahren – das war irgendwie …« Er verzog das Gesicht, »der Anfang vom Ende.«

»Sie meinen, die anderen trafen sich dann nicht mehr?«

»Nicht mehr lang. Der Siggi ist im Hirsch groß eingestiegen … und ist dann ja auch nach Heidelberg. Ungefähr zur selben Zeit hat sich auch der Heinrich zum Bund gemeldet.«

»Blieben noch der Andres und Georg Schradi.«

»Na ja, die beiden … So dicke waren die nicht. Die zwei haben sicher nichts miteinander gemacht.«

»Und warum nicht?«

Benno Reiff wiegte den Kopf. »Der Andres war schon ein bisschen schwierig.«

»Inwiefern?«

»Was weiß ich, da gab's irgendwelche Weibergeschichten …« Er machte eine Pause. Schließlich sagte er: »Der Easy hat dem Andres mal die Frau ausgespannt …«

Reiche kannte zwar das Dorf, aber dann hatten sie doch Probleme, den Hof zu finden, der nur durch eine schmale Asphaltstraße zu erreichen war. Der Kommissar fragte sich unwillkürlich, ob das ein Vorteil oder ein Nachteil war für eine Pferdepension.

Das Anwesen war umgeben von Obstbäumen und hoch gewachsenen Sträuchern, welche das Wohnhaus und die anderen Gebäude regelrecht abschirmten. Es machte einen verwunschenen Eindruck. Hier hatte schon lange keine Menschenhand mehr eingegriffen, um diesen Urwald zu bändigen.

Das Gras in dem Bauerngarten neben dem Wohnhaus stand hüfthoch. An der bröseligen Gartenmauer entlang wuchsen Heckenrosen, die diesen Teil des Gartens in ein furioses Rot tauchten. Neben dem Zufahrtsweg auf den Hof gab es ein

Gebilde, das Reiche nach längerem Hinsehen schließlich als einen ausrangierten Traktor erkannte, der völlig von Brombeergestrüpp überwachsen war. Bevor sie den gekiesten Vorplatz des Hofes erreichten, sah er noch einen tief in den Boden eingesunkenen Heuwender, zwei vergammelte Schlepperreifen in einer Insel aus Brennnesseln und einen demolierten Tränkewagen, dem ein Rad fehlte.

Aus dieser Wildnis ragte das alte Fachwerkhaus wie ein gestrandetes Schiff. Den Hof vervollständigten Stall, Scheune, Schuppen und ein zerfallenes Backhaus. Der Stall war umgebaut worden. Vor den Pferdeboxen stand ein bulliger junger Mann in schlabbrigen Hosen, der mit seinem kantigen, kahl geschorenen Kopf an einen Preisboxer erinnerte. Als er die Kommissare sah, fuchtelte er mit den Händen und rief in gebrochenem Deutsch: »Mann im Haus drin!«

Die Haustür stand auf. Als sie den Flur betraten, kam ihnen Theo Andres entgegen. Er sah aus, als habe er gerade noch geschlafen. Man musste kein Fachmann sein, um in Andres den Alkoholiker zu erkennen. In seinem aufgedunsenen Gesicht wölbten sich die Backen, als wären sie geschwollen. Ein Geflecht feiner Äderchen schimmerte durch die Haut. Er trug eine altmodische Brille, deren Steg mit Isolierband geflickt war. Reiche warf einen Blick an dem Mann vorbei in den nächsten Raum. Über einem Tisch, vollgestellt mit Geschirr und Flaschen, hing ein Fliegenfänger voller Insekten.

»Ja?!«, machte Andres. Eine lange Haarsträhne fiel ihm in die Stirn. In der Hand hielt er eine halbgerauchte Zigarette.

Reiche zeigte seinen Ausweis.

»Was wollen Sie?«

Reiche wollte schon sagen »Dürfen wir reinkommen?«, aber dann überlegte er es sich. Im Gang roch es überwältigend nach menschlichen Ausdünstungen und kaltem Zigaretten-rauch. Andres ging wortlos an den Kommissaren vorbei nach draußen und deutete neben der Sandsteintreppe auf die Sitz-gelegenheiten neben dem Hauseingang. Hier standen ein Plastiktisch, zwei Plastikstühle und, an die Hauswand geschoben, eine alte eiserne Gartenbank.

»Es geht um Georg Schradi.« Reiche schob die Pferdedecke, die auf der Bank lag, so weit wie möglich von sich weg.

»Der Easy?« Andres drückte seine Zigarette auf einem Teller voll geschmolzenen Kerzenwachses aus. »Was ist mit ihm?«, fragte er lauernd.

»Er ist tot.«

Andres sah überrascht auf. Er kniff die Augen zusammen und tastete mit der Rechten nach der Brusttasche seines Hemdes. Dann stand er auf und verschwand im Haus. Als von Barden Anstalten machte ihm nachzugehen, schüttelte Reiche den Kopf. Andres kam zurück, in der Hand eine neue Zigaretten-schachtel.

»Wenn die Polizei kommt und mir sagt, dass der Georg Schradi tot ist …« Er ließ den Satz unbeendet. Während er sich eine Zigarette ansteckte, sah er die Kommissare argwöh-nisch an.

Reiche sagte das Notwendigste.

Andres sog tief den Rauch der Zigarette ein. »Der Easy ist in Kohlmeiers Hotel erstochen worden?« Er verzog das Gesicht zu einer Grimasse, dann begann er leise zu lachen. »Das passt, das passt!«, stieß er hervor. Sein Lachen wurde lauter und ging in ein röchelndes Husten über.

Nachdem sein Gegenüber wieder zu Atem gekommen war, fragte Reiche: »Wie meinen Sie das: Das passt?« Es war noch früh am Morgen, Andres sprach klar und deutlich. Er scheint nüchtern zu sein, dachte Reiche.

Andres begann die Asche von seiner Zigarette zu klopfen bis nur noch der schmale Glutrand übrig blieb. Er winkte ab. »Schon gut. War mehr ne Redewendung.«

Von Barden, der auf der äußersten Kante des Stuhles saß, schlug sein Notizheft auf. »Herr Andres, wann haben Sie Georg Schradi zum letzten Mal gesehen – oder gesprochen?«

Statt einer Antwort kam ein neuer heftiger Hustenanfall, der von Barden gequält das Gesicht verziehen ließ.

Der Kommissar wiederholte seine Frage.

Nachdem sich Andres wieder beruhigt hatte, sagte er. »Keine Ahnung. Vor fünf Jahren? Zehn Jahren?«

»Und wann haben Sie Siegfried Kohlmeier zum letzten Mal gesprochen?«

Während Andres antwortete, strömte der Rauch stoßweise aus seinem Mund. »Ich hab mit denen nichts mehr am Hut. Das ist lange vorbei.« Er schüttelte den Kopf. »Scheiß drauf.«

»Sie haben also mit ihren alten Freunden seit Jahren keinen Kontakt mehr?«

»Freunde!«, machte Andres verächtlich.

»Aber Sie waren doch befreundet?!«, bohrte von Barden weiter. »Sie und Georg Schradi, Benno Reiff, Siegfried Kohlmeier und dieser Heinrich, der zur Bundeswehr ist.«

»Waren wir nicht!«, knurrte Andres. Dabei irrten seine Augen hinter der großen Brille unruhig hin und her. Jetzt bezweifelte Reiche doch, dass er nüchtern war. »Freunde bescheißen sich nicht.« Mit einer fahrigen Bewegung wischte er sich eine Strähne seines fettigen Haares aus der Stirn.

»Wer hat Sie beschissen?«

Statt einer Antwort, erhob sich Andres erneut und ging ins Haus. Als er zurückkam, hatte er eine Flasche Bier in der Hand. Bevor er sich setzte, brüllte er zu den Boxen hinüber: »Juri, lass sie auf die Weide! Mach, dass du fertig wirst!«

Er nahm einen langen Schluck aus der Flasche. »Ich will Ihnen was sagen.« Er stützte den Arm auf und streckte den Zeigefinger wie ein Lehrer. Dabei sah er Reiche mit halb gesenktem Kopf an. »Jetzt braucht der Kohli nicht mehr zahlen.«

»Was zahlen?«

Andres lehnte sich in seinem Stuhl zurück. »Haben Sie mit Kohlmeier gesprochen? Ja, klar. Und mit seiner Trutschel auch? Und – was haben sie Ihnen erzählt?«

»Herr Kohlmeier hat angegeben, dass ihm Herr Schradi Geld schuldet – und dass er ihn aufgefordert hat, seine Schulden zu begleichen.« Reiche wusste, es galt jetzt Andres Stichworte zu geben.

Andres lachte wieder sein heiseres Lachen, das unvermeidlich in einen Hustenanfall überging. »Seine Schulden begleichen – der Easy beim Kohlmeier, ja? Na dann!« Er schüttelte belustigt den Kopf.

»Sie meinen, Herr Kohlmeier hatte keinen Anspruch auf das Geld?«

»Wie man's nimmt.« Andres machte das Thema Spaß. Seine Genugtuung war unverkennbar. Gleichzeitig glaubte Reiche bei ihm eine unterschwellige Wut zu spüren.

»Waren Sie auch schon beim Schrauben-Benno?«

»Sie meinen Benno Reiff?«

»Und – hat er Ihnen was erzählt?«

Die Kommissare antworteten nicht. Reiche tat, als interessierten ihn Andres Ausführungen nicht mehr. Er schaute hinüber zu dem halb verfallenen Hochsilo mit dem leuchtenden Rittersporn davor.

»Er hat nichts erzählt, oder?« Andres stand auf und brüllte zu den Ställen hinüber: »Vergiss das Ausmisten net!«

Er setzte sich und trank in langen Schlucken. Als er die Flasche auf den Tisch stellte, rülpste er. »Tschuldigung … Der

Benno, der Schwätzer ... Ein Tratschmaul. Obwohl er ...«
Andres wedelte mit der Hand. »... *davon* nichts wusste.«
»Wovon wusste er nichts?«
»Da war er grad beim Bund, glaub ich, hat da ein kurzes
Gastspiel gegeben ...« Es war, als redete Andres jetzt nur zu
sich selbst. »Easy ist tot«, sagte er halblaut. »Was soll's.« Er
beugte sich vor und drückte die bis zum Filter herunter-
gerauchte Zigarette aus. »Er war ne richtige Ratte. Wussten
Sie das? Ha'm Sie das schon rausgekriegt?«
Der Morgen war noch jung, aber es würde wieder ein heißer
Tag werden. Juri führte einen Fuchs am Halfter aus dem
Stall. Das Tier schlug nervös mit dem Schweif und der Bursche redete beruhigend auf es ein. Mann und Pferd ver-
schwanden in Richtung Weide. Plötzlich war es still auf dem
Hof. Das Licht, das durch die Zweige des Nussbaumes
schien, zeichnete schwankende Licht- und Schattenorna-
mente auf den Weg. Fast eine Idylle, dachte Reiche.
Juri kam, die Hände in den Taschen, auf sie zu: Ein athletischer junger Mann, dessen Oberarme voller Tätowierungen
waren. Mit zwei Fingern machte er eine Geste zum Mund.
»Zigarette?« Er schaute an den Kommissaren vorbei und
grinste verlegen.
Andres schüttelte den Kopf. Es war nicht zu übersehen, dass
ihn die Anwesenheit des Knechtes störte. »Deine Schachtel
ist im Haus«, sagte er abweisend. Juri zuckte mit den Schultern und schlenderte betont lässig davon.
Der Bauer trommelte mit den Fingern auf die Tischplatte.
»Wann verjährt Unfallflucht?«, fragte er unvermittelt.
Reiche und von Barden antworteten nicht gleich.
»Wisst ihr's?«, insistierte Andres.
»Drei Jahre«, sagte von Barden, »fünf Jahre – kommt drauf
an.«

Andres nickte. »Also Schnee von gestern.«

»Georg Schradi hat Fahrerflucht begangen?«, fragte von Barden mit hochgezogener Braue.

Andres lachte kurz auf. »Der grad net.«

»War er der Geschädigte?«

Andres sah den Kommissar finster an. »Easy war nie der Geschädigte. Er war der geborene Abstauber.«

Reiche erinnerte sich, was sie von Benno Reiff erfahren hatten. »Abstauber – inwiefern?«

Andres runzelte die Stirn. Er antwortete nicht gleich. »Der Siggi hat damals einen Jungen angefahren«, sagte er nach einer Weile. »Er war nicht ganz nüchtern. Und er ist abgehauen. Es war schon dämmrig, aber es gab einen Zeugen.« Er räusperte sich, sein Gesicht war merkwürdig starr geworden. »Kohlmeier wurde vernommen und hat alles bestritten. Er wäre natürlich den Bach runter, wenn es damals einen Prozess gegeben hätte. Wo gerade seine Karriere so verheißungsvoll begonnen hatte. Da wär dann nix mehr gewesen mit Hotel und geiler Frau.« Andres steckte sich die nächste Zigarette an. »Easy hat ihm ein Alibi gegeben, er hat gesagt, er wär bei ihm gewesen.« Er nickte. »Echte Freundschaft, oder?« Er streckte höhnisch den Daumen in die Höhe. »Sie mussten den Kohlmeier laufen lassen.«

»Und der Junge?«

»Hatte das Bein gebrochen.«

Von Barden sah von seinem Notizbuch auf. »Schradi hat sich das Alibi gut bezahlen lassen.«

»Net nur einmal.« Andres hob die Bierflasche. »Prost!«

11

Reiche war froh, als er wieder im Auto saß. Von Barden war am Steuer. Aber wohin fuhr er?

»Wir wollten doch zum Hotel«, bemerkte Reiche.

»Ja sicher«, sagte von Barden.

»Aber das ist ein Umweg!«

Von Barden grinste. »Nicht im weitesten Sinn.«

Reiche schaute seinen Kollegen von der Seite an und als er dessen zufriedenen Gesichtsausdruck sah, sagte er nichts mehr.

Sie bogen von der Bundesstraße ab und nahmen die mit Reklameschildern gespickte Zufahrt zum Industriegebiet. Es reihten sich auf Reiches Seite aneinander: ein Baumarkt, ein Reifengroßhandel, eine Tankstelle, ein Elektrogroßmarkt, ein Steinmetzbetrieb und ein mehrgeschossiger Rohbau.

An der Baustelle hielt von Barden. Das Gerüst am Neubau war bereits abgeschlagen, offenbar war man schon beim Innenausbau.

»Es ist nämlich so …«, begann von Barden.

In diesem Moment klopfte jemand an die halbgeöffnete Fahrerscheibe. Reiche bemerkte einen weißen Schutzhelm, umrahmt von dichten schwarzen Haaren.

»Martin? Was machst du denn hier?«

Von Barden wandte sich kurz an Reiche. »Entschuldige einen Moment …«

Er stieg aus und begrüßte die Frau mit einem flüchtigen Kuss auf den Mund. »Du hast den Schlüssel vergessen – und ich weiß nicht, wann ich heute Abend heimkomm.« Er gab ihr den Schlüssel.

»Ach Gott, ja …« Der weiße Helm senkte sich ein wenig und

ein schmales Gesicht mit großen dunklen Augen schaute in den Wagen. »Ist das …?«

»Ja, das ist«, sagte von Barden.

Reiche stieg aus.

Von Barden stellte sie vor. »Das ist Hauptkommissar Reiche.« Er grinste übers ganze Gesicht. »Ein Mitarbeiter von mir …« Seine Augen blitzten. »Und das ist Sabina Koch, meine Lebensabschnittspartnerin.«

Frau Koch lachte über von Bardens Bemerkung und gab Reiche die Hand.

»Angenehm«, sagte Reiche förmlich, weil er nicht wusste, was er sonst sagen sollte.

»Ich hab schon viel von Ihnen gehört«, sagte Sabina Koch und sie sagte es bewusst so, dass es wie ein Zitat klang. Ihre Augen blitzten fröhlich und als sie lächelte, entstand ein Grübchen in ihrer Wange.

»So, ja?«, brummte Reiche.

»Sabina hat hier die Bauleitung«, bemerkte von Barden stolz.

»Sie sind Bauingenieurin?« Das war immerhin, fand Reiche, ein passabler Satz.

»Architektin.«

Er schaute demonstrativ zu dem kastenförmigen Neubau, der sich in nichts von den anderen Betonklötzen an der Straße unterschied, und nickte.

»Das gibt mal ein Rechenzentrum«, erläuterte von Barden. »Wir müssen wieder«, fügte er, an Sabina gewandt, hinzu. »Du hast ja auch noch zu tun.«

»Nicht der Rede wert«, lächelte sie.

Als sie wieder im Auto saßen, schwieg Reiche. Er machte sich klar, wie wenig er bisher über von Bardens Privatleben gewusst hatte. Zwar hatte sein Assistent immer wieder mal seine Freundin erwähnt, aber außer dem Namen nichts von ihr und ihrem gemeinsamen Zusammenleben erzählt. Und nun diese etwas überraschende Vorstellung, die Reiche merkwürdigerweise freundlich stimmte, nachdem die Begegnung mit Andres ihn deprimiert hatte.

Von Barden räusperte sich. Er schaute Reiche von der Seite an. »Tut mir leid, das war, glaube ich, nicht so gut«, bemerkte er nach einer Weile.

Der Kommissar sah seinen Kollegen verständnislos an. »Was war nicht so gut?«

»Wie ich dich vorgestellt habe.«

Reiche begriff immer noch nicht. »Ha?«

»Das mit dem ›Mitarbeiter‹. Das war respektlos. So denke ich nicht.« Er hüstelte verlegen.

»Ja, ich fand's auch ne Sauerei«, knurrte Reiche.

Von Barden schwieg betroffen.

Nach einer Weile blickte er unsicher nach rechts und sah wie Reiche spöttisch den Mund verzog.

Von Barden stieß einen befreiten Seufzer aus und schüttelte den Kopf.

Kurz bevor sie das Industriegebiet verließen, tauchte rechts der Straße, auf einer Grundstücksbrache, ein Steh-Imbiss auf. Er bezog seine Kundschaft in dieser trostlosen Gegend wohl hauptsächlich von der Spedition in unmittelbarer Nachbarschaft, einem riesigen Hof, in dem neben einem flachen Bürogebäude ein Dutzend Trucks standen.

»Halt mal, ich muss was trinken«, sagte Reiche.

»Hier?«, fragte von Barden ungläubig. Er zögerte auszusteigen. Reiche stieß ihn mit dem Ellbogen an. »Komm, lass uns die Sache mal durchgehen.«

Der Mann in dem Imbisswagen sah aus, als sei er selbst sein bester Kunde. Das weiße Schiffchen, das er schräg auf seinem kahlen Schädel trug, gab ihm etwas Keckes. Aus seinem

Wagen kam ein überwältigender Geruch nach heißem Fett und heißer Wurst. Von Barden hielt drei Schritte Abstand. Reiche bestellte für ihn mit.

Der Dicke reichte die Colaflasche mit einem Strohhalm. »Ich hoffe, sie ist kalt genug.«

»Ja«, sagte Reiche, »aber ich hätt gern ein Glas.«

»Kein Problem.«

Dann schob er von Barden, der lang seinen Arm ausstreckte, das Mineralwasser hin. »Ich hoffe, es ist nass genug.« Er lachte vergnügt über seinen eigenen Witz.

Als sie ihre Getränke an das Stehtischchen trugen, stellte sich von Barden mit dem Rücken zur Wurstbude.

»Ah«, machte Reiche zufrieden, nachdem er das halbe Glas ausgetrunken hatte. »Also – Schradi hat Kohlmeier erpresst, sagt Andres. Sagt er die Wahrheit?«

Von Barden wiegte den Kopf. »Ich denke schon. Wir werden es überprüfen. Auf jeden Fall müssen wir erstmal davon ausgehen.«

»Ein Motiv hätte Kohlmeier schon gehabt …«

»Na ja, Erpressung, ich weiß nicht …« Von Barden drehte nachdenklich sein Glas. »Schradi hat's kaschiert. Er hat sich das Geld offiziell immer nur ›geliehen‹.«

»Sagt Kohlmeier. Ob das wirklich so war, wissen wir nicht.«

»Ich glaub's erst mal. Irgendwie passt es zu Schradi. Er lässt sich ein Hintertürchen offen.«

»Hm«, brummte Reiche. Er war nicht überzeugt. »Man muss feststellen, ob Schradi wirklich mal was zurückgezahlt hat.«

Auf dem Nachbarhof wurde mit dumpfem Rasseln ein Truck angelassen. Dann bewegte sich der gigantische LKW, langsam wie ein schnüffelnder Saurier, auf die Straße.

»Okay«, sagte von Barden, »Kohlmeier hatte ein Motiv, aber …« Er sprach nicht weiter.

»Ja?«

»Bringt er wirklich seinen alten Kumpel Schradi um, im eigenen Hotel, während einer Hochzeitsfeier? Ich meine, ist er so kaltblütig – und so brutal?«

Reiche zuckte die Achseln. »Dem Anschein nach nicht. Aber Menschen überschreiten Grenzen – das geht unter bestimmten Bedingungen ganz schnell, das wissen wir.«

»Trotzdem«, murmelte von Barden.

»Vielleicht hat ja Kohlmeier das Umbringen von jemand anderem besorgen lassen …?«

»Jetzt komm!«

»Lass mich mal spekulieren. Diesem Typ könnte er leicht Zugang ins obere Stockwerk verschafft haben. Das wär bei dem Trubel an diesem Abend überhaupt nicht aufgefallen.«

Von Barden schüttelte den Kopf. »Also noch kann man sich bei uns einen Auftragskiller für den nächsten Tag nicht aus den Gelben Seiten raussuchen.«

»Das ist nicht das Problem. Der Mann könnte auf Abruf bereitgestanden haben.«

»Das ist mir zu abenteuerlich.«

Reiche trank. Dann sagte er: »Okay, ich geb's zu.«

Sie schwiegen.

Vor dem Imbisswagen stand jetzt ein Mann, der seine schweren Handschuhe in den Hosengürtel klemmte und einen Pappteller mit Currywurst und Pommes Frites in Empfang nahm. Er blieb an der Bude stehen und unterhielt sich mit dem Dicken.

»Was ist mit der Contessa?«, fragte von Barden. »Wusste sie von den Zahlungen?«

»Da bin ich sicher. Das ist eine Frau, an der vorbei macht Kohlmeier nichts. Das ist aber auch gar nicht nötig.«

»Du meinst, sie sind sich einig.«

»Genau. Frau Kohlmeier ärgern diese – ich sag mal ›Schutzgeldzahlungen‹ mehr als ihn.«

Reiche schaute nachdenklich über den öden Platz, auf dem, dicht am Maschendrahtzaun zum Nachbargrundstück, ein mageres Bäumchen stand, ein Gewächs mit kleinen, dünnen Blättern. »Ich weiß nicht«, sagte der Hauptkommissar. »Was hat der Schradi überhaupt für Möglichkeiten der Erpressung? Die Sache ist doch längst verjährt, wen interessiert, was vor zehn Jahren war? Warum sollte Kohlmeier überhaupt Angst haben vor irgendwelchen … ›Enthüllungen‹?«

»Dem Schradi wär schon was eingefallen. Da gab's sicher irgendeinen Hebel. Mal abgesehen davon: Selbst ein Gerücht ist für jemand in Kohlmeiers Position – als Hotelier – äußerst brisant. Der kleinste Skandal – und er kann seinen Laden zumachen.«

Von Barden schüttelte den Kopf. »Bleiben wir bei der Contessa. So wie die gestrickt ist, hat sie sicher über Mittel und Wege nachgedacht, wie dem Spuk ein Ende bereitet werden kann.«

»Du meinst: Als geübte Karatekämpferin …«

Von Barden trank den Rest seines Mineralwassers aus. »Im Grunde stochern wir im Nebel. Wir wissen nicht, ob Schradi wirklich immer wieder Geld gefordert hat. Das behauptet Andres. Woher weiß er das? Und wenn ja, wissen wir nicht, ob Kohlmeier tatsächlich gezahlt hat. Vielleicht waren ja diese zehntausend Euro wirklich der letzte Betrag – und seitdem war Ruhe.«

»Zumal Schradi meinte, jetzt ohnehin ans große Geld zu kommen«, ergänzte Reiche.

»Der Schlüssel liegt auf Schradis Bank, bei den Kontobewegungen – vorausgesetzt, die Zahlungen kamen nicht in bar.«

»Und solange wir da keine Informationen haben, können wir uns einen Besuch im Hirschen sparen.«

»Also fahren wir ins Büro.«

Während sie zum Wagen gingen, sagte Reiche: »Ist dir aufgefallen, wie nervös Andres reagiert hat, als ich ihn fragte, wo *er* vorgestern Abend war?«

Von Barden nickte. »Er war völlig verdattert. Angeblich hat er ferngesehen.«

»Zeugen gibt's nicht.« Reiche schnallte sich an. »Also kein Alibi.«

Von Barden zögerte, den Wagen anzulassen. »Du meinst, er ist gar kein Alkoholiker, er hat uns was vorgespielt?«

Reiche schüttelte den Kopf. »Nein, der Mann ist ein Trinker, hundertprozentig.«

»Er hat aus seiner Genugtuung über Schradis Tod kein Hehl gemacht.«

»Aber sonst zieht er keinen Vorteil aus seinem Tod«, bemerkte Reiche.

»Wissen wir das?«, fragte von Barden und startete den Motor.

Sie fuhren nun doch zum Hirsch. Reiche wollte sich die Umgebung ansehen. Nach dem Fund des Handys fand er es wichtig, das ganze Areal noch einmal in Augenschein zu nehmen.

Das Hotel machte inzwischen wieder einen alltäglichen Eindruck. Keine Polizeifahrzeuge, keine Absperrungen, kein Leichenwagen. Das Ehepaar Kohlmeier atmete vermutlich auf. Sicher hatte man nach dem Abzug der Kriminaltechnik auch im Inneren wieder alles in Ordnung gebracht, sodass nichts mehr auf den skandalösen »Zwischenfall« hinwies.

Als Reiche und von Barden auf der Rückseite des Hotels einen Blick auf die Müllcontainer warfen, stellten sie fest, dass sie geleert worden waren. Eine Küchenhilfe, eine ältere Frau in einer blauen Kittelschürze, kam mit zwei grauen

Abfallbeuteln und versenkte sie in einem der Container. Reiche war mit wenigen Schritten bei ihr. »Sagen Sie, die Container sind heute geleert worden?«

Die Frau starrte ihn misstrauisch an. »Ja, wie jede Woche«, sagte sie schließlich und ging kopfschüttelnd ins Hotel zurück.

Den Containern schräg gegenüber, aber in einem gehörigen Abstand, sodass der Müllwagen problemlos anfahren konnte, befand sich ein Schuppen. Es war ein kleines, mit Ziegeln gedecktes Häuschen, das vor nicht all zu langer Zeit frisch verputzt worden war. Durch die Scheibe des seitlichen Fensters sah Reiche, dass es verschiedene Gartengeräte und einen Rasenmäher enthielt.

Einen Steinwurf weiter und nah am Wald, stand das Wohnhaus. Die asphaltierte Zufahrt führte an einem flachen Bau vorbei, in dem sich die Garagen befanden. Auf dem ganzen Terrain standen vereinzelt Laubbäume, denen man noch ansah, dass sie erst vor einigen Jahren gepflanzt worden waren. Die Kommissare schlenderten, jeder für sich, über das Gelände. Reiche hatte sich bewusst nicht bei den Kohlmeiers gemeldet. Und er ging davon aus, dass auch sie, falls sie ihn überhaupt bemerkten, keinen Wert darauf legten, ihn zu sehen.

Da das ganze Anwesen auf einer breit sich hinstreckenden Bergkuppe lag, hatte man einen weiten Blick in den Schwarzwald. Im klaren Licht des Sommertages wechselten sich Berge und Täler ab, breiteten sich die bewaldeten Höhen in sanften Schwüngen aus und verloren sich im bläulichen Dunst der Ferne.

Reiche stand neben dem Schuppen, von wo aus man eine besonders gute Sicht hatte. Von Barden kam heran. »Und?«

»Und was?«

»Ist dir was aufgefallen?«

»Nein. Nur, dass heute die Mülleimer routinemäßig geleert worden sind.«

Von Barden warf einen Blick in den von zwei Betonmauern gebildeten Winkel. »Also nicht außerhalb der Reihe.«

Reiche nickte. »Vielleicht hätten wir uns den Müll mal anschauen sollen – wenn schon das Handy hier lag.«

Von Barden antwortete nicht gleich. Er setzte seine Sonnenbrille wieder auf, die er auf die Stirn geschoben hatte, und schaute in die weit sich hinziehende Landschaft. »Ich glaub nicht, dass das was gebracht hätte.« Dann deutete er zum Wald hinüber, der fünfzig Meter hinter dem Schuppen begann. »Fällt dir was auf?«

»Nee.«

»Komm.«

Sie gingen an der Vorderseite des Schuppens vorbei und hier, wo der gekieste Platz zu Ende war, zeigte sich ein Weg, nicht mehr als ein Fußpfad. Er führte direkt in den Wald, wo er sich als schmale Rinne zwischen den Bäumen verlor.

»Es gibt vier Möglichkeiten zum Hotel zu kommen«, erklärte von Barden. »Die offizielle Straße, die Abzweigung von der Bundesstraße. Dann einen gut markierten Wanderweg, der auf der nördlichen Seite auf den Parkplatz stößt und dann südlich, an der Außenfront des Hotels vorbei, wieder in den Wald führt. Und dann«, er deutete auf den Boden, »gibt es diese unscheinbare Spur hier.«

»Wo führt dieser Weg hin?«

»Ich vermute direkt nach Lohrbach. Eine Abkürzung.«

»Für Fußgänger.« Reiche schaute sich um. »Zur Not auch für Radler.«

Sie gingen zurück.

»Und?«, fragte Reiche.

»Mir ist aufgefallen, dass jemand, der zu den Containern ist, nicht unbedingt um das Gebäude herumlaufen musste, wenn er vom Hotel wegwollte. Er konnte auch diesen Pfad benutzen.«

»Da kommt nur ein Einheimischer in Frage«, bemerkte Reiche.

»Vielleicht. Oder jemand, der das Handy wegschmeißt und dann auf gut Glück Richtung Wald aufbricht.«

Reiche schüttelte skeptisch den Kopf. »Martin, das ist mir alles zu weit hergeholt.« Und verdrossen fügte er hinzu. »Wir wissen einfach noch zu wenig.«

»Aber wir müssen das, was wir wissen, nach allen Eventualitäten abklopfen.« Das klang trotzig. »Und das Handy wurde nun mal hier gefunden. Und meiner Meinung nach auch hier von der Person weggeworfen.«

»Ja, schon …«

»Und dann frag ich mich einfach«, fuhr von Barden mit einem gewissen Eifer fort, »wohin ist der Betreffende verschwunden? Geht jemand ums Haus rum – oder durch den Hintereingang – um ein Handy wegzuwerfen, und dann wieder vor zu seinem Auto auf dem Parkplatz?«

»Eher nicht«, antwortete Reiche. »Ich weiß jetzt, was du meinst. Jemand geht nur zu den Abfallkübeln, der sich hier auskennt …«

»Der im Haus arbeitet«, vervollständigte von Barden den Satz. Sie gingen zu ihrem Wagen zurück, den sie am Rande des Parkplatzes abgestellt hatten. »Was nach wie vor rätselhaft ist«, sagte Reiche, »warum wurde das Handy nicht in den Container reingeworfen? Es wär dort auf Nimmerwiedersehen verschwunden. Aber jemand hat es neben den Müll platziert.«

Von Barden schloss den Wagen auf. »Du meinst, mit Absicht? Als hätte derjenige drauf spekuliert, dass es gefunden wird?«

»Auf den Gedanken kann man kommen, oder?« Reiche seufzte. Er ließ sich auf den Sitz fallen. »Bleibt sowieso die Frage, warum er es überhaupt hier wegschmeißt und nicht mitnimmt. Wegwerfen kann man es schließlich überall.«

12

Der Hitze wegen, die auch am frühen Abend nicht nachgelassen hatte, waren alle Fenster im »Berliner Zimmer« geöffnet. Aber vermutlich war das keine gute Idee, denn die Schwüle, die sich tagsüber in den Straßen gesammelt hatte, zog nun in die Häuser. Kriminalrat Hoffmann standen Schweißperlen auf der Stirn; immer wieder musste er seine Brille abnehmen und sich die Stirn abtrocknen. Kommissarin Fehrholz fächelte sich mit einem Stück Zeitung Kühlung zu und sogar von Barden, der immer Hemden mit langen Ärmeln trug, hatte die Ärmel hochgekrempelt.

Schubert berichtete als Erster. Er hatte sich um Kohlmeiers Verurteilung wegen schwerer Körperverletzung gekümmert. Laut eines Zeitungsartikels, den er ausfindig gemacht hatte, habe es sich damals um eine Massenschlägerei unter erheblichem Alkoholeinfluss gehandelt. Zwei Gruppen junger Männer, in der Zeitung als »Rockerbanden« bezeichnet, waren nach einem Fußballspiel aufeinander losgegangen. Es gab ein Dutzend Verletzte, darunter zwei Schwerverletzte. Es kam zu mehreren Festnahmen und gegen zwei der Randalierer wurde, wie es in dem Bericht hieß, Strafanzeige erstattet wegen schwerer Körperverletzung. Der eine der erheblich Verwundeten habe einen Messerstich in den Oberarm bekommen, und auch der zweite Mann sei mit einer schweren Gehirnerschütterung ins Krankenhaus eingeliefert worden.
»Massenschlägerei …«, murmelte Hoffmann. Er zuckte die Achseln.
»Es geht nicht hervor, ob Kohlmeier der Messerstecher war?«, fragte von Barden.

»Nein.«

»Okay«, sagte Hoffmann, »das haken wir erst mal ab.« Er schaute erwartungsvoll in die Runde.

Oberkommissarin Maiwald nahm einen Schluck aus der Wasserflasche, bevor sie sich räusperte. »Also …«, begann sie. »Ich hab mit dem spanischen Kollegen telefoniert und ihm erklärt, worum es geht.« Sie machte eine Pause.

»Und weiter?«, drängte Hoffmann.

»Er meint, im Rahmen des polizeilichen Informationsaustausches könne er da schon was machen.«

Hoffmann strich über seinen Schnauzer. »Sehr gut.«

»Aber er selbst würde nur aktiv werden«, fuhr die Kommissarin fort, »wenn … äh … also das Einleiten …« Sie begann zu stottern und fing sich dann wieder. »Es muss jemand von uns vor Ort dabei sein, der ihm persönlich bekannt ist.«

Von Bardens Augenbraue zuckte amüsiert nach oben. Hettich grinste unverhohlen. Monika Maiwald warf Reiche einen Blick zu. Der Kommissar schaute schnell auf seine Schuhspitzen. Die Maiwald fasste sich nervös ans Ohr. »Offiziell liefe das Ganze über die Schiene … äh, dass man sagt, es läuft in Vorbereitung eines noch zu stellenden förmlichen Rechtshilfeersuchens.«

»Perfekt. Geht doch.« Hoffmann machte sich eine Notiz auf seinem Zettel. Er deutete mit dem Kugelschreiber auf Monika Maiwald. »Du fliegst nach Mallorca, die Einzelheiten besprechen wir noch.«

Die Kollegin Fehrholz hob wie eine Schülerin den Finger, wobei sie kurz lächelte. »Ich hab mich um die Hochzeitsgäste gekümmert. Allein schon an die Namen zu kommen … das Gespräch mit den Eltern des Brautpaares – das Brautpaar selber war ja auf Hochzeitsreise – war …« Sie atmete hörbar aus und schüttelte genervt den Kopf.

»Ätzend«, schlug von Barden vor.

»Ja, so kann man sagen. Ich hab bis jetzt ein Dutzend Leute befragt und die Ausbeute ist dürftig. Niemandem ist bei der Hochzeitsfeier was aufgefallen, was von Interesse für uns sein könnte und offenbar hat auch keiner von denen Schradi überhaupt gesehen.«

»Das ist nicht wirklich überraschend«, bemerkte Reiche und ließ seinen Blick etwas länger auf der Kommissarin ruhen.

Fehrholz schaute Reiche irritiert an. »Jedenfalls ... die einzige Ausbeute ...« Sie zuckte unsicher mit den Achseln, »sind die Fotos.«

»Was für Fotos?«, fragte Wiedfeld.

»Unter den Hochzeitsgästen war einer – ein Tilo Soundso, ein junger Kerl – der wenige Tage vorher eine Digitalkamera bekommen hat. Und mit der hat er wie ein Verrückter fotografiert, um sie auszuprobieren, wie er sagte, um zu sehen, was geht und was nicht geht.«

»Ach du lieber Gott!«, stöhnte Hettich.

»Immerhin hat er nicht die üblichen Fotos gemacht«, fuhr Fehrholz fort, »das heißt, die hat er auch gemacht. Er ist einfach durch die Räume gegangen und hat draufgehalten – er wusste ja, man konnte alles wieder löschen. Er hat überall fotografiert, wie ich gesehen hab, im Saal, vor dem Hotel, auf dem Parkplatz, hinter dem Hotel, in der Rezeption, sogar in der Küche.«

»Sie haben die Fotos?«, fragte Reiche.

»Er hat mir eine CD gebrannt und ich habe die Bilder bei uns ausgedruckt.« Sie deutete auf ein dickes Kuvert.

Hoffmann war dafür, den Stapel gleich durchzugehen. Und so wanderten die Fotos von einem zum anderen, eine ganze Hochzeitsgesellschaft in allen Stadien des Ernst- und Vergnügtseins zog an ihnen vorüber. Es war das übliche Gewirr

von Köpfen, essenden Menschen, tanzenden Menschen, spre-
chenden und lachenden Menschen, jungen, alten, dicken,
dünnen, den Kellnern und Serviermädchen, dem Hausdiener ... Es gab Bilder von Blumensträußen, Geschirr, Trep-
penaufgängen, der Rezeption mit einer verwirrt schauenden
Frau Stöckle ...

Plötzlich rief von Barden: »Bingo!«

Alle schauten auf.

»Paul, kommst du mal.« Er winkte Reiche und hielt ihm
mehrere Fotos hin. Tilo hatte in der Küche geknipst: das
Küchenpersonal bei der Arbeit, Aufnahmen von einem finster
blickenden Koch, dann das Bild von einer Frau und einem
Mann, Hilfskräften, die an der Spülmaschine standen, und
neben ihnen eine Person im Profil, die offenbar dabei war,
sich aus dem Bild zu entfernen.

Von Barden tippte auf das Foto. »Erkennst du ihn?«

Reiche nickte. »Juri, der Pferdeknecht von Theo Andres.«

Der Anruf kam, als Reiche gerade mit dem Rasieren fertig
war. Er rasierte sich nur ungern. Aber er konnte sich auch
nicht entschließen, mit einem Bart herumzulaufen. So blieb
es bei einer lustlosen Rasur nach jedem dritten Tag.

Er wunderte sich, dass ihn jemand um diese Zeit anrief. Noch
mit Schaum im Gesicht, nahm er den Hörer ab. Es war Frau
Weber. Josef Reiche war heute Morgen, als ihn die Gabelsberger abholen wollte, nicht zu Hause gewesen. Alles war
abgeschlossen. Er sei bis jetzt nicht eingetroffen. Das sei das
erste Mal. Ob er vielleicht einen Arzttermin habe, der vergessen worden sei ihr mitzuteilen?

Er wisse von keinen, sagte Reiche und wischte sich den
Schaum mit der Pyjamajacke ab. Es gebe keinen anderen Termin, sagte er. Ob sein Vater gestern irgendwelche Andeutun-

gen gemacht habe, vielleicht selbst angekündigt, dass er heute was anderes vorhabe? Nein, sagte Frau Weber, sie habe schon rumgefragt, er hat nichts verlauten lassen. Der Kommissar gab ihr seine Handynummer und sagte, sie solle ihn sofort anrufen, falls sein Vater in nächster Zeit noch auftauche.

Nachdem er aufgelegt hatte, setzte er sich neben dem Telefon auf den Fußboden. Er fühlte sich schlapp, schon jetzt, am frühen Morgen, obwohl es über Nacht abgekühlt hatte und der Himmel bewölkt war. Der Fall Schradi rückte plötzlich in weite Ferne. Was, wenn seinem Vater etwas passiert war? Er war alt und hatte in letzter Zeit auch körperlich abgebaut. Die Phasen, in denen er verwirrt war, häuften sich.

Josef und Ingrid sind meine Familie, dachte Reiche. Ich hab keine eigene. Ich hab es nicht geschafft, eine eigene Familie zu gründen. Auch wenn er ein gestörtes Verhältnis zu seinem Vater hatte, auch wenn Fremdheit wie eine Nebelwand zwischen ihnen war: sein Vater stand für sein Zuhause. Reiche empfand plötzlich eine heftige Liebe zu diesem knorrigen, widerspenstigen Menschen, den er so wenig verstand, und der doch immer eine unerschütterliche Größe in seinem Leben gewesen war.

Reiche telefonierte zunächst mit von Barden. Martin bot sofort an, sich an der Suche zu beteiligen. Aber Reiche meinte, das sei nicht notwendig. Von Barden sollte zu Andres und Juri befragen. Man würde dann sehen, wie der Bursche reagierte, ob er den Besuch abstritt. Von Barden musste auf jeden Fall dafür sorgen, dass Juri das Foto sah und – der Fingerabdrücke wegen – auch in die Hand nahm.

Dann rief Reiche seine Schwester an. Zu seiner Erleichterung war Ingrid nicht an ihrem Arbeitsplatz und ihr Handy war abgeschaltet. Er überlegte, ob er ihr eine Nachricht auf der

Mailbox hinterlassen sollte, entschied dann aber, sie in einer Stunde noch einmal anzurufen.

Als nächstes sprach Reiche mit Doris. Überraschenderweise hatte Josef Reiche seine Schwiegertochter geschätzt, doch war es unwahrscheinlich, dass sich sein Vater zur Ex-Frau seines Sohnes aufgemacht hatte. Er war bei ihr auch nicht aufgetaucht, aber es tat Reiche gut, dass Doris ihn bat, er solle ihr unbedingt Bescheid geben, sobald Josef gefunden sei.

Sonst kam niemand mehr in Frage. Natürlich hatten die Reiches noch Verwandte im Ort, aber Josef Reiche hatte immer Abstand zu ihnen gehalten. Er galt als Brudler und nicht besonders gesellig. Paul wurde klar, dass sein Vater auch nie so etwas wie einen Freund gehabt hatte. Jedenfalls nicht, soweit er sich erinnern konnte. Warum sollte er plötzlich zu einem der – eher weitläufigen – Verwandten gegangen sein?

Aber wenn er nicht zur Tagesstätte war, wo war er dann hin? Und vor allem: warum war er nicht zum Haus Abendschön? Warum war er nicht da, als man ihn, wie jeden Tag, abholen wollte? Nie hatte er Andeutungen gemacht, dass es ihm im Haus Abendschön nicht gefalle, dass er wegwolle, wo anders hin. Höchstens, dass er … In diesem Moment durchlief es Reiche heiß und kalt. Er raffte seine Sachen zusammen und stürzte aus der Wohnung. Durch seinen Kopf lief wie in Leuchtschrift der Satz, den sein Vater immer wieder einmal zu sagen pflegte: *Am besten man nimmt einen Strick und hängt sich auf.*

Auf der Fahrt nach Auerswies ermahnte er sich, nicht zu rasen. Er durfte sich jetzt in nichts hineinsteigern. Aber er konnte sich gegen die Bilder, die in seinem Kopf entstanden, nicht wehren. Ich möchte nicht, dass er tot ist, dachte Reiche. Es war ein kindlich-naiver Satz, wie ein Gebet. Aber hatte er sich nicht manchmal auch gewünscht, von dem Alten erlöst zu werden? War es ihm nicht manchmal lästig, nach dem Vater zu schauen, sich um ihn zu bemühen und seine Gleichgültigkeit zu ertragen, auszuhalten, dass er offenbar keinerlei Wert auf seine Besuche legte? Und doch, einmal, vor Jahren, als Paul Reiche mit seinen Kollegen einen spektakulären Mordfall aufgeklärt hatte und darüber groß berichtet worden war, hatte der Vater, als er den Artikel in der Zeitung las, bemerkt: Da steht sogar dein Name drin. Der Stolz in seiner Stimme war unverkennbar gewesen.

Am Hof angekommen, zwang er sich zur Ruhe. Haus und Umgebung wirkten still und leer. Reiche schloss auf und ging systematisch alle Zimmer ab. Seit seinem letzten Besuch hatte sich nichts verändert. Dann ging er durch den leeren Stall mit seinen unausrottbaren Gerüchen und da auch ihr Hof ein Eindachhof war, stieg er die breite Leiter vom Stall zur Scheuer hoch. Jetzt klopfte ihm doch das Herz, denn er erinnerte sich daran, dass sich erst vor zwei Jahren der alte Büscher mit einem Kälberstrick auf dem Heuboden erhängt hatte.

Er war sich sicher, wenn etwas passiert war, würde er es sofort wahrnehmen, ohne sich groß umschauen zu müssen. Aber die weite Fläche des Bodens war leer, sie schwamm im diffusen Licht der kleinen Fenster, die verhängt waren von Spinnweben. Der Schuppen, stellte Reiche danach fest, war von außen abgeschlossen und einen anderen Zugang gab es nicht. Er überlegte, ob er die Tür aufbrechen sollte, denn einen Schlüssel hatte er nicht (den hatte sein Vater versteckt), aber er entschloss sich, darauf zu verzichten. Wer im Schuppen war, konnte nicht von Innen zusperren.

Als Reiche wieder zu seinem Wagen ging, war er trotz allem erleichtert. Seinem Vater war nichts passiert. Davon war er jetzt überzeugt. Er würde ihn finden. Bevor er einstieg, schaute er zum Nachbarhaus hinüber. Er wusste, die Seifferts waren um diese Zeit alle bei der Arbeit. Um sicher zu sein, läutete er. Niemand machte auf.

Nach einigem Überlegen fuhr Reiche zum Friedhof. Das war der einzige Ort im Dorf, wohin sein Vater noch gegangen sein konnte. Normalerweise besuchte Josef Reiche nur einmal im Jahr, gewöhnlich an Allerheiligen, die Gräber seiner Frau und seiner Eltern. Paul hatte den alten Dorffriedhof immer gemocht. Schon als Kind. Wahrscheinlich hing es damit zusammen, was Ingrid damals, als seine Mutter gestorben war, dem Siebenjährigen über den Friedhof erzählt hatte. Wenn auch ihre Mutter nicht mehr zu Hause war, hatte sie gesagt, so sei sie doch hier und wenn er vor ihrem Grab stände, sähe sie ihn. Er könne mit ihr sprechen und sie würde ihn hören und immer helfen und beschützen. Das tröstete damals den kleinen Paul.

Josef Reiche war nicht auf dem Friedhof. Paul ging die Grabreihen entlang und der Anblick der alten Steine und der mächtigen Ahornbäume wirkte beruhigend auf ihn. Er beschloss, den Wagen stehenzulassen und die paar Schritte ins Dorf zu laufen. Vielleicht fiel ihm ja unterwegs was ein.

Es waren nur wenige Menschen unterwegs, niemand, den er kannte. Die Hauptstraße wirkte verwaist. Die meisten Läden, die es hier einmal gegeben hatte, existierten nicht mehr: der Metzger, der Schuhmacher, der »Kolonialwarenladen«. Jetzt gab es nur noch einen Second-Hand-Laden, die Filiale der Volksbank und den Back-Shop. Reiche stand davor, der Laden war leer, und er überlegte, ob er die paar Schritte hinübergehen und einen Blick in die Kirche werfen sollte. Er wollte keine noch so geringe Möglichkeit außer Acht lassen. Es umfing ihn die vertraute Atmosphäre, die Kühle, das Dämmrige, die Bilder des Kreuzwegs an der Wand, die er als

Kind hunderte Mal betrachtet hatte, die Statue des Heiligen Sebastian, der ungeachtet der vielen Pfeile in seinem Körper mit verklärtem Blick in Richtung Himmel schaute. Reiche zögerte, sich im Mittelgang zu bekreuzigen. Aber er tat es dann doch. Es war eine Erinnerung an seine Kindheit.

Er trat wieder auf die Hauptstraße, unschlüssig, ob er weitergehen, oder zum Auto zurückkehren sollte. Eine Frau mit einem breiten Kinderwagen, in dem nebeneinander Zwillinge saßen, kam ihm entgegen. Die beiden Buben schauten ihn ernst an, als wüssten sie um seine Probleme. Und hinter den Zwillingen kam der Ketterer-Toni!

»Toni!« Reiche war selbst überrascht, wie froh es ihn stimmte, den Fotokünstler so unerwartet zu treffen.

Ketterer schaute den Kommissar prüfend an. »Hasch's eilig?« Er grinste. »Waren wir verabredet?« Er trug wie immer seinen schlottrigen Anzug, heute ohne Weste. Auch die Krawatte fehlte.

Paul erzählte, er suche seinen Vater.

»Der ist vorhin in den Bus gestiegen«, meinte der Ketterer-Toni. »Ich hab mich noch gewundert, wo der hinwill.«

Reiche war wie elektrisiert. »Du bist sicher, dass er es war?«

»Ha komm!«

»Hast du mit ihm gesprochen?«

Toni schüttelte den Kopf. »Ich war in der Bäckerei. Die Haltestelle ist ja grad gegenüber.«

»Und du hast ihn einsteigen sehen?«, insistierte Reiche.

Toni sah ihn mit seinen freundlichen braunen Augen an. »Kei Angscht, dem passiert nix.«

Reiche war schon am Gehen. »Danke, Toni … Hatte er was dabei, eine Tasche oder so was?«

Der Ketterer-Toni winkte ihn fort. »Keine Tasche und keine Flasche!«

Reiche kannte die Route des Busses. Er war sie oft genug gefahren und sie hatte sich in all den Jahren nicht geändert. Während er im Auto saß, überlegte er: Was wollte sein Vater in der Stadt? Das passte gar nicht zu ihm. Er kannte dort niemand. Josef war früher nur ungern in die Stadt gefahren, er fühlte sich dort nicht wohl. Und jetzt? Der alte Mann war zeitweise verwirrt und auch körperlich nicht mehr belastbar ...

Aber vielleicht war der Vater ja gar nicht bis in die Stadt gefahren, sondern war unterwegs ausgestiegen. Aber wo? Und warum? Wie lange brauchte der Bus in die Stadt? Einholen würde er ihn nicht mehr, das war Reiche klar. Wie viel Stationen gab es? Und fuhr derselbe Bus die Strecke wieder zurück? Er würde dann den Fahrer fragen. Viel Leute dürften um diese Zeit nicht mitgefahren sein, da konnte man sich schon an einzelne Fahrgäste erinnern.

Nach Auerswies war die nächste Haltestelle der Müllerhof, dann kam das Waldfreibad. Nach der Haltestelle »Forellenteich«, verließ der Bus die Bundesstraße und fuhr nach Weiler hinauf. Reiche folgte der Busroute. Nach der einzigen Haltestelle in Weiler fuhr der Bus wieder den Berg hinunter, zurück auf die Bundesstraße. Nach drei Kilometern erreichte er die Vorstadt-Siedlung. Hier war der erste Stopp das große Einkaufszentrum.

Reiche hatte Durst. Ihm fiel ein, dass er heute früh in der Eile seinen Kaffee nicht ausgetrunken hatte. Seine Kehle war völlig ausgetrocknet. Er beschloss, etwas zu trinken und die Rückfahrt des Busses abzuwarten.

Als er in die hohe, klimatisierte Halle des Supermarkts trat, wurde ihm bewusst, wie schwül es draußen schon wieder geworden war. Er hatte auf dem Fahrplan nachgesehen: der Bus fuhr erst wieder in einer halben Stunde nach Auerswies zurück.

Am Kaffeestand holte er sich eine Flasche Wasser und eine Tasse Kaffee. Während er den starken, bitteren Kaffee trank, kamen ihm plötzlich Zweifel, ob der Halt hier die richtige Entscheidung war. Was, wenn es einen Gegenbus gab? Richtiger wäre gewesen, in der Zentrale der Verkehrsbetriebe anzurufen und zu fragen, ob ein und derselbe Bus von Auerswies in die Stadt und wieder zurück fuhr.

Reiche trank in gierigen Schlucken das Wasser. Es war eiskalt und kitzelte angenehm in seiner Zahnlücke. Er fühlte sich immer noch unruhig und angespannt, und doch hatte ihn Ketterer-Tonis Satz »Kei Angscht, dem passiert nix« auf eine irrationale Weise besänftigt. Und außerdem …

Reiche erstarrte. Dort drüben stand sein Vater! Der Kommissar streckte den Kopf vor, als könne er so besser sehen. Es *war* Josef! Er stand in der Koje des »Mister Minit« und es hatte etwas Vertrautes, wie er sich über den Tresen beugte und mit dem Mann redete.

Reiche trank seinen Kaffee aus, atmete tief durch und ging langsam hinüber.

13

Reiche war froh, mit Doris über seinen Vater reden zu können. Josef hatte ihn damals darin bestärkt, Doris zu heiraten. Paul war überrascht gewesen. Er hatte immer gemeint, sein Privatleben sei seinem Vater gleichgültig. Aber Doris war von Anfang an von ihm akzeptiert worden.

Natürlich verhinderte das nicht, dass die Ehe trotzdem in die Brüche ging. Schon nach einem Jahr hatte Reiche das Gefühl, dass Doris der Frau, in die er sich so leidenschaftlich verliebt hatte, immer unähnlicher wurde.

Auf dem Höhepunkt der Krise lernte sie einen anderen kennen: »Hans«. Hans war jetzt an allem schuld. Reiche tobte. Es kam zu fürchterlichen Auftritten. Aber tief in seinem Inneren wusste er, dass »Hans« nicht der Grund ihrer Trennung war, sondern lediglich der Schlusspunkt.

Als Doris verkündete, sie werde zu Hans ins Elsass ziehen, willigte Reiche in die Scheidung ein – vorschnell, wie er inzwischen wusste. Aber er war wie gelähmt – und zutiefst niedergeschlagen. Zugleich fühlte er sich völlig hilflos. Als sie offiziell geschieden wurden, war ihr Ehekrieg schon zu Ende und Doris verließ die Stadt.

Nach einem Jahr war sie wieder zurück. Hans hatte seinerseits »die Liebe seines Lebens« kennengelernt und sich von Doris getrennt. Die zog in ihr Elternhaus und arbeitete wieder im Geschäft des Vaters. Vor dem Hintergrund ihrer Erfahrungen, begann sie ihre Beziehung zu Reiche in einem neuen Licht zu sehen. Schon ein halbes Jahr nach Doris Grafs Rückkehr kam es zu ersten Kontakten zwischen den Geschiedenen. Reiche erkannte, dass Doris immer noch *die* Frau in seinem Leben war.

Seit sie sich wieder trafen, war Doris wie ausgewechselt. Sie war geduldiger, nicht mehr so sprunghaft; und war doch, mit ihrem unverwechselbaren Sinn für Humor, die alte. An Reiche schien ihr nach wie vor etwas zu liegen.

Doris machte ihre gemeinsame Vergangenheit zum Thema. Sie wollte sich *aussprechen*. Sie erinnerte ihn daran, dass sie damals, als zwischen ihnen Eiszeit herrschte, eine Paartherapie vorgeschlagen hatte. Als Reaktion hatte sich Reiche nur an die Stirn getippt. Auch jetzt blockte er. Er sagte, das Kapitel sei für ihn abgeschlossen. Er wusste, alle Versuche, die Vergangenheit aufzurufen, würde auch bedeuten, ihre grausamen Gespenster freizulassen. Davor hatte er Angst.

Reiche wusste, dass auch Doris seinen Vater ins Herz geschlossen hatte. Sie war die einzige, der er sagen konnte, dass ihn Josefs Verfassung mehr und mehr bedrücke. Und er musste jetzt mit jemandem reden. Er rief sie an und sie sagte sofort zu. Als Treffpunkt schlug sie den »kleinen Italiener« vor, eine Eisdiele. Doris liebte Eis. Allerdings hatte Reiche noch nie erlebt, dass sie eine Portion aß, ohne sich hinterher anzuklagen und zu behaupten, sie sei zu dick. Sie war, fand Reiche, überhaupt nicht dick. Er hatte ihr einmal gesagt, sie sei »fraulich«, was aber für sie kein Kompliment zu sein schien.

Er saß direkt an der Hauswand, da, wo die Markise genügend Schatten spendete. Als sie an seinen Tisch trat, schaute er überrascht auf. Wegen der großen Sonnenbrille hätte er sie beinahe nicht erkannt. Irgendetwas war anders.

»Du hast deine Haare abgeschnitten!«

»Und gefärbt, wie du siehst.« Doris setzte sich und hielt ihm ihre Wange hin. »Gefällt es dir?«

Ihre dunkelblonden Locken, die sonst um ihren Kopf wippten, waren durch einen rot getönten Kurzhaarschnitt ersetzt worden.

Er zögerte. »J-Ja.«

»Lügner!« Sie warf ihm einen kurzen Blick zu und begann die Eiskarte zu studieren.

Der Kellner, der trotz der Hitze eine lange Schürze trug, nahm ihre Bestellung entgegen. »Einmal den ›Sommertraum‹«, wiederholte er, während Doris seufzend nickte. Sie blickte Reiche kokett an. »Und – wie geht's deiner Freundin?«

Reiche war verblüfft, aber er schaltete schnell und machte ein betrübtes Gesicht. »Ich hab sie im Verdacht, dass sie sich heimlich mit *deinem* Freund trifft.«

»Pah!«, machte Doris und winkte ab. »Schön wär's.« Sie wurde ernst. »Am Telefon warst du so kurz. Erzähl. Was ist mit deinem Vater?«

»Ich mach mir Sorgen. Irgendwie wird er immer vergesslicher und konfuser.«

Sie schob ihre Sonnenbrille hoch in die Haare. »Du meinst, er kann nicht mehr allein auf dem Hof leben?«

Paul goss nachdenklich den Rest des Colas in sein Glas. »Irgendwann wird es soweit sein.«

»Und was war diesmal los?«

»Er war heute früh nicht da, als er abgeholt werden sollte. Er hat nichts gesagt, kein Mensch wusste, wo er ist. Durch Zufall hab ich ihn gefunden.« Reiche griff in die Hosentasche und brachte einen zerknitterten Zettel zum Vorschein. »Er war im Supermarkt bei diesem Schuster, der auch Schlüssel nachmacht. Er hat siebzehn Schlüssel nachmachen lassen.«

»Soviel?«, wunderte sich Doris.

»Viel – findest du?« Der Hohn in Reiches Stimme war unverkennbar. »Es hätten auch vierunddreißig werden können.«

Sie runzelte die Stirn. »Ich versteh nicht …«

»Er hat alle Schlüssel, die er gefunden hat, auch die, die er im Laufe der Zeit gesammelt hat, genommen und ist zu Mister Minit, um sie nachmachen zu lassen.« Der Kommissar strich den Quittungszettel glatt. »Die meisten Schlüssel haben gar keine Funktion mehr. Die hat er irgendwo gefunden, keiner weiß, wo das dazu passende Schloss ist.«

»Aber warum?«

»Warum was?«

»Warum hat er sie dann nachmachen lassen?«

»Das hab ich ihn auch gefragt.«

»Und?«

»Er hat gesagt, dann hat man einen Ersatzschlüssel, wenn man das Original nicht mehr findet.«

Doris lachte laut auf. »Klar.«

Der »Sommertraum« kam, ein großer Becher mit bunten Schirmchen und Fähnchen. Reiche grinste. »Ich wünsche guten Appetit.«

Die Kommissare waren im »Kleinen Zimmer«, einem Raum, vollgestellt mit Aktenschränken, der manchmal für Einzelvernehmungen benutzt wurde. Sie warteten auf Juri Bosch, den von Barden ins Kommissariat bestellt hatte, um noch einmal Druck zu machen.

»Was hat er gesagt?«, fragte Reiche.

Von Barden war noch einmal auf den Hof von Theo Andres und hatte dem Pferdeknecht das Foto gezeigt.

Von Barden holte sich einen Stuhl und setzte sich. »Er sagt, der auf dem Foto, das sei nicht er.«

»Unsinn. Damit kommt er nicht durch. Das Bild ist gestochen scharf.«

Von Barden nickte. »Ich hab ihn gefragt, ob er einen Zwillingsbruder hat ...«

Reiche lächelte. »Möglich ist alles. Hat er einen?«

Von Barden legte sein Notizheft vor sich auf den Tisch. »Nein. Wie hat er sich dann erklärt, dass er auf dem Foto ist. ›Bin ich nicht‹, hat er gesagt.«

»Verrückt. Hast du seine Fingerabdrücke?« Reiche ging zum Fenster und öffnete es.

»Er hat das Bild in die Hand genommen und nur kurz draufgeschaut. Ich hab das Foto gleich Wiedfeld für die KTU gegeben.«

»Und?«

»Keine Fingerabdrücke von ihm in Schradis Zimmer.«

Über den alten Stadtplan an der Wand lief eine Fliege, immer wieder Halt machend, als sei sie auf der Suche nach einer bestimmten Straße. Reiche verfolgte ihren Zickzack-Kurs.

»Warum war er in der Hotelküche? Kennt er da jemand?«

Von Barden blätterte in seinen Notizen. »Ja, den Hilfskoch, den Russland-Deutschen Karl Krupska. Ich hab mit ihm gesprochen. Dem ist das furchtbar peinlich. Er hat Angst, seinen Job zu verlieren.« Von Barden machte eine Pause.

»Ja?«

»Juri ist sein Neffe. Er taucht wohl hin und wieder auf, die anderen in der Küche haben das bestätigt. Aber er achtet darauf, dass ihn niemand sieht vom Haus.«

»Die Kohlmeiers wissen nichts?«

»Offenbar nicht. Meist kommt er, um seinen Onkel anzupumpen. Manchmal nimmt er auch Lebensmittel mit, die nicht mehr ganz einwandfrei sind. Gemüse, Obst, Brot. Für die Pferde, sagt er.«

»Und dieser Onkel hat zugegeben, dass Juri am Sonntag bei ihm war?«

»Kann sein, hat er gesagt.«

»Also ja.«

Von Barden nickte.

»Liegt über diesen Onkel was vor?«

»Nichts.«

»Ich nehme an, auch Juri ist ein unbeschriebenes Blatt?«

»Ist er. Aber beide haben unheimlich Schiss.«

Reiche schwieg. Sein Gefühl sagte ihm, dass Juri Bosch und dieser Onkel nichts mit dem Mord an Schradi zu tun hatten. Aber sein Gefühl hatte ihn auch schon getrogen. Und an der Sache war etwas faul. Aber was?

»Beide sind deutsche Staatsangehörige?«, fragte er.

»Spätaussiedler.«

»Wie lange arbeitet Krupska schon im Hirsch?«

»Drei Jahre.«

»Hast du mit Kohlmeier über ihn gesprochen?«

»Nein. Ich glaube, dann wär der Mann seinen Job los.«

»Was hast du für einen Eindruck von ihm?«

Von Barden schob den großen Aschenbecher, der völlig verstaubt war, zur Seite und legte das Kuvert mit den Fotografien vor sich hin. »Ein biederer Mann. Bescheiden. Ich hab allein mit ihm gesprochen. Der stammt noch aus einer anderen Welt.«

Juri Bosch kam pünktlich. Er war nervös, versuchte das aber durch gespielte Lässigkeit zu überdecken. Auf seinem sauberen, offenbar neuen T-Shirt stand *Worldchampion*.

Von Barden zeigte ihm ein Foto Schradis, das Wiedfeld aus dessen Reisepass vergrößert hatte. »Kennen Sie diesen Mann?«

Bosch schüttelte den Kopf. »Ist das der Tote?«

»Wer hat Ihnen davon erzählt?«

Juri holte eine Packung Zigaretten aus der Hosentasche, aber Reiche schüttelte den Kopf. Bosch steckte das Päckchen wieder ein. »Andres hat mir gesagt.«

»Und Ihr Onkel, oder?«

Juri nickte verunsichert, bemüht, keinen Fehler zu machen.

»Was haben Sie Sonntagabend in der Küche gewollt?«, fragte Reiche.

»War nicht in Küche«, beharrte Juri.

Von Barden nahm das Kuvert und zog eine Vergrößerung des Fotos heraus. »Das sind Sie!«

Juri schüttelte trotzig den Kopf. Reiche stellte sich hinter Boschs Stuhl. »Sie bringen sich in große Schwierigkeiten, wenn Sie nicht die Wahrheit sagen.« Er beugte sich zu ihm hinunter. »Hier geht es um Mord!«

Juri schleuderte seinen Kopf verneinend hin und her. »Ich hab nix mit zu tun!«

»Sie waren auch in der oberen Etage des Hotels!«, schnauzte ihn von Barden an. »Ist es nicht so?«

Bosch sprang auf. »Nein! Ich war nirgends!«

»Was haben Sie in der Küche gemacht?« Der Kommissar drückte ihn wieder auf den Stuhl. Er gab seiner Stimme einen versöhnlichen Klang. »Ich hab mit Ihrem Onkel gesprochen. Uns interessiert nicht, ob er Ihnen Geld leiht. Oder …« Er blinzelte Reiche zu, »ob Sie trockenes Brot für die Pferde mitnehmen.«

Juri stand der Schweiß auf der Stirn und das lag nicht nur an der Schwüle im Zimmer. Er klammerte sich am Stuhl fest, als befürchtete er herunterzufallen. Reiche und von Barden standen links und rechts neben ihm.

»Ich fürchte«, sagte Reiche, »wir müssen auch den Onkel vorladen und ihm das Foto zeigen.«

»Nein!« Der Junge schaute ängstlich von einem zum anderen. Von Barden zuckte mit den Schultern. »Was bleibt uns übrig? In diesem Fall werden wir auch die Hotelleitung verständigen.«

Juri biss sich auf die Lippen. Dann sagte er: »Ich muss aufs Klo!« Und stand schnell auf.

Reiche gab von Barden einen Wink, ihn zu begleiten.

Als sie kurz darauf zurückkamen, zuckte von Bardens Augenbraue nach oben. »Herr Bosch hat gestanden.«

14

Das Treppenhaus roch immer noch nach Farbe, obwohl die Sanierung des Hauses seit fast einem Jahr abgeschlossen war. Die glänzenden Holztreppen, die neu eingesetzten Flurfenster, der sandfarbene Anstrich – alles wirkte, als seien erst gestern die Arbeiten beendet worden.

Ingrid bewohnte eine der beiden neuen Dachgeschoss-Wohnungen. Ihre Nachbarinnen waren ein junges lesbisches Paar, das zu Ingrids Leidwesen sehr laut Musik hörte, sonst aber nett war. Ingrid Merklin, geborene Reiche, wohnte nämlich nicht allein, sondern mit Orloff. Wenn Ingrid auf Fortbildung war, kümmerten sich die Damen um den Kater. Sie fütterten ihn und achteten darauf, dass er nicht über die Dächer weglief, was aber dennoch zwei Mal im Jahr geschah. Dann rief Ingrid mit unheilschwangerer Stimme ihren Bruder an und sagte nur einen Satz: »Orloff ist weg.« Bis jetzt war er aber immer wieder, wenn auch zerzaust, zurückgekommen.

Während Reiche Treppe für Treppe nach oben stieg – ein Fahrstuhl hatte in dem alten Gebäude nicht eingebaut werden können – überlegte er, ob Ingrid wohl etwas gekocht hatte. Außer einem Wurstbrötchen hatte er heute noch nichts gegessen. Ingrid war eine gute Köchin. Und sie kochte gern. Sie kochte sogar für Paul, wenn sie sich gestritten hatten. Sie konnte ihm alles antun, aber ihn verhungern lassen, das konnte sie nicht.

Während Ingrid Urlaub an der Ostsee machte, sollte er nach Orloff sehen. Zwar würden sich hauptsächlich die Damen Gross und Rödling um den Kater kümmern – und die Pflanzen gießen – aber Ingrid bestand darauf, dass auch Reiche der Katze hin und wieder ein paar Streicheleinheiten zukommen ließ. »Wo ihr so dick befreundet seid.«

Orloff erwartete ihn schon an der Tür. Er umkurvte Pauls Hosenbein und drückte sich fest an ihn. Paul bückte sich, um ihn zu streicheln. Der Kater ließ sich auf die Seite fallen und streckte alle Viere von sich. Reiche durfte ihn vorsichtig am Bauch kraulen.

Ingrid, die in der Tür zur Küche stand, schüttelte den Kopf. »Ich versteh nicht, was er an dir findet.«

Reiche schabte Orloff am Hals. »Das ist eben eine tiefe Männerfreundschaft. Gell, Kumpel?«

Paul hängte sein Jackett an die Garderobe und hob den Kopf. »Was gibt's denn Gutes?«

Ingrid, die in die Küche zurückgegangen war, rief: »Lass dich überraschen.«

Während seine Schwester das Essen richtete, deckte Paul auf der Terrasse den Tisch. Nachdem er Teller und Gläser hingestellt hatte, kurbelte er die Markise hoch und trat an die Brüstung. Wind kam auf und schüttelte die Petunien in den Blumenkästen. Die größte Hitze war vorbei, aber der Himmel war immer noch blank.

Es gab Lammkoteletts – mit reichlich Knoblauch – und Auberginen. Reiche aß mit Appetit. Nach einer Weile sah ihn Ingrid fragend an. Paul führte anerkennend Daumen und Zeigefinger zusammen und spitzte den Mund. Die Köchin nickte zufrieden. »Und – wie war das jetzt genau mit Vaters Schlüsseln?«

Paul berichtete von seiner Suche nach Josef und ihrem überraschenden Ende im Supermarkt.

»Und jetzt haben wir siebzehn zusätzliche Schlüssel?«

Reiche wischte sich den Mund ab. »Ich hab mich nicht getraut, den Auftrag rückgängig zu machen. Das hätte ein Mordstheater gegeben.«

»Du meinst, er denkt wirklich dran, die Schlüssel abzuholen?«

»Weiß man's? Vielleicht vergisst er's, aber es kann auch sein, er vergisst es nicht. Er ist unberechenbar.« Er lehnte sich im Stuhl zurück und streckte die Füße aus. »Und du – hast du auch eine Schlüsselgeschichte zu bieten?«

Ingrid stand auf. »Gleich.«

Sie ging in die Küche. Paul schaute seiner Schwester nach. Er fand sie nach wie vor eine schöne, attraktive Frau. Sie war groß, stattlich, mit ausdrucksvollen braunen Augen. Er würde nie verstehen, warum Arno, ihr Mann, sie verlassen hatte.

Arno Merklin war aus Ingrids Leben in einer Weise verschwunden, wie sie das selbst nie für möglich gehalten hatte. Manchmal, in den seltenen Momenten, in denen sein Name fiel, schien ihr, als habe er nie existiert. Dabei waren sie acht Jahre verheiratet gewesen und hatten eine Tochter zusammen.

Ingrid kam mit der Nachspeise, einer großen Schüssel Roter Grütze und einer kleinen Schüssel Vanillesoße. Paul hob abwehrend die Hände. »Ich kann nicht mehr.«

Sie füllte die Glasschalen. »Jetzt komm! E bissle was geht immer.«

Nachdem sie den ersten Löffel genommen hatte, sagte sie: »Bei mir gibt's nur Schlüsselgeschichten. Meine ganze Arbeit besteht darin, Schlüsselgeschichten nachzugehen.«

»Ist es so schlimm?«

Ingrid verdrehte die Augen. »Ja.« Seit ihrer Behörde, der Bundesanstalt für Arbeit, die Metamorphose in eine Agentur befohlen worden war, herrschte offenbar Chaos. Ingrid wurde erbarmungslos herumgescheucht und scheuchte ihrerseits. Einmal in Schwung, hielt sie ihrem Bruder einen detailreichen Vortrag über Widersprüche und Praxisferne der neuen Konzepte und Paul bemerkte wieder einmal, mit wie viel Engagement sie ihre Arbeit machte.

Sie hielt inne. »Was soll's!« Sie winkte ab. »Hast du überhaupt zugehört?«

Paul ließ die kalten Früchte genüsslich auf der Zunge zergehen. »Klar.«

»Ist auch egal. Ich muss nur hin und wieder Dampf ablassen.« Sie griff zum Glas. »Prost.«

Paul hob sein Colaglas. »Auf deinen Urlaub! Hoffentlich hast du gutes Wetter.«

Ingrid wedelte mit der Hand. »Ist mir, ehrlich gesagt, im Moment nicht so wichtig. Hanne sagt, sie hätten bis jetzt immer gutes Wetter gehabt.«

Hanne war ihre Tochter. Sie lebte mit ihrem Mann, einem Lehrer, und Sohn Sascha in Pforzheim.

»Wie geht es ihr?«

Ingrid richtete sich auf, als habe sie eine bedeutsame Mitteilung zu machen. »Gut, sehr gut! Sie hat einen großen Auftrag bekommen: Illustrationen für ein Schulbuch.«

Ingrid Merklin war stolz auf ihre Tochter, auch wenn sie anfangs deren künstlerische Neigungen nicht unterstützt hatte. Sie war übrigens auch stolz auf ihren Bruder. Noch heute setzte sie in Erstaunen, dass Paul Kriminalkommissar war. Nie würde sie vergessen, wie der kleine, spillrige Siebenjährige bei der Beerdigung der Mutter verzweifelt nach der Hand der großen Schwester griff: ein tief verstörtes Kind, das Halt und Schutz suchte. Diese Szene vor Augen, hatte Ingrid einmal bemerkt: »Und dann läuft der Kerl eines Tages rum und hat einen Revolver in der Tasche!« Ein Satz, über den Paul laut hatte lachen müssen.

Reiche schaute hinüber zur Terrassentür, wo sich die untergehende Sonne in der Scheibe spiegelte. Er war satt und zufrieden. Ingrid nippte an ihrem Wein. »Bei dir – gibt's einen ›Fall‹?«

Paul wollte eigentlich nicht über die Arbeit sprechen. Aber er wusste, dass Ingrids Interesse echt war. Sie hörte immer aufmerksam zu, wenn er – meist in Andeutungen – über eine konkrete Ermittlung sprach.

»Wir haben diesen Toten im Hotel Hirsch …«

»Ich hab was in der Zeitung gelesen. Gibt's einen Verdächtigen?«

Reiche zuckte mit den Schultern. »Eigentlich nicht. Allerdings …« Er hielt inne.

»Dienstgeheimnis?«

Er lachte. »Ach was! Ich dachte nur gerade daran, wie Martin heute morgen den Juri, einen jungen Kerl, den wir im Zusammenhang mit dem Fall vernommen haben, reinführte und sagte: Er hat gestanden.«

»Wieso, hat's nicht gestimmt?«

»Doch, doch.«

»Aber?«

»Er hat gestanden, das neue Fahrrad vom kleinen Kohlmeier geklaut zu haben.«

Als Reiche am Morgen die Taschen seiner Hose leerte, um sie zur Reinigung zu bringen, fiel ihm der Zettel in die Hände. »Mist!«

Er hätte gestern um elf Uhr zur Nachuntersuchung sollen! Er warf die Jeans auf den Berg schmutziger Wäsche, der sich vor der Waschmaschine im Bad angesammelt hatte und nahm sich vor, spätestens morgen zu waschen.

Als er zum Telefon griff, um Dr. Winterhalter anzurufen und einen neuen Termin zu vereinbaren, läutete sein Handy. Martins Stimme klang ungehalten. »Wo bleibst du denn?«

»Wieso? Die Besprechung ist um neun.«

»Und wie spät ist es jetzt?«

Reiche schaute auf seine Armbanduhr. »Achtuhrfünfund-

zwanzig.« Im selben Moment sah er, dass sich der Sekunden-
zeiger der Uhr nicht bewegte.

»Paul, es ist zehn nach neun!«

Im Hintergrund hörte er Hoffmanns Stimme: »Was für ne
Ausrede hat er denn diesmal?«

»Das glaubt mir kein Mensch«, murmelte Reiche. Er hatte
vorhin das Radio ausgemacht, weil ihn die permanenten Zeit-
ansagen nervten.

»Was sagst du?«

»Bin schon unterwegs.«

Reiche entschuldigte sich bei den Kolleginnen und Kollegen,
aber Hoffmann war erkennbar verstimmt. Reiche konnte das
verstehen, aber was hätte er sagen sollen? Dass er zu früh das
Radio ausgeschaltet hatte und die Batterie seiner Armbanduhr am Ende war?

Die Stimmung war gedämpft. Die Befragung der restlichen
Hochzeitsgäste hatte, laut Kollegin Fehrholz, nichts Brauch-
bares ergeben. Ebensowenig Hettichs Nachforschungen an der
Hotelfachschule. In den Unterlagen tauchte Kohlmeiers
Namen zwar auf, aber es gab an der Schule keinen mehr, der
sich an ihn erinnerte. Der Mädchenname der Contessa –
Göbel – war überhaupt nicht zu finden. Schmidt wiederum
hatte sich noch einmal die Angestellten des Hotels vorgenommen, ohne dass dabei etwas Erhellendes herausgekommen war.

Auch was Monika Maiwald aus Mallorca mitbrachte, war
ernüchternd. Der Kontakt mit der lokalen Polizei hatte sich
zwar schnell herstellen lassen. Auch war man an Schradis
Kontoauszüge (die er sauber abgeheftet hatte) herangekom-
men – allerdings nur an die der letzten drei Jahre. In diesem
Zeitraum gab es gerade mal eine einzige Überweisung von
Kohlmeier an Schradi – über 300 Euro.

Von Barden war die Enttäuschung anzusehen. »Keine weiteren Konten?«

»Wir haben keine weiteren gefunden.«

»Dann war das also alles?«, wollte die Kollegin Fehrholz wissen.

Die Maiwald zuckte mit den Schultern. »Ich meine, es war ja keine Hausdurchsuchung ...«

»Außer Spesen nichts gewesen«, murmelte Schmidt.

Monika sah ihn böse an.

Hettich hörte einen Moment zu kauen auf und schüttelte den Kopf. »Ist doch unter den gegebenen Umständen eh unwahrscheinlich, dass Kohlmeier größere Summen auf ein anderes Konto überwiesen hat.«

»Theoretisch möglich«, murmelte von Barden.

Das Telefon klingelte. Silberchen Fleig nahm ab. Dann reichte sie den Hörer an Reiche weiter. »Die Frau Schradi will einen der Polizisten sprechen, die bei ihr auf dem Hof waren.«

Therese Schradi begrüßte sie an der Haustür mit Klein-Karla auf dem Arm. Die Kleine streckte von Barden ihre Ärmchen entgegen. »Dee!« Von Bardens Augenbraue schnellte nach oben und er lächelte gerührt. Er wurde aber sofort ernst, als die Bäuerin sagte: »I woaß ja net, mei, der Simon hat halt gmoant, i soll Eahna Bscheid gem.«

Reiche nickte der Bäuerin bestätigend zu. »Absolut richtig. Und wo ist das ... die ...« Er suchte nach dem richtigen Wort.

»Kommen S'!« Sie ging voran, unablässig weitersprechend. Reiche und von Barden, die folgten, hatten Mühe, sie zu verstehen.

»Die ham uns angrufen und gsagt, der Schorsch is ... also, wie sagt ma da jetzt ...?«

»Zur Bestattung freigegeben«, half ihr Reiche, der dicht hinter ihr ging.

»Genau. Und da brauch ma doch, das wissen ma noch vom Vadder, die Geburtsurkund …« Sie ging am ersten Raum vorbei, wo unermüdlich die Waschmaschine brummte. »Im alten Kinderzimmer, das is jetzt die Abstellkammer, da sind viele Sachen noch von früher. Der Simon wusste, da muss es auch was vom Schorsch gem …«

In der Küche zeigte sie auf eine ramponierte Pappschachtel. »Mir ham alles durchgsehn, aber die Geburtsurkund net gfunden, dafür andere Sachen, Papiere und so. Simon hat gmoant, vielleicht is da was Wichtigs für Sie dabei.«

Reiche nickte. »Wir werden den Karton mitnehmen.«

»Ja freili.« Sie schien froh zu sein, ihn loszuwerden.

»Wir schreiben Ihnen eine Quittung.«

Therese Schradi winkte ab. »Ach, des brauchens net.«

Karla zeigte auf von Barden. »Dee!!«

»Na du?«, machte der Kommissar und zog eine freundliche Grimasse.

Beim Hinausgehen meinte die Bäuerin. »Jetzt ham mir gmerkt, die Geburtsurkund is sowieso im Familienstammbuch drin.«

Reiche drehte sich um. »Wann ist denn die Beerdigung?«

»Am Mittwoch.«

15

Der Fund brachte Bewegung in die Ermittlungen. Es ergaben sich neue Spuren. Dabei war der Inhalt der Schachtel auf den ersten Blick wenig spektakulär. Es fanden sich: alte Zeugnisse, Postkarten aus der Schulzeit, eine Straßenkarte von Frankreich, Motorradprospekte, ein Kalender der Sparkasse mit Adressenanhang, eine Werbestreichholzschachtel mit dem Aufdruck »Saphir-Bar Karlsruhe«, sowie die Kopie einer Lohnsteuerkarte aus den Neunziger Jahren. Außerdem gab es ein postkartengroßes Foto, das auf der Rückseite mit einer schwungvollen Widmung versehen war: *Für Jennifer von Easy.* Es zeigte einen hochgewachsenen jungen Mann mit schmalem Gesicht und langen, bis in den Nacken fallendem Haar, der in lässiger Pose, die Lederjacke über der Schulter, an einem aufgebockten Motorrad lehnte.

Die Streichholzschachtel war womöglich ein Hinweis auf Schradis Karlsruher Zeit. Die lag zwar schon zehn Jahre zurück, aber trotzdem konnte es von da noch Verbindungen in die Gegenwart geben.

Sowohl die Durchleuchtung der Firmen auf der Lohnsteuerkarte versprach interessant zu werden, als auch die Überprüfung der im Kalender notierten Adressen und Telefonnummern. Blieb die »Saphir-Bar«. Diese Spur – wenn es denn eine war – übernahmen Reiche und von Barden.

Reiche rief Rudi Neuländer in Karlsruhe an, mit dem er auf der Polizeifachschule in Villingen-Schwenningen gewesen war und der, wie Reiche wusste, mit dem »Milieu« zu tun hatte.

»Neuländer.«

»Reiche.«

Stille. »Paul Reiche?«

»Wieviel Reiches kennst du denn?«

»Ach *der*!« Kleine Pause. »Bist du überhaupt noch bei der Polizei?«

»Schon lang nicht mehr. Ich hab jetzt 'nen Pizza-Service.« Neuländer lachte. »Was willst du?«

»Sagt dir die ›Saphir-Bar‹ was?«

»Die existiert schon lange nicht mehr.«

»Kanntest du den Schuppen noch?«

»Nein. Das war vor meiner Zeit. Aber ich kann mich mal umhören. Da gibt's hier sicher noch jemand, der den Laden gekannt hat. Eilt es?«

»Ja.«

Nach einer Stunde rief Neuländer zurück. »Also. Die Bar hat vor acht Jahren zugemacht. Sang- und klanglos, ohne dass was vorgefallen wäre. Zu der Zeit war der Geschäftsführer ein gewisser Rainer Boschke.« Neuländer schwieg.

»Und weiter?«, drängte Reiche.

»Jetzt willst du sicher wissen, ob wir was über den haben.«

»Wenn du das Maß deiner Güte vollmachen könntest …!«

»Mach ich doch gern. Der Mann war mal vorm Kadi wegen Steuerhinterziehung – das ist alles.«

»Hast du eine Ahnung, ob es ihn noch gibt?«

»Ich kann dir sogar seine Adresse sagen.«

»Nein!«

Neuländer feixte. »Doch.«

»Mensch, Rudi! Und die Adresse – ist die noch aktuell?«

»Wenn der Mann im letzten Jahr nicht umgezogen ist …«

Von Barden klappte sein Notizbuch zu. »Baden-Baden, Fremersberg«, sagte er. »Noble Wohngegend.«

Sie waren auf der Fahrt zu Rainer Boschke. Reiche hatte vorher angerufen.

»Die Kripo?«, wunderte sich der ehemalige Geschäftsführer. Seine Stimme klang gelassen. »Natürlich, kommen Sie.« Und er fügte hinzu: »Jetzt bin ich nur noch neugierig und nicht mehr besorgt, wenn die Polizei was von mir will. Früher war's umgekehrt.« Er lachte freundlich.

Boschkes Domizil war eine zweistöckige Villa, die noch vor dem Zweiten Weltkrieg gebaut worden war. Neben der bunt verglasten Haustür gab es zwei Klingelknöpfe. Auf dem oberen stand »Cordes«, auf dem unteren »Boschke«. Es öffnete eine mandeläugige, schlanke Frau mit pechschwarzem Haar. Sie trug ein blaues, eng anliegendes Kleid, dessen Ausschnitt mit Pailletten gesäumt war.

»Bittesön.« Sie lispelte.

Sie führte die Kommissare durch den Hausflur drei Treppen hinab in den Garten. Es war ein schöner, großer Garten mit zwei dicht beieinanderstehenden riesigen Lebensbäumen und einer imposanten Fichte. In ihrem Schatten war die Sitzgruppe aufgestellt: ein Tisch mit vier Korbstühlen.

Boschke zeigte auf den Stock neben seinem Stuhl. »Entschuldigen Sie, dass ich sitzen bleibe. Mein Bein …« Er deutete auf die Sessel. »Bitte nehmen Sie Platz. Möchten Sie etwas trinken? Saft, Kaffee, Tee?« Auf seine Tasse weisend, meinte er: »Von meinem Magentee will ich Ihnen lieber nichts anbieten.« Mit seinem schneeweißen Haar, das er lang trug, erinnerte Boschke eher an einen Professor im Ruhestand als an einen Barbesitzer im Ruhestand. Als die mandeläugige Frau mit einer großen Wasserkaraffe und zwei Gläsern zurückkam, sagte er: »Das ist Maria, meine Frau. Wir haben uns auf Java kennengelernt, wo ich zwei Jahre gelebt habe.«

Maria senkte ein wenig den Kopf und lächelte. Als sie sich abwandte, um ins Haus zurückzugehen, griff Boschke nach ihrer Hand. »Bleib doch, Schatz.« Sie setzte sich.

Einen Augenblick herrschte Schweigen. Von Barden füllte beinahe zeremoniell die Wassergläser und alle anderen am Tisch sahen ihm zu. »Schön haben Sie es hier«, sagte Reiche schließlich und bewegte den Kopf von links nach rechts.

Boschke nickte. »Ja. Dieses Anwesen hab ich meiner ersten Frau zu verdanken. Ich wohne erst seit ihrem Tod hier. Vorher war es vermietet.«

»Sie sind von Karlsruhe hierher gezogen?«

»So ist es.«

Reiche räusperte sich. »Herr Boschke, wir sind hier, weil wir von Ihnen einige Auskünfte brauchen.«

»Es geht um die letzten Jahre der Saphir-Bar«, ergänzte von Barden.

Boschke nickte.

Reiche konnte sich nur wundern. Er hatte einen ganz anderen Mann erwartet. Dieser hier hatte so gar nichts mehr von einer ehemaligen Kiezgröße. Er wirkte abgeklärt und auf eine freundliche Art distanziert.

»Sagt Ihnen der Name Georg Schradi was?«

Boschke schüttelte nach kurzem Überlegen den Kopf.

Reiche klärte ihn über den Hintergrund ihres Besuchs auf. Wie sich herausstellte, hatte Boschke von dem Mord nichts gelesen. Als von Barden statt Schradi »Easy« sagte, erinnerte sich Boschke. Natürlich, den habe er gekannt. Ein windiger Vogel. Aber er habe ihn damals nur flüchtig wahrgenommen. Eine Liebschaft von Ariane, allerdings eine kurze, wenn er sich recht erinnere.

»Wissen Sie, was Schradi in Karlsruhe gemacht hat, womit er sein Geld verdient hat?«

»Keine Ahnung.«

»Er soll Taxi gefahren sein.«

»Möglich. Obwohl ich ihn nie in einem Taxi gesehen habe.«

Er schaute seine Frau an, um sie in das Gespräch mit einzubeziehen.

»Diese Freundin von Schradi, diese … diese …«

»Ariane«, ergänzte von Barden.

»Was hat sie gearbeitet, ich meine, was hat sie in Ihrer Bar gemacht?«

»Sie war eine talentierte Striptease-Tänzerin.« Boschke nickte, als sehe er sie in Gedanken wieder vor sich.

»Sie sagten, das zwischen ihr und Schradi sei nur eine kurze Affäre gewesen …«

»Das war mein Eindruck. Denn bald schon ist dieser Niki aufgetaucht und mit dem ist Ariane dann auch weg.« Er seufzte.

»Aus Karlsruhe weg?«

»Ja, leider. Sie war nur schwer zu ersetzen.«

»Gab es Streit zwischen Schradi und diesem neuen Freund?«

Boschke lacht kurz auf. »Glaub ich nicht.« Er hob die Hand. »Niki war fast zwei Meter groß und breit wie ein Schrank. Ich kann mir nicht vorstellen, dass Easy sich mit ihm angelegt hat.« Er trank einen Schluck aus seiner Teetasse und seine Frau anschauend, verzog er das Gesicht. »Maria, so wie der schmeckt, muss er sehr gesund sein.«

Maria lächelte.

»Hören Sie«, sagte Boschke und wandte sich wieder Reiche zu, »über das alles könnte Ihnen die Petra Genaueres erzählen.«

»Petra?«

»Petra hat bei uns die Theke gemacht. Lange Jahre. Fast bis zum Schluss. Bis sie diesen Griechen kennengelernt und später auch geheiratet hat …« Er rieb Daumen und Zeigefinger aneinander. »Bau-Unternehmer. Schwerreicher Mann.«

»Petra – und wie noch?«, wollte von Barden wissen.

»O Gott!« Boschke verdrehte die Augen. »Petra Wolf. Sie hat

aber dann den Namen ihres Mannes angenommen.« Er fuhr sich über die Stirn. »Warten Sie. Sie hat mir damals ihre Heiratsanzeige geschickt, das weiß ich noch. Sie hieß dann Makis …, Makaris … Irgendsowas.«

»Die Hochzeit war in Karlsruhe?«

»Tut mir leid.« Boschke schüttelte den Kopf. »Keine Ahnung. Ich weiß nur, dass ihr Mann zwei oder drei Jahre später bei einem Verkehrsunfall ums Leben kam. Stand damals groß in der Zeitung.«

»Sie wissen nicht zufällig, ob sie noch in Karlsruhe wohnt?«

Boschke hob bedauernd die Hände. »Ich hab schon seit Jahren nichts mehr von ihr gehört.«

»Gibt es jemand, der ihre Adresse wissen könnte?«

Boschke überlegte. »Die Laura vielleicht. Immerhin haben die beiden mal zusammen gewohnt.«

»Laura?«, fragte Reiche mit erhobener Stimme.

»Die hat auch mal bei uns gearbeitet. Laura Göbel.«

Ein heftiges Gewitter und sintflutartiger Regen beendeten die wochenlange Hitzeperiode. Jedermann atmete auf. Der Boden war völlig ausgetrocknet und saugte das Wasser gierig auf. Reiche konnte nicht anders: nachdem er aus dem Wagen ausgestiegen war, blieb er im strömenden Regen stehen und breitete die Arme aus. Das Wasser rann ihm übers Gesicht. Im Nu war seine Jacke durchweicht.

Er konnte sich noch daran erinnern, wie es war, wenn im Sommer der Regen ausblieb. Welche Bedeutung das früher – daheim auf dem Hof – gehabt hatte! Was für eine Stimmung dann im Haus herrschte. Und wie weit, dachte er, während er jetzt über den Innenhof des Kommissariats spurtete, wie weit ist das jetzt alles von mir weggerückt. Im Grunde spielt doch das Wetter für mich überhaupt keine Rolle mehr.

Als er das Büro betrat, starrte ihn von Barden an. »Wie siehst du denn aus?«

Reiche grinste. »Ich hab geduscht.«

Unwillkürlich strich sich von Barden über seine trockenen Haare. »Und vergessen, die Kleider auszuziehen?«

Reiche deutete wortlos hinaus: Im Besprechungszimmer waren die Flügel geöffnet, um frische Luft herein zu lassen. Das Rauschen des Regens klang allen wie Musik in den Ohren. Da machte es auch nichts, dass es zu den Fenstern hereinspritzte und Silberchen Fleig mit einem Geschirrtuch herumging und die Fensterbänke abwischte.

Die Kollegen, die sich mit dem Kalender und der Lohnsteuerkarte beschäftigt hatten, berichteten. Es ergab sich ein vages Bild von Schradis Zeit in Karlsruhe. Danach hatte er in diesen Jahren mehrmals die Stelle gewechselt. Gelernt hatte er Einzelhandelskaufmann im Baumarkt; danach arbeitete er in einem Getränkegroßhandel, einer Schreinerei, einem Betrieb für Heizungsmontage und – auf der Karte zuletzt angegeben – bei einer Firma für Messebau und Standgestaltung.

Reiche, der sich mit zwei Tempotüchern das Gesicht abtrocknete, erzählte von ihrem Besuch bei Rainer Boschke.

Hoffmann, den durchweichten Kommissar anschauend, lächelte kopfschüttelnd und fragte dann, ernst werdend: »Und was sagt uns das alles?«

Von Barden hob seinen Kuli wie ein Ausrufezeichen. »Laura Kohlmeier hat gelogen. Sie kannte Schradi recht gut – und nicht nur ›flüchtig‹, wie sie uns weismachen wollte.«

Reiche nickte. »Sie hat in einer Karlsruher Nachtbar gearbeitet. Schradi und sie haben sich aus dieser Zeit gekannt. Das wollte sie uns verheimlichen. Warum?«

»Jedenfalls hat Schradi weit über ein Jahr in Karlsruhe gelebt«, bemerkte Schmidt.

Schubert meldete sich. »Sieht so aus, als hätte er versucht, da Fuß zu fassen.«

Die Kollegin Fehrholz sah auf den Zettel, der vor ihr lag. »Die Telefonnummern, die er sich notiert hat, sind vorwiegend Nummern, die mit Karlsruhe zu tun haben, Personen im Umkreis der Saphir-Bar, wie wir jetzt wissen.«

»Und die Anschlüsse seiner alten Kumpel«, ergänzte Wiedfeld.

»Es sind ohnehin nur vierzehn Eintragungen«, meinte Kommissarin Fehrholz, »darunter die Adresse einer Autowerkstatt, die Nummer eines Taxiunternehmens und die einer Zimmervermittlung.«

Hoffmann lutschte an einem neuen Pfefferminz. »Was uns interessiert, ist doch, ob es aus Schradis Karlsruher Zeit irgendwelche Hinweise oder Verbindungen gibt zu seinem Tod im Hirsch.«

»Sie meinen, es könnte ihn jemand aus dem Karlsruher Kreis umgebracht haben – nach so vielen Jahren?«, fragte Monika Maiwald.

»Entweder das, oder eine Spur führt uns von dort zum Täter.«

»Es könnte jemand eine alte Rechnung mit ihm beglichen haben«, überlegte Schmidt. »Hatten wir alles schon.«

Einen Augenblick schwieg die kleine Runde. Es regnete noch immer in Strömen. Der Regen bildete einen dichten grauen Schleier, der sich über den ganzen Hof legte, so dass die Platanen nur noch als Schatten zu erkennen waren. Es war Samstag und das trübe Wochenendwetter begann.

»Ich denke, wir wissen mehr, wenn wir mit dieser Petra Dings …« Hoffmann wandte sich an von Barden. »Wie heißt sie?«

»Petra Wolf-Makarios.«

»Wenn wir mit der gesprochen haben.«

Bevor Reiche ging, ließ er sich noch einmal den Obduktionsbericht geben. Er notierte sich die Telefonnummer und nachdem man ihn von Pontius zu Pilatus durchgestellt hatte, war endlich der Arzt am Telefon, den er brauchte, und der heute auch zufällig Dienst hatte.

»Hauptkommissar Reiche hier. Es geht um den Leichnam von Georg Schradi. Ich seh hier Ihren Namen unter dem Obduktionsbericht …«

»Ja …?«, fragte der Arzt misstrauisch.

»Können Sie sich an den Fall erinnern?«

»Sicher.«

Reiche tippte auf die Akte, als könne sie der Arzt sehen. »Halten Sie es für möglich, dass der Täter das Opfer …« Er überlegte. »Sagen wir mal, nur warnen wollte mit dieser Attacke, einschüchtern?«

Der Arzt stieß einen kurzen Lacher aus. »Einschüchtern?, weiß ich nicht. Ich weiß nur, dass so ein einzelner Stich in den Bauchraum … so ein tödlicher Stich ist ein Zufallstreffer.«

»Ach!« Reiche schwieg einen Moment. »Und dieser tödliche Stich … was seine Wucht und Kraft angeht … kann der auch von einer Frau geführt worden sein?«

Die Antwort kam sofort. »Selbstverständlich. Ohne weiteres.«

16

Petra Wolf-Makarios wollte sich mit den Kommissaren nicht in ihrer Wohnung treffen und vor allem nicht »am heiligen Sonntag«, wie sie sich ausdrückte. Man verabredete sich für den Montag in einem der Cafés am Karlsruher Marktplatz.

»Wie erkenne ich Sie?«, fragte Reiche.

»Ich hab Willy dabei.«

»Willy – aha.«

Sie lachte ein dunkles, kehliges Lachen. »Willy ist mein Rauhaardackel.«

Und so betraten Reiche und von Barden das vereinbarte Lokal, das an diesem frühen Vormittag nur mäßig besetzt war, und hefteten ihre Blicke suchend auf den Fußboden zwischen den Tischen.

Eine blonde Frau am Ende des Raumes hob die Hand. Die Kommissare gingen zu ihr. »Frau Wolf-Makarios?«

Sie lächelte und zeigte eine Reihe makelloser Zähne. »Nur noch Makarios«, sagte sie und streckte ihnen die Hand hin, wobei Reiche einen Hauch von Parfüm wahrnahm.

Neben ihrem Stuhl lag ein kleiner, struppiger Hund. Von Barden beugte sich hinunter. »Und du bist Willy, der Kampfhund?« Willy gab ein Knurren von sich, das eher ein Räuspern war, aber signalisierte: Unterschätz mich nicht!

»Schon gut«, sagte der Kommissar und zog vorsichtig den Stuhl an Willy vorbei, um sich zu setzen.

Petra Makarios war füllig, ohne dick zu sein, von unübersehbarer weiblicher Präsenz. Ihr ovales Gesicht mit den vollen Lippen wurde eingerahmt von einer Masse dunkelblonden Haares, das ihr in großen Locken auf die Schultern fiel.

Kaum saßen Reiche und von Barden, reckte Frau Makarios

den Hals und schaute an ihnen vorbei aus dem Fenster, wo vor dem Café zwei Frauen dabei waren, Tische und Stühle abzuwischen. Der Regen hatte aufgehört und die Wolkenbänke am Himmel gaben immer öfter die Sonne frei.

Sie deutete hinaus. »Ich hab noch gar nicht bestellt … Würde es Ihnen was ausmachen, wenn wir hinausgehen? Ich glaub, das Wetter hält.«

Reiche zuckte mit den Schultern.

»Wissen Sie«, sie zeigte ein breites Lächeln, »dann könnte ich nämlich rauchen.«

Sie ging voran. Sie trug einen hellen, eleganten Hosenanzug und ging erstaunlich sicher auf ihren dünnen »Stilettos«. Um Willy kümmerte sie sich nicht. Er folgte ihr, die Leine hinter sich herschleifend. Als von Barden sie aufheben wollte, weil er fürchtete, die könnte sich zwischen den Stuhlbeinen verfangen, wandte Willy den Kopf und gab wieder sein räusperndes Knurren von sich. »Dann nicht«, sagte der Kommissar und schloss sich den anderen an.

Zwischen den Obst- und Blumenständen auf dem Markt vor ihnen verliefen sich die ersten Kunden. Nach dem Regen der vergangenen Nacht war die Luft mild und klar.

Die Makarios suchte in der vordersten Reihe einen Tisch aus, der in der Sonne stand. Sie setzte sich und Willy legte sich neben ihren Stuhl. Nachdem sie bestellt hatte, holte sie aus ihrer Handtasche eine Packung Zigaretten und ein kleines, goldenes Feuerzeug. Reiche gab ihr Feuer. Als sie sich der Flamme entgegenbeugte, schaute sie dem Kommissar tief in die Augen. »Danke«, sagte sie und sog an der Zigarette, dass die Glut hell aufleuchtete.

Dass Georg Schradi tot war, hörte sie erst jetzt, da sie bis vor drei Tagen in Griechenland gewesen war. »Das tut mir leid.« Aber sie war nicht wirklich erschüttert. »Easy war ein

Schaumschläger, aber ein harmloser. Für mich hatte er immer was von einem verirrten Vogel. Er hatte einen Schlag bei Frauen – ich habe nie ganz begriffen, woran das lag.« Ihre tiefe Stimme gab dem kleinen Lachen einen satten Klang. »Ich glaub, ich war die einzige Frau in Karlsruhe, die ihm über den Weg gelaufen ist, mit der er nicht im Bett war. Unsere Chemie hat einfach nicht zusammengepasst.«

Sie setzte ihre Sonnenbrille auf. »Er hatte immer große Pläne und wusste alles besser.« Ein belustigtes Kopfschütteln. »Der hätte auch noch den Fischen das Schwimmen beigebracht.« Die Zigarette in ihrer Hand beschrieb einen Kreis. »Perdu …« Sie schwieg nachdenklich. Dann sagte sie: »Er hat mir mal aus Mallorca eine Karte geschrieben, eine Ansichtskarte!«

»Wann war das?«, fragte von Barden, der sein Notizbuch zur Seite schob, da der Kellner die Bestellungen brachte.

»Das ist sicher drei Jahre her. Er habe jetzt im Süden seine Zelte aufgeschlagen, schrieb er.«

»Hat er sich dann noch einmal bei Ihnen gemeldet?«

»Nein. Schon die Karte hat mich gewundert. Denn so dicke Freunde waren wir nicht.«

»Wann haben Sie ihn kennengelernt?«, fragte Reiche.

Petra Makarios teilte sorgfältig ihren Schokoladen-Muffin in vier Teile. »Das muss Mitte der Neunziger Jahre gewesen sein. Irgendwann ist er im Saphir aufgetaucht. Er hat sich sofort in Ariane, unsere Stripperin, verguckt.«

»Wussten Sie, was er damals in Karlsruhe gemacht hat – beruflich?«

»Er hat Messestände aufgebaut, soviel ich weiß. In der Schwarzwaldhalle.«

»Ist er auch Taxi gefahren?«

»Taxi? Nein. Als Kurierfahrer hat er zwischendurch mal geschafft. Arzneimittel ausgefahren.«

»Und mit dieser Ariane hat er zusammengelebt?«

Sie nickte. »Aber das ging nicht lang.«

»Warum?«

»Weil er jemand anderes kennenlernte.« Den Kopf schräg legend, blinzelte sie Reiche zu. »Aber das wissen Sie ja.«

Der Kommissar antwortete nicht.

»Sie haben mir am Telefon gesagt«, fuhr die Makarios fort, »Sie seien bei Boschke gewesen.«

»Von ihm hab ich Ihren Namen.«

»Und den von Laura Kohlmeier, geborene Göbel.« Sie entblößte ihre weißen Zähne. »Oder?«

Reiche ließ sich nicht beirren. »Haben Sie noch Kontakt zu Boschke?«

Sie schaute hinüber zur Haltestelle, wo sich die Türen einer Straßenbahn öffneten und die Fahrgäste herauspurzelten, als seien sie von innen gestoßen worden.

»Nein. Unsere Wege haben sich schon vor Jahren getrennt. Wie sagt man?, ›in beiderseitigem Einvernehmen‹.«

Willy gab kurze, winselnde Töne von sich und schlug ein paar Mal mit dem Schwanz auf den Boden.

»Nein!«, brummte die Makarios.

Reiche und von Barden schauten auf den Hund. »Was hat er?«

Sie winkte ungeduldig ab. »Als es so heiß war, hat er überall, wo wir hinkamen, Wasser bekommen.« Wie zur Bestätigung gab Willy einen weiteren Klagelaut von sich. »Nun will er jedes Mal, wenn wir wo sind, Wasser haben. Aber er *kann* jetzt nicht durstig sein!«

»Wer weiß«, sagte von Barden. Er griff vom Nebentisch den unbenutzten Aschenbecher, wischte ihn noch einmal mit einem Tempotaschentuch aus und goss etwas Wasser aus seinem Glas hinein.

»Sie müssen ihn nicht auch noch unterstützen!«, sagte Petra Makarios mit nachsichtigem Lächeln. Willy schlappte zwei Mal Wasser und legte dann zufrieden den Kopf zwischen die Pfoten.

Reiche blinzelte der Sonne nach, die hinter einer Wolkendecke verschwand. »Herr Boschke sagte uns, Sie hätten mit Laura Göbel zusammengelebt?«

»Wir hatten eine gemeinsame Wohnung, wenn Sie das meinen.«

»Aber sie waren doch befreundet?«

Sie pickte die letzten Krümel des Muffins auf. »Ja und nein. Wir kamen gut miteinander aus – was wichtig ist, wenn man sich eine Wohnung teilt. Aber es blieb doch auch immer ein Abstand zwischen uns …«

»Das klingt …«, begann Reiche.

Die Makarios unterbrach ihn. »Laura hatte einen gewissen Dünkel. Sie die Studierte und ich die ehemalige Verkäuferin.«

Reiche nickte. »Und heute? Sind Sie noch in Verbindung?«

»Wir sind nicht zerstritten. Aber ich habe längere Zeit in Griechenland gelebt, Laura ist von Karlsruhe weg und hat geheiratet … wie das so ist: Man verliert sich aus den Augen.«

»Wann haben Sie sie zum letzten Mal gesprochen?«

Petra Makarios griff mit einer langsamen Bewegung an die Weißgoldkette um ihren Hals. »Sie hat mich angerufen, als … das mit meinem Mann passiert ist.«

Die Kommissare schwiegen taktvoll. Nach einer Weile fragte Reiche: »Entschuldigen Sie … wann war das?«

Sie beugte sich über ihren Stuhl zu Willy hinunter und strich ihm mehrmals über den Rücken. »Vor vier Jahren.«

Am Nebentisch stand eine Gruppe japanischer Touristen. Sie waren unablässig damit beschäftigt, die Pyramide, die zwischen den Markisen der Stände hervorschaute, zu fotografieren.

»Laura Göbel hat studiert, sagten Sie?«, nahm von Barden den Faden wieder auf.

»Wussten Sie das nicht?« Petra Makarios winkte dem Kellner und bestellte einen weiteren Cappuccino. »Laura ist in Heidelberg bei einer Tante aufgewachsen. Sie hat angefangen zu studieren, Französisch und noch was, Geographie, glaub ich. Dann ist die Tante, die selber keine Kinder hatte, gestorben, und es war kein Geld mehr da. Für Laura hieß das, dass sie neben dem Studium Geld verdienen musste.«

Sie hielt inne und schüttelte zweifelnd den Kopf. »Ich weiß, ehrlich gesagt nicht, ob es richtig ist, wenn ich Ihnen das alles erzähle. Wie komm ich eigentlich dazu?«

Der Kommissar antwortete nicht gleich. schließlich sagte er: »Schauen Sie, Frau Makarios, wir ermitteln in einem Mordfall. Das, was Sie wissen, ist sehr wichtig für uns. Wir erkunden das Umfeld, wir tragen Informationen zusammen. Im übrigen sind wir verschwiegen.« Er wusste, dass mitunter ein etwas offiziöser Ton notwendig war. Es galt den Zeugen die Scheu zu nehmen und ihnen die Wichtigkeit ihrer Aussagen vor Augen zu führen.

Petra Makarios biss sich auf die Unterlippe. »Laura ist verdächtig?«, fragte sie leise.

»Jeder, der zur fraglichen Zeit am Tatort war, gehört potenziell zum Kreis der Verdächtigen.« Um das Gesagte etwas abzuschwächen, fügte Reiche lächelnd hinzu: »Das gehört zu den kriminalistischen Grundweisheiten.«

Sie schwieg und schaute interessiert hinüber zum Nebentisch, wo sich die Japaner inzwischen gesetzt hatten. Der Kellner stand, das Tablett unterm Arm, bei ihnen und war offensichtlich bemüht, aus ihren Wortkaskaden so etwas wie eine Bestellung herauszuhören.

Reiche dachte schon, dass die Makarios das Gespräch beenden wolle – irgendwann war das Mitteilungsbedürfnis der meisten Leute erschöpft – aber dann sprach sie doch weiter.

»Man neigt ja dazu, die Vergangenheit zu verklären«, begann sie, »wenn nur der Abstand groß genug ist. Meinen Sie nicht auch? Aber meine Zeit im Saphir ...« Sie warf mit einer Handbewegung ihr Haar zurück, »... war schon deswegen meine beste Zeit, weil ich da Kostas kennengelernt habe, meinen Mann.«

Willy war aufgestanden, streckte sich und gähnte. Als er sah, dass er damit kein Zeichen zum Aufbruch setzen konnte, legte er sich wieder hin.

»Es war kein Zuckerschlecken, bestimmt nicht. Aber es war ...« Sie schaute Reiche versonnen an. »Wissen Sie, was ich vorher gemacht hab? Ich war Verkäuferin bei Karstadt. Meine Eltern haben in der Steinstraße gewohnt.« Sie wies in Richtung der evangelischen Stadtkirche. »Steinstraße, Silberglöckle ... sagt Ihnen das was? Nein, sie sind ja beide nicht aus Karlsruhe ... Jetzt hab ich den Faden verloren.«

»Die Zeit in der Saphir-Bar«, gab von Barden das Stichwort. Petra Makarios nickte. »Irgendjemand hat Laura erzählt, man könnte im Begleitservice gutes Geld verdienen. Sie wissen schon: Geschäftsleute unterhalten, sie begleiten, mit ihnen ins Theater gehen ... ganz seriös.« Sie nickte dem Kellner zu, der den Kaffee und ein Glas Wasser vor sie hinstellte. »Sie ist nach Karlsruhe und hat auch ein paar Mal die Begleiterin gespielt. Aber sie hat schnell gemerkt, dass das keine wirklich sichere Einkommensquelle ist. Mit einem von den Typen ist sie irgendwann in der Saphir-Bar aufgetaucht, und da sind wir ins Gespräch gekommen. Ich hab ihr gesagt, sie soll mal mit Boschke reden ... und so ist sie am Schluss bei uns gelandet.«

»Und ihr Studium?«, wollte Reiche wissen.

»Sie hat erst versucht Studium und Geldverdienen unter einen Hut zu bringen, aber irgendwann eingesehen, dass das nicht geht. Wahrscheinlich ist ihr auch klar geworden, dass sie kein Lehrerinnen-Typ ist.«

»Und in der Bar hat sie gut verdient?« Reiche hüstelte. »Ich meine, war sie dafür ›der Typ‹?«

»Als Animierdame?« Die Makarios lachte. »Sie war ein Naturtalent!«

»Ach ja?«

»Wissen Sie, in diesem Job muss man ›cool‹ sein. Aber gleichzeitig Ausstrahlung haben. Viele Mädchen, die in dem Milieu arbeiten, tun nur verführerisch. Laura brauchte das nicht zu spielen.«

»Demnach hatte sie eine Menge … Bewunderer?«

Petra nickte. »Hatte sie. Aber sie hielt alle auf Distanz.« Dann fügte sie hinzu: »Das musst du auch, sonst rutschst du ab.«

Von Barden beugte sich vor. »Aber Schradi gegenüber bestand diese Distanz nicht?«

Die Makarios überlegte. »Ehrlich gesagt, ich weiß es nicht.«

»Aber sie hatten was miteinander, oder nicht?«

»Easy hatte sich von Ariane getrennt – oder sie sich von ihm, wie auch immer. Das war von den beiden sowieso nur ein Strohfeuer. Im Grunde waren sich Ariane und Easy viel zu ähnlich.« Sie lächelte. »So was gibt's auch.«

»Laura Göbel und Georg Schradi waren sich nicht ähnlich?«, hakte Reiche ein.

»Nein, ich glaube nicht. Laura wollte letzten Endes Sicherheit. Sie wollte einen Mann mit Perspektive, einen, der was zu bieten hat.«

»Und Schradi hatte nichts zu bieten?«

»Er hatte keine Zukunft zu bieten, nichts, worauf man aufbauen konnte.« Sie hob beschwichtigend die Hand. »Damals wenigstens.«

»Aber er hatte anderes zu bieten …«

»Genau«, sagte die Makarios mit einem kleinen Lächeln. »Und deswegen ließ sich Laura auch auf ihn ein. Ich denke, diese Seite faszinierte sie.«

»Welche Seite?«

Petra Makarios rührte nachdenklich in ihrem Kaffee. »Wissen Sie, Laura war gewöhnt, dass Männer sie anhimmelten, ihr irgendwie verfielen, wie man so sagt …«

»Und das war bei Schradi nicht der Fall?«

»Nein. Er war ihr nicht verfallen. Er betrachtete sie, wie er alle Frauen betrachtete – als Beute.«

»Ah!«, machte von Barden, als höre er diesen Aspekt des Verhältnisses von Mann und Frau zum ersten Mal.

»Aber die Contessa«, wandte er ein, »ich meine Laura Göbel, die fühlte sich doch sicher nicht als Beute, oder?«

»Natürlich nicht. Aber da war ein Mann, der ihr nicht zu Füßen lag, der aber auch kein Zuhälter war. Der mit ihr zu spielen versuchte, auf eine Weise, die sie bislang nicht gekannt hatte. Das reizte sie.«

»Und?«, fragte Reiche. »War es ein Spiel?«

Petra zuckte die Schultern. »Es hat als Spiel begonnen, aber …« Sie drehte ihre Rechte hin und her. »Die Spieler haben es nicht immer in der Hand.«

»Gab es Streit?«

»Ich hab keinen mitbekommen. Was die beiden miteinander ausfochten, wurde kalt gegessen, wenn Sie wissen, was ich meine.«

17

Nach dem Gespräch mit Petra Makarios überquerten die Kommissare die Kaiserstraße und gingen, am Denkmal des Großherzogs und an den Boulespielern vorbei, aufs Schloss zu und durch den rechten Eingang in den Schlossgarten.

Reiche liebte diesen Park mit seinen alten, würdigen Bäumen und den weiten, leuchtend grünen Rasenflächen. Er atmete ein paar Mal tief durch und schloss die Augen. Hier, nur ein paar Schritte vom Stadtzentrum entfernt, waren Lärm und Hektik weit weg.

Eine Weile gingen sie schweigend nebeneinander. Dann bemerkte von Barden, den Blick nachdenklich auf den Boden gerichtet: »Eine bemerkenswerte Frau.«

»Die Göbel-Kohlmeier?«

»Die auch. Nein, ich meine die Makarios.«

»Hm.« Der Kommissar kickte einen Stein weg. »Vor allem sind wir jetzt schlauer, was Schradi und die Contessa angeht.«

»Ich hab das Gefühl«, sagte von Barden, »dass die beiden bis zuletzt noch Kontakt hatten.«

»Du meinst, hinter Kohlmeiers Rücken?«

Von Barden nickte. »Ist doch denkbar, oder?«

»Denkbar ist es. Aber es gibt bis jetzt keine Anhaltspunkte dafür.«

»Jedenfalls«, fuhr von Barden fort, »hat die Göbel ihren Mädchennamen schnell abgelegt. Frau Kohlmeier wollte in keiner Form mehr an ihre Vergangenheit erinnert werden.«

Unvermittelt standen sie vor einem von Büschen und Bäumen umgebenen, pavillonartigen Denkmal. Es zeigte einen gusseisernen Kopf, der mit einem goldenen Lorbeerkranz geschmückt war. *Joh. Peter Hebel* stand auf dem Sockel darunter.

Und auf der Rückseite war in einer altmodischen Schrift, durchzogen von Sprayerschnörkeln, zu lesen:

Wenn de amme / Chrüzweg stohsch /
und nümme weisch / wo's ane goht /–
halt still und frog / di G'wiße z'erst /
's cha dütsch Gottlob / und folg si'm Roth.

Von Barden deutete darauf: »Und was heißt das?«
Reiche grinste. »Vertrau deiner Intuition.«
Sie gingen in Richtung See. Am Ufer, gleich neben dem Weg, hatten sich ein paar Enten versammelt. Sie schnappten nach den Brotstückchen, die ihnen eine junge Frau hinwarf. Ihr Sohn schaute im Kinderwagen mit großen Augen zu.
Von Barden wartete, bis die Turmuhr, die langsam die Stunde schlug, zu Ende kam. »Wenn ich die Makarios richtig verstehe, dann hatte die Contessa damals was mit beiden Männern, mit Schradi und mit Kohlmeier.«
Reiche nickte. »Die Frage ist: Wusste Kohlmeier, dass da noch was mit seinem Freund Schradi lief? Immerhin waren er und Laura Göbel so gut wie verlobt.«
»Schradi jedenfalls war im Bilde. Er wusste, dass sie auch zu Kohlmeier ging.«
In der Ecke mit dem Rasenschach standen um die metergroßen Holzfiguren einige ältere Herren, unbeweglich, als gehörten sie selbst zum Spiel. Für einen Augenblick brach die Sonne aus den Wolken hervor und tauchte die Gruppe in ein scharfes Licht.
Sie waren am Ende des Sees angekommen.
»Irgendwann ist die Göbel weg von Karlsruhe und zu Kohlmeier nach Heidelberg«, nahm Reiche den Faden wieder auf. »Und etwa um die gleiche Zeit hat auch Schradi seine Zelte

in Karlsruhe abgerissen und ist wieder auf den Hof«, ergänzte von Barden. Er folgte Reiche auf die Seeterrasse, wo er hinter einer Bank stehen blieb.

»Muss Schradi nicht sauer aufgestoßen sein, dass sich die Göbel für Kohlmeier entschieden hat?«, fragte Reiche.

Von Barden zuckte mit den Schultern. »Ich glaub schon, dass ihn das gefuchst hat. Aber er hatte ihr ja auch nichts zu bieten.«

»Ich weiß nicht …«, sinnierte Reiche. »Hat Schradi so gedacht? ›Ihr was bieten‹? Ich denke, er hielt sich einfach für unwiderstehlich. Als Mann und Liebhaber unschlagbar.«

»Die Verbindung zwischen der Göbel und Schradi hat zweifellos eine Menge mit Sex zu tun gehabt …« Von Barden machte kreisende Bewegungen mit der Hand. »Sieht so aus, als konnten sie da nicht genug voneinander kriegen.«

Sie schlenderten zurück auf den Weg. »Ein Glied in dieser Kette fehlt noch«, sagte Reiche und schaute zum Schloss hinüber. »Wir haben die Contessa bis jetzt nicht allein vernommen.«

Das Schriftliche schob der Kommissar immer bis zuletzt auf, bis zu einem Punkt, an dem das Hinausschieben fast nicht mehr zu verantworten war. Dabei half ihm die Aktenarbeit oft, Übersicht und Klarheit zu gewinnen. Auch als er jetzt die Aussagen im Fall Schradi noch einmal überflog, nahm er sich vor, Frau Stöckle von der Rezeption über einige Details genauer zu befragen.

Eine Arbeitsbesprechung würde es erst morgen Vormittag, nach der Vernehmung Laura Kohlmeiers, geben. Er hatte also jetzt frei und es war gerade erst fünf Uhr. Reiche beschloss, ins Waldfreibad zu fahren. Es war ihm nach Bewegung. Manchmal begriff er plötzlich beim Schwimmen – obwohl er über den Fall nicht nachdenken wollte – Zusammenhänge, die ihm nicht klar gewesen waren oder er erkannte, dass er eine Spur neu zu bewerten hatte.

Es waren nur ein paar Unerschütterliche im Wasser, das gefiel Reiche. Jeder hatte eine Bahn für sich. Er schwamm eine halbe Stunde, anschließend setzte er sich in die Cafeteria und bestellte einen Früchtebecher. Während er den Joghurt und die überreifen Erdbeeren aß und zum Fenster hinaus auf die leere Wiese starrte, dachte er an Frau Stöckle und an die Situation bei Schradis Ankunft. Je länger er grübelte, desto bedeutsamer erschien ihm die Szene. Sie bekam, nachdem sie von Schradis Beziehung zu Laura Kohlmeister wussten, ein anderes Gewicht.

Die Sache ließ ihm keine Ruhe. Als er im Auto saß, rief er im Hirsch an. Aber nicht die Stöckle war am Telefon, sondern Paolo, der Hausdiener. Frau Stöckle habe heute ihren freien Tag, sagte Paolo. Er gab dem Kommissar ihre Privatnummer.

Sie war am Apparat. Er sah sie vor sich, wie sie hinter ihrer großen Brille die Augen aufriss, als er seinen Namen sagte.

»Tut mir leid, dass ich Sie stören muss, Frau Stöckle, aber ich hätte noch ein paar Fragen an Sie.«

Schweigen. Keine Reaktion.

»Ich würde gern bei Ihnen vorbeikommen.«

Jetzt war ein Seufzer zu hören. Ihre Stimme klang reserviert.

»Ich hab meiner Schwester versprochen, heute Abend Babysitter zu machen.«

»Es dauert nicht lange«, beteuerte Reiche. »Wann müssen Sie denn weg?«

»Um acht.«

»Bis dahin sind wir längst fertig.«

Auf dem Schild unter der Klingel stand *Horst und Rita Stöckle*. Herr Stöckle öffnete. Er trug einen hellen Sportdress und Laufschuhe. »Meine Frau erwartet Sie schon«, sagte er nach der Begrüßung und machte ein paar schnelle Trippelschritte, als wolle er schon hier im Flur mit dem Joggen beginnen. Er nickte Reiche zu. »Wiedersehn, Herr Kommissar.«

Rita Stöckle führte Reiche ins Wohnzimmer. Der große Raum war sparsam eingerichtet. Das übliche schwere Buffet fehlte, stattdessen dominierte eine gelbe Couch. Über dem Sitzmöbel, die ganze Länge der Wand einnehmend, befand sich ein hölzernes Bord, auf dem über ein Dutzend Segelschiffe standen. Reiche war beeindruckt. Als Jugendlicher hatte er zu Weihnachten einen Bildband über historische Segelschiffe geschenkt bekommen. Die Abbildungen hatten ihn damals so fasziniert, dass er noch heute die verschiedenen Schiffstypen auseinanderhalten konnte.

Auf diesem Bord nun segelte eine wahre Armada durch das Stöckle'sche Wohnzimmer. Die Modelle waren mit großem handwerklichen Geschick und einer erstaunlichen Detailkenntnis gebaut und wirkten auf eine miniaturhafte Weise seetüchtig.

Reiche, die Hände auf dem Rücken, musterte die einzelnen Schiffe: eine Kogge, eine Brigg, eine Karavelle, eine Fregatte …

»Imposant«, sagte er und wandte sich um. »Hat die Ihr Mann gemacht?«

Frau Stöckle nickte ohne Begeisterung. Sie wies auf die Sitzecke, wo auf dem Couchtisch eine silberfarbene Warmhaltekanne und Tassen standen. »Möchten Sie vielleicht einen Tee?«

Reiche setzte sich. »Nein, danke.«

Frau Stöckle nahm dem Kommissar gegenüber auf einem

Sessel Platz. Sie saß sehr aufrecht, die Hände auf den Oberschenkeln wie eine ägyptische Statue.

Reiche holte sein kleines schwarzes Notizheft heraus, das er selten benutzte, in das er aber einige Stichworte gekritzelt hatte. »Frau Stöckle, Sie waren am Empfang, als Georg Schradi ins Hotel kam.«

Sie nickte.

»Frau Kohlmeier war aber auch an der Rezeption zu dieser Zeit«, fuhr Reiche fort.

»Ja.« Sie ruckte an ihrer Brille, als sitze diese nicht richtig. »Die Chefin kommt ja immer wieder mal am Empfang vorbei.«

»Versuchen Sie sich jetzt mal genau zu erinnern ... lassen Sie sich Zeit ... wenn Sie diese Szene jetzt wieder vor sich sehen ... hatten Sie das Gefühl, dass sich die beiden, so wie sie miteinander sprachen, gut kannten – oder nicht kannten?«

Frau Stöckle sah auf ihre Hände und dachte nach. Auf dem Bord über ihrem Kopf stach ein Dreimastschoner in See.

»Ich weiß nicht ...« Sie sah auf. »Ich glaub schon, dass sie sich kannten.«

»Bei der ersten Befragung haben Sie angegeben, Frau Kohlmeier habe zu Schradi gesagt: Da bist du ja endlich.«

Rita Stöckle nickte lebhaft. »Stimmt. Das hat sie gesagt.«

»Und dann?«

»Die haben nicht viel miteinander geredet. Der Herr Schradi ...« Sie schloss die Augen in Erinnerung an den toten Gast, »hat dann nur zu mir gesagt, dass er den Meldezettel später ausfüllt.«

»Wie ging es dann weiter?« Reiche suchte in seiner Jacke nach einem Stift und legte ihn neben sein Notizheft. »Jede Kleinigkeit ist wichtig.«

Die Stöckle befragte wieder ihre Hände auf den Knien. »Also ... Er nahm seinen Rollkoffer und ging ...« Sie stockte.

»Ja?«, drängte der Kommissar.

»Zum Aufzug, wollt ich sagen.« Sie schüttelte erstaunt den Kopf. »Aber da bin ich jetzt nicht mehr sicher. Ich musste mich nämlich einer älteren Dame von der Hochzeitsgesellschaft zuwenden, die nach einer Kopfschmerztablette fragte.«

»Sie haben also nicht gesehen, dass Schradi in den Aufzug stieg.«

»Nein, aber …« Sie sah den Kommissar an. »Er ist doch mit dem Koffer sicher nicht die Treppe hoch!«

»Darum geht es nicht. Mich interessiert, ob er *gleich* in den Aufzug ist.« Reiche schaute in seine Notizen. »Wo war da Frau Kohlmeier?«

»Sie ist mit dem Gast …« Wieder das Zögern. »Zum Aufzug.« Sie verbesserte sich. »Also in *Richtung* des Aufzugs.«

»Und Herr Kohlmeier? War der da schon dabei?«

Rita Stöckle wirkte erstaunt. »Nein.«

»Sie haben also Herrn Kohlmeier gar nicht mit Herrn Schradi gesehen?«

Sie überlegte. »Als Herr Schradi ankam? Nein.«

»Herr Schradi und Frau Kohlmeier sind in Richtung Aufzug?«

Die Stöckle nickte.

»Sie haben sie aber nicht in den Aufzug einsteigen sehen. Die beiden können also – rein theoretisch – weitergegangen sein, etwa Richtung Direktionszimmer.«

»Das weiß ich nicht. Das kann ich nicht sagen.« Ihre Stimme klang unsicher.

»Nein, ist schon gut«, beschwichtigte Reiche. »Jedenfalls, wenn ich Sie richtig verstehe, haben Sie dann den Gast nicht mehr gesehen?«

Frau Stöckle betastete vorsichtig ihre Frisur. »Es war so viel los, es kamen ja noch vereinzelt Hochzeitsgäste …«

»Versuchen Sie sich zu erinnern: Wann haben Sie Frau Kohlmeier wieder gesehen, wann war sie wieder bei Ihnen an der Rezeption?«

Rita Stöckle winkte ab. »Ach, das war dann viel später …«

»Wie viel? Eine halbe Stunde? Eine Stunde?«

»Mindestens eine Stunde später.«

18

Am nächsten Morgen, noch vor neun, rief von Barden an. »Die Kohlmeier hat abgesagt.«

Reiche stellte seine Kaffeetasse ab. »Wie bitte?«

»Sie kann erst am Nachmittag kommen. Ab drei hätte sie Zeit.«

»Hm«, machte Reiche.

»Will sie uns provozieren«, fragte von Barden, »oder ist sie wirklich verhindert?«

»Ich überlege gerade.« Reiche nahm einen Schluck Kaffee. »Eigentlich kommt mir die Verschiebung ganz gelegen.« Er erzählte seinem Kollegen vom Gespräch mit Rita Stöckle und seinen Vermutungen, die sich daran anschlossen. »Deswegen wär's gut, wir könnten heute Vormittag nochmal mit der Makarios reden.«

»Dann ruf sie an«, sagte von Barden.

»Ruf du sie an.«

Von Barden lachte. »Paul, glaub mir, es ist in diesem Fall besser, du sprichst mit ihr.«

Reiche wählte, aber im Festnetz antwortete nur der Anrufbeantworter. Er rief sie auf dem Handy an. »Herr Kommissar!«, rief Petra Makarios mit ihrer vollen, rauchigen Stimme. Sie schien erfreut. Im Hintergrund rauschte es. Er sagte, er müsse sie noch diesen Vormittag sprechen.

»Ich sitze mit meiner Freundin in der Bahn nach Baden-Baden. Wir wollen uns die neue Ausstellung in der Kunsthalle ansehen.« Er sagte, sie würden nach Baden-Baden kommen, das sei kein Problem. »Ein Rendezvous mit Ihnen in Baden-Baden …!« Sie lachte. »Bringen Sie Ihren Freund mit?«

Reiche war nicht nach Scherzen zumute, trotzdem hellte ihre

unbeschwerte Art seine Stimmung auf. Sie vereinbarten, sich vor der Kunsthalle zu treffen.

Reiche ließ sich abholen. »Die Kohlmeier als alte Karatekämpferin«, bemerkte er während der Fahrt zu Martin. »Sollten ihr wirklich die Sicherungen durchgebrannt sein?«

Von Barden zuckte die Schultern. »Wenn sie in die Enge getrieben wird …«

Petra Makarios stand mit ihrer Freundin – und Willy an der Leine – vor dem Eingang der Kunsthalle. Die Freundin, eine große, walkürenhafte Frau, war in einen weiten, königsblauen Kaftan gehüllt. Ihr Mund war breit und grell geschminkt. Die Makarios trug auch heute einen Hosenanzug, diesmal in schwarz, dazu eine silberfarbene Seidenbluse mit Rüschen.

Während sie auf die zwei gestylten Damen zuschritten, kam sich Reiche wie ein zum Rendezvous bestellter Rosenkavalier vor.

»Das ist meine Freundin Clarissa Pfaff«, sagte Petra Makarios und die Königsblaue lächelte huldvoll. Um einen Gesprächsanfang zu finden, fragte Reiche: »Und wie heißt die Ausstellung?«

Mit einer Armbewegung, der ihre weiten Ärmel flattern ließ, deutete Frau Pfaff hinter sich auf das große Plakat und sagte: »›Die Heilige und der Leib‹.«

»Ah!«, machte Reiche, während von Barden grinste.

Die Makarios beugte sich zu Willy hinunter: »Willst du deine alten Freunde nicht begrüßen?« Aber Willy war nicht interessiert. Er blickte zum Springbrunnen hinüber, vor dem sich eine Frau mit einem fantasievollen Hut aufgestellt hatte, um fotografiert zu werden; neben ihr ein großer weißer Pudel, den Kopf arrogant zur Seite gedreht.

Es gab hier keinen Verkehr, nur Spaziergänger flanierten vorbei. Reiche fühlte sich in dieser Feiertagsstimmung nicht wohl.

Als habe die Makarios seine Gedanken erraten, sagte sie: »Kommen Sie, wir gehen die Allee hinunter. Clarissa wird sich solange die Ausstellung ansehen. Dann wechseln wir ab.« Und als sie Reiches fragenden Gesichtsausdruck bemerkte: »Eine von uns muss immer bei Willy bleiben, der darf nicht hinein.«

Clarissa Pfaff winkte ihnen noch einmal, während sie geziert, ihr blaues Gewand raffend, die Treppe zur Kunsthalle hochschritt.

Die Kommissare und Petra Makarios gingen langsam die Lichtentaler Allee hinunter. Die Luft war mild, am Himmel einzelne Wolken. Spaziergänger genossen die friedliche Stimmung, vor allem viele ältere Paare: Damen mit extravaganten Hüten neben Herren in Blazer mit blütenweißen Einstecktüchern.

Willy nutzte die lange Leine, um die nähere Umgebung zu erkunden. Dabei ging er anderen Hunden sichtlich aus dem Weg: Sobald ein Artgenosse Interesse zeigte, trabte er schnell an die Seite seiner Herrin.

»Ihre Angaben haben uns sehr geholfen«, sagte Reiche. »Aber es bleiben noch ein paar Fragen.« Sie bogen auf den Fußweg ein. Die Makarios machte ein ernstes Gesicht; sie wirkte auf einmal betreten. »Sie würden nicht kommen und fragen, wenn sich Ihr Verdacht nicht bestätigt hätte ...«

»Wir gehen jeder Spur nach«, antwortete von Barden unverbindlich.

»Wissen Sie«, fuhr Petra Makarios fort, »man hat im Laufe seines Berufslebens ein ganz spezielles Verhältnis zur Polizei entwickelt. Das ist zwar bei mir eine Weile her, aber ... Ich habe ein schlechtes Gewissen. Irgendwie werd ich das Gefühl nicht los, Laura zu verraten.«

Reiche berührte kurz Petra Makarios' Oberarm, als wolle er

damit ihre Bedenken zerstreuen. »Frau Makarios, es geht nicht um Verrat. Es geht nicht darum, jemanden anzuschwärzen. Das tun Sie auch nicht.« Etwas förmlich fügte er hinzu: »Jemand hat Georg Schradi erstochen. Wir haben einen Mörder zu finden.«

»Oder eine Mörderin«, wollte von Barden sagen. Aber er schwieg.

Linker Hand tauchte ein ungewöhnlicher Baum auf. Seine Äste und dicht sitzenden Blätter reichten bis zum Boden; eine riesige domartige Kuppel entstand, durch die der Kiesweg hindurch führte.

»Was ist das für ein Baum?«, fragte die Makarios.

Reiche ging einen Schritt näher und las das kleine Schildchen. »Eine Trauerbuche.«

»Phantastisch«, murmelte seine Begleiterin.

»Sehen Sie, nach unserem letzten Gespräch …« Reiche setzte neu an. »Wir haben Grund zu der Annahme, dass sich Schradi und Laura Göbel auch noch getroffen haben, nachdem beide aus Karlsruhe weggezogen sind. Das ist für uns von Bedeutung. Können Sie dazu etwas sagen?«

Die Makarios blieb stehen, da Willy einen Busch untersuchte und sich nicht entschließen konnte, weiterzugehen.

»Laura ging zuerst weg, das heißt, sie zog aus. Ich wusste ja, dass sie heiraten wollte. Kohlmeier kannte ich nur flüchtig, er hat sie mal in Karlsruhe besucht.«

Sie ruckte an der Leine, um Willy zum Aufbruch zu bewegen. »Easy hatte noch sein Zimmer, aber er war ebenfalls auf dem Absprung. Die Firma, bei der er angestellt war, hat ihn entlassen, oder er hat selber gekündigt – keine Ahnung. Er wollte auf jeden Fall weg – jetzt, wo Laura nicht mehr da war. Kann sogar sein, dass er damals schon sagte, er werde ins Ausland gehen. Aber erstmal wollte er auf den Hof zurück, vorübergehend.«

Die Wolken verzogen sich, die Sonne kam hervor. Von Barden zog sein Tweed-Sakko aus und hängte es sich über die Schulter.

»Laura zog nach Heidelberg, aber wir blieben in Kontakt, telefonierten einmal in der Woche. Obwohl …« Petra dachte nach. »Ich spürte schon bald, dass unsere Verbindung zu bröckeln begann.«

Vor ihnen, mitten auf der Straße, hatte eine Gruppe leicht bekleideter Menschen Aufstellung genommen und begann, unter Anleitung eines jungen Mannes, mit gymnastischen Übungen. Es waren meditative Bewegungen – ein langsames Kreisen und Strecken von Armen und Beinen.

»Irgendwann war auch Easy verschwunden. Er hat sich nicht mal verabschiedet. War einfach fort. Aber das passte zu ihm.« Sie zeigte auf eine leere Bank, wenige Schritte entfernt.

»Ein halbes Jahr später tauchte er wieder auf. Besuchsweise. Er erzählte, er habe beruflich in Karlsruhe zu tun, wolle hier ins Immobiliengeschäft einsteigen, er und ein Freund würden eine Firma gründen. Soviel ich weiß, ist nie was draus geworden.«

Neben der Bank, auf einem steinernen Sockel, schaute der russische Schriftsteller Turgenjew grübelnd zur Oos hinüber. Sie setzten sich. Die Makarios klappte ihr Handtäschchen auf und entnahm ihm Zigaretten und Feuerzeug. »Er hatte ja immer eine Geschichte auf Lager, mit der er angeben konnte. Diesmal betraf es Kohlmeier. Er habe ihm aus der Patsche geholfen und ihm ein sicheres Alibi verschafft, sonst wäre er wegen Fahrerflucht dran gewesen.« Sie wandte sich an den Kommissar: »Sie kennen die Geschichte?«

Reiche nickte.

»Ich hab ihm erst nicht geglaubt, das sah so gar nicht nach Easy aus. Später kam mir der Verdacht, dass dieser scheinbare Freundschaftsdienst wohlkalkuliert war.«

Sie beugte sich vor und ließ sich von Reiche Feuer geben, wobei sie schützend ihre Hand über die des Kommissars legte. Nach einem langen, genussvollen Zug sagte sie: »Einen Monat später kreuzte Easy wieder auf. Es war abends, er kam in die Bar. Ob er den Schlüssel zu meiner Wohnung haben könnte. Er wolle sich mit Laura treffen.« Sie schüttelte den Kopf. »Also, das war mir dann doch zu viel. Gleich darauf kam Laura zur Tür herein. Ich fragte sie. Sie sagte, wenn ich Probleme damit hätte – sie könnten auch in ein Hotel gehen.« Petra Makarios seufzte. »Darum ging es mir nicht. Ich dachte, ich tu Laura einen Gefallen, wenn ich Nein sage. Aber nachdem sie selbst gefragt hatte, gab ich ihnen den Schlüssel.«

Auf der Rückfahrt von Baden-Baden schwiegen sie lange. Reiche schaute aus dem Seitenfenster und betrachtete den Straßenrand, als gebe es da etwas Besonderes zu sehen. Er dachte nach, setzte die einzelnen Puzzleteile zusammen. Was auch immer Schradis Motive gewesen sein mochten, dieses Treffen mit Laura zu organisieren, nachdem beide schon aus Karlsruhe weggegangen waren: er konnte – das hatte die Makarios richtig gesehen – nur Vorteile daraus ziehen. Was aber hatte die Göbel damals bewogen, sich auf dieses Tête-à-Tête einzulassen?

Von Barden zuckelte auf der schmalen Straße hinter einem Ladewagen voller Heu her. Immer wieder flogen einzelne Halme von der Fuhre und segelten ihnen vor die Windschutzscheibe.

Reiche sog die Luft ein, aber er konnte das Heu nicht riechen. Laut sagte er: »Kann es sein, dass es ihr Spaß gemacht hat, mit Schradi noch einmal ins Bett zu gehen?«

Von Barden wiegte den Kopf. »Wer weiß. Jedenfalls ging sie ein ziemliches Risiko ein.«

»Du meinst, Kohlmeier hat nichts von der Sache erfahren?«

»Davon muss man ausgehen, oder?«

»Laura wusste«, überlegte Reiche, »dass auch Schradi mit seinem falschen Alibi für Kohlmeier ein Risiko eingegangen war …«

Von Barden sah zu Reiche hinüber. »Und nun hat Schradi eine Gegenleistung verlangt, meinst du?«

»Wäre doch möglich … Sie will ihn nicht verärgern … Und außerdem: er war ihr ja nicht zuwider.«

Von Barden scherte ein Stück nach links, um zu sehen, ob die Gegenfahrbahn frei war. »Reicht das als Grund bei einer Frau wie der Contessa?«

»Oder es war eine Art Abschiedstreffen?«, spekulierte Reiche weiter. »Die Göbel sagt noch einmal zu und macht ihm dann klar, dass es ab sofort aus ist.«

»Versteh einer die Frauen«, murmelte von Barden und schaltete herunter, weil der Heutransporter an der Steigung langsamer wurde.

»Wir werden sehen, was die Dame sagt.« Der Kommissar sah wieder aus dem Seitenfenster.

»Wenn sie überhaupt was sagt«, antwortete von Barden grimmig und setzte mit aufheulendem Motor zum Überholen an.

19

Silberchen Fleig hatte auf Reiches Bitte hin dafür gesorgt, dass das kleine Vernehmungszimmer geputzt worden war. Dem kargen Raum hatten auch die diversen Renovierungsbemühungen keinen Glanz verleihen können. Der alte Stadtplan hing nach wie vor an der Wand. Der Kommissar schätzte ihn bei Vernehmungen als gelegentlichen Fixpunkt. Er, von Barden und Laura Kohlmeier saßen an dem großen Tisch, einem Möbelstück aus den sechziger Jahren, dessen Oberfläche noch mit grünem Bürostragula bezogen war.

Reiche und von Barden hatten sich vorbereitet. Entweder die Spur, die sie verfolgten, war heiß – oder sie war tot. Reiche wusste, dass immer die Gefahr bestand, sich zu verrennen, sich etwas zurechtzuzimmern, nur weil es in das Bild passte, das man sich gemacht hatte. Auf der anderen Seite war es wichtig, sich nicht beirren zu lassen und den einmal eingeschlagenen Weg konsequent zu Ende zu gehen.

Reiche schob den Kassettenrekorder in die Mitte des Tisches. »Sind Sie einverstanden, dass ich während der Befragung das Band laufen lasse?«

La Contessa nickte. Sie trug ein auberginefarbenes Etuikleid, das ihre Figur betonte, dazu eine lange, zweireihige Perlenkette. Bevor sie sich setzte, zog sie den Stuhl ein Stück vom Tisch weg und legte ihre lächerlich kleine, goldfarbene Handtasche auf den Tisch. Langsam, und die Kommissare ausdruckslos ansehend, schlug sie ihre braungebrannten Beine übereinander. Zwischen ihren dünngeflochtenen Sandaletten blitzten ihre Zehennägel in dunklem Kardinalsrot.

»Frau Kohlmeier«, begann Reiche und schaute auf die mit hellen Steinen besetzte Sonnenbrille, welche die Contessa zwischen den Fingern hielt, »Sie haben uns gesagt, Sie würden Georg Schradi nur flüchtig kennen. Wir wissen, dass das nicht stimmt.« Der Kommissar hatte ein Blatt mit Notizen vor sich, auf das er schaute, als würde er davon ablesen. »Warum haben Sie gelogen?«

Die Contessa warf den Kopf zurück. »Meine Beziehung zu Georg Schradi geht Sie nichts an.«

»Georg Schradi ist in Ihrem Hotel ermordet worden. Sie waren zur Tatzeit im Haus. Sie haben es so hingestellt, als würden Sie den Ermordeten überhaupt nicht kennen. Dabei unterhielten Sie über längere Zeit eine intime Beziehung zu ihm und …«

»Das ist lange her«, unterbrach sie den Kommissar.

»Eben«, schaltete sich von Barden ein. »Trotzdem haben Sie auf die Frage, ob Sie Schradi kannten, gesagt …« Er schaute in sein Notizbuch. »›Ich kannte ihn nur flüchtig – als Freund meines Mannes.‹ Von Barden fixierte sein Gegenüber. »Wir müssen annehmen, dass Sie gewichtige Gründe haben, uns diese Beziehung auch jetzt noch, so viele Jahre danach, zu verschweigen.«

Die Contessa antwortete nicht.

»Gibt es solche Gründe?«

Sie funkelte den Kommissar an. »Was geht Sie mein Privatleben an?«

»Frau Kohlmeier …« Reiche beugte sich vor. »Wir ermitteln in einem Mordfall. Sie meinen, wir können das tun, ohne uns für das zu interessieren, was Sie Ihr ›Privatleben‹ nennen?«

»Wusste Siegfried Kohlmeier damals von Ihrem Verhältnis mit Georg Schradi?« Von Bardens Frage kam schnell und mit einer gewissen Schärfe.

Die Contessa schwieg.

»Weiß Ihr Mann inzwischen davon?«, ergänzte Reiche.

»Das alles hat mit Georg Schradis Tod nichts zu tun.« Ihre Stimme klang aggressiv. Verhaltener fügte sie hinzu: »Glauben Sie mir!«

Reiche nickte. »Wir würden Ihnen gern glauben, Frau Kohlmeier, aber Sie haben uns schon in mehreren Punkten nicht die Wahrheit gesagt.«

Sie machte eine unbestimmte Bewegung mit den Schultern, als wolle sie sagen ›Ja nun, das kommt vor‹.

»Was, glauben Sie, ziehen wir für Schlüsse aus dieser Irreführung?«, fragte von Barden.

Die Contessa lehnte sich im Stuhl zurück und betrachtete interessiert ihre Sonnenbrille.

Reiche stand auf und ging ein paar Schritte. Dann stellte er sich ihr am Tisch gegenüber. »Sie haben mit Georg Schradi, das haben wir herausgefunden, gleich nach seiner Ankunft ein längeres Gespräch geführt. Sie sind deshalb mit ihm, um nicht gestört zu werden, von der Rezeption in Richtung Büro gegangen.«

Laura Kohlmeier schien jetzt doch überrascht. Sie räusperte sich, als wollte sie etwas sagen, unterließ es aber.

»Was haben Sie mit Georg Schradi gesprochen?«, fragte Reiche.

Die Befragung hatte einen kritischen Punkt erreicht. Die Contessa musste sich entscheiden.

»Schradi wollte unbedingt mit mir reden.« Sie tippte nervös die Fingerspitzen aneinander. »Ich wollte nicht, ich hatte viel zu tun. Er bestand darauf, es sei wichtig. Also gingen wir zum Hinterausgang.«

»Zu diesem Zeitpunkt wusste Ihr Mann noch nicht, dass Georg Schradi angekommen war?«

»Nein.«

Ein kurzes Schweigen. Die Kommissare warteten.

»Er sagte«, fuhr sie fort, »die Karten seien jetzt neu gemischt, in Kürze sei er ein gemachter Mann. Er meinte, es sei jetzt Zeit, den Langweiler Siggi – so drückte er sich aus – zu verlassen. Ich solle zu ihm nach Mallorca kommen.« Sie schüttelte in Erinnerung an die Szene den Kopf.

»Was haben Sie geantwortet?«

»Ich hab ihm gesagt, dass er verrückt ist.«

Reiche ging zum einzigen Fenster im Raum und warf einen Blick auf die Straße. Unten schob ein Briefträger sein schwer beladenes Rad vorbei. Die Fenster waren schalldicht, man hörte keinen Laut.

Von Barden räusperte sich: »Hat sich Herr Schradi mit dieser Antwort zufrieden gegeben?«

Die Contessa stieß verächtlich den Atem durch die Nase. »Er hat mir gedroht!«

»Gedroht? Inwiefern?«

Sie zögerte. »Mit der alten Karlsruher Geschichte.«

»Ich versteh nicht«, sagte von Barden mit hochgezogener Braue.

Die Contessa winkte ärgerlich ab. »Ach, hören Sie auf. Sie haben doch mit Petra gesprochen. Also wissen Sie Bescheid.«

Reiche wandte sich vom Fenster ab und trat hinter seinen Stuhl. »Frau Kohlmeier, waren Sie bei Georg Schradi oben im Zimmer?« Als keine Reaktion von ihr kam, fügte er hinzu: »Überlegen Sie sich Ihre Antwort gut. Wenn Sie wollen, können Sie einen Anwalt hinzuziehen. Ich möchte Sie auch über Ihre Rechte belehren …«

»Ich brauche keinen Anwalt«, sagte die Contessa und stand abrupt auf. »Ich möchte jetzt gehen.« Sie nahm ihr kleines, mit Goldperlen besticktes Täschchen und verließ, ohne die Kommissare noch einmal anzusehen, den Raum.

Reiche ärgerte sich nicht einmal über das provozierende Verhalten der Madame Kohlmeier. Er wusste, er hatte noch zu wenig in der Hand. Er zog den Rekorder heran und drückte auf die Stopp-Taste.

»Es wundert mich«, sagte von Barden, »dass sie das Gespräch mit Schradi zugegeben hat.«

»Und den Inhalt des Gesprächs«, murmelte Reiche.

Martin klopfte mit dem Knöchel auf den Tisch. »Praktisch hat Schradi beide erpresst. Ihn mit der Alibigeschichte und sie mit dem Fremdgehen.«

»Es kann aber auch sein, dass Kohlmeier inzwischen über alles informiert war«, sagte Reiche.

Von Barden zuckte mit den Schultern. »Ist im Grunde egal. Auf jeden Fall brachte Schradis Auftreten das Fass zum Überlaufen.«

»Du meinst, die Contessa hat Kohlmeier von Schradis ›Abwerbungsversuch‹ erzählt?«

»Vermute ich.«

Reiche nickte. »Rivalität, Eifersucht. Erpressung. Starke Motive.«

Bei der großen Besprechung am Abend, nachdem auch das Protokoll der Befragung vorlag, überwog die Skepsis, als Reiche und von Barden das Ehepaar Kohlmeier als Tatverdächtige präsentierten.

Monika Maiwald schüttelte ungläubig den Kopf. »Die beiden haben ein lückenloses Alibi für den ganzen Abend!«

»Es gibt sowohl die Aussagen des Personals«, ergänzte Kommissarin Fehrholz, »als auch diverse Aufnahmen des Fotoamateurs – mit eingedruckter Uhrzeit – auf denen sowohl Siegfried als auch Laura Kohlmeier immer wieder zu sehen sind.«

Auch Schmidt meldete sich. »Olga, die Haushaltshilfe, hat bestätigt, dass Laura Kohlmeier gegen halb elf einige Zeit im Wohnhaus drüben gewesen ist, um nach dem Sohn zu sehen.«

Reiche wusste das alles. »Und doch kann es eine Lücke in dieser scheinbar perfekten Alibikette geben!«

»Es wäre nicht das erste Mal«, sekundierte von Barden.

Aber auch Kriminalrat Hoffmann fand Reiches These nicht haltbar. Die Wahrscheinlichkeit, dass Laura Kohlmeier oder Siegfried Kohlmeier oder beide zusammen Georg Schradi ermordet hatten, war gering.

»Auch wenn sie handfeste Motive hatten«, sagte Hoffmann, an den Kommissar gewandt und strich sich kurz über seinen Schnauzer. »Aber das allein reicht nicht. Du weißt so gut wie ich, dass kein Staatsanwalt aufgrund der vorliegenden Verdachtsmomente einen Haftbefehl ausstellen würde.«

Hettich nickte dazu. Er hörte auf, seinen Kaugummi im Mund herumzuwälzen und murmelte: »Praktisch stehen wir wieder bei Null.«

20

Während sich von Barden und Monika Maiwald auf den Weg machten zu Georg Schradis Beerdigung, fuhr Reiche nach Karlsruhe. Er wollte nach Orloff sehen, aber hauptsächlich war ihm nach Rückzug in eine freundliche Umgebung. In seine eigene Wohnung wollte er nicht. Er war in ihr immer noch nicht heimisch geworden. Reiche wusste, dass das nicht allein an der Wohnung lag.

Als er Ingrids Wohnungstür aufschloss, war die Katze nirgends zu sehen. Reiche überlegte, ob sich der Kater wieder einmal über die Dächer davongemacht hatte. Im selben Moment kam er verschlafen hinter Ingrids Ledersessel hervor.

»Ich hab dich wohl in deiner Siesta gestört«, sagte Reiche. Orloff streckte sich und riss das Maul bis zu den Ohren auf.

In der Küche machte Reiche Ingrids alte Espressomaschine an. Er schenkte sich eine Tasse ein und fand in der alten Blechschachtel noch einen bröckligen Keks. Dann ging er hinaus auf die Terrasse.

Paul drehte den Gartenstuhl so, dass er die Pfälzer Berge sehen konnte, die als blassblaue Linie gerade noch erkennbar waren. Er genoss den ersten Schluck des heißen Kaffees und strich dem Kater, der unentschlossen um seinen Stuhl kreiste, über den Rücken.

Reiche wusste, dass er nicht verhindern konnte, an Schradi zu denken. Also versuchte er es erst gar nicht. Wenn es stimmte, was die Contessa berichtete, hatte Schradi sie immer noch nicht aufgegeben. Offensichtlich gehörte er zu den Menschen, die unfähig sind, sich in das Leben eines anderen hineinzuversetzen. Er plante mit Laura einen Neuanfang und rechnete sich bei ihr nach wie vor Chancen aus; er hielt sich einfach für unwiderstehlich.

Und dann tötete ihn jemand. Jemand, den er kannte. Von der Hochzeitsgesellschaft kann es keiner gewesen sein, überlegte Reiche. Niemand wusste, dass er kommen würde. Auch für die Hotelangestellten war er ein Fremder, ein Gast, der plötzlich auftauchte. Außerdem hatte das Personal im wahrsten Sinn des Wortes alle Hände voll zu tun. Und alles scheint dagegen zu sprechen, dachte Reiche, dass Siegfried oder Laura Kohlmeier ihren Gast getötet haben.

Wer kam als Täter noch in Frage? Der große Unbekannte? Jemand, der Schradi von Anfang an verfolgte und beobachtete, wo er abstieg, welches Zimmer er nahm und wann er allein war. Oder war es am Ende doch eine ungeplante Tat, eine Affekthandlung?

Die Ermittlungen traten auf der Stelle. Alle Spuren liefen ins Nichts. Doch Reiche wusste, irgendwann würde sich eine Tür auftun, die aus der Sackgasse führte. Trotzdem hatte er im Moment das Gefühl, vor einer Wand zu stehen. Er war frustriert.

Es war eine kleine Trauergemeinde, die sich durch den alten Dorffriedhof von Lohrbach bewegte. Das Totenglöcklein läutete hell und durchdringend, während Georg Schradi im Schritttempo seine letzte Fahrt antrat. Dem Zug voraus ging Pfarrer Keller, ein weißhaariger, gebeugter Mann, der die Schradi-Buben von klein auf kannte. Sie hatten bei ihm die Erstkommunion gefeiert und nun betete er für einen von ihnen an dessen Grab.

Martin von Barden und Monika Maiwald hielten sich im Hintergrund. Sie hörten den Pfarrer sprechen, einzelne Sätze wehten herüber … »Im Wasser und im Heiligen Geist wurdest du getauft. Der Herr vollende an dir, was er in der Taufe begonnen hat … Von der Erde bist du genommen, und zur Erde kehrst du zurück. Der Herr aber wird dich auferwecken … Der Friede sei mit dir …«

In gebührender Entfernung machte Monika Maiwald Aufnahmen von den Teilnehmern. Von Barden wies seine Kollegin auf eine Frau hin, die im Nachbarweg auf und ab ging und immer wieder zu der Trauergemeinde herübersah. War sie eine Friedhofsbesucherin, die das Grab von Verwandten besuchte? Oder interessierte sie sich für die Beerdigung von Georg Schradi? Maiwald machte ein Foto von ihr.

Als der kleine Zug schließlich den Rückweg antrat, ließ Simon Schradi die anderen vorangehen und wartete auf die Kommissare. In seinem schwarzen Anzug, den Bart sorgfältig gestutzt, hatte er etwas altväterlich Würdevolles. Er schaute mehr denn je grimmig, aber als er sprach, war seine Stimme auffallend sanft: »Kommen Sie mit in die Linde? Es gibt Kaffee und Kuchen.«

Die Anwesenheit der Polizisten schien weder ihn, noch andere gestört zu haben.

Im Dorfgasthaus, das bis jetzt allen Modernisierungsattacken widerstanden hatte, waren die Dielen ausgetreten und die Holzvertäfelung war schwarz von Rauch. Gleich neben dem niederen Türstock befand sich der braune Kachelofen mit einer vom vielen Sitzen glänzenden Ofenbank. Die Fenster in der Stube waren klein und schmal und saßen tief in der fast meterdicken Mauer. Der ganze Schankraum atmete die Atmosphäre einer vergangenen Zeit. Von Barden war fasziniert. Im Grunde, dachte er, gehört dieses Lokal unter Denkmalschutz.

Drei lange Tische waren zu einer einzigen Tafel zusammengeschoben und liebevoll dekoriert. Auf steifleinenen Tischdecken mit scharfen Bügelfalten standen kleine Vasen mit Zwergrosen. Dazwischen, drapiert von weißen Servietten, mehrere Rührkuchen. Von Barden hatte sofort den Geschmack der Schokoladenglasur auf der Zunge.

Der Leichenschmaus in der Linde war Tradition. Es gab kalte Platten, frisches Brot, dann Kuchen und Kaffee und Wein und Bier. So war es üblich. Und die beiden Alten, die Görgli-Annelis und die schiefe Jule, achteten darauf, dass die Tradition eingehalten wurde. Jede unziemliche Abweichung hätte böses Gerede im Dorf zur Folge gehabt.

Monika Maiwald winkte Simon Schradi zur Seite und zeigte ihm auf dem Display ihrer Kamera die gemachten Bilder. Da waren neben seiner eigenen Familie noch ein Großcousin, ein hagerer Mann mit roten Händen, und Valentin Munz, der vor Verlegenheit immer wieder an seiner dicken Hornbrille rückte. Auch Siegfried Kohlmeier und Benno Reiff waren gekommen, Reiff mit seiner Frau. Als einziger von Georgs Schulkameraden war der Zweigstellenleiter der hiesigen Sparkasse erschienen. Monika Maiwald zeigte Simon das Bild der einzelnen Frau, aber er schüttelte den Kopf. Er kannte sie nicht.

Während von Barden sich zu Benno Reiff und seiner Frau setzte, nahm Monika auf dem freien Stuhl neben Siegfried Kohlmeier Platz. Der Hotelier unterhielt sich angeregt mit dem Sparkassenleiter, den er offenbar gut kannte. Er stellte die Kommissarin vor und fügte hinzu: »Ich wusste gar nicht, dass die Polizei auch auf Beerdigungen geht und dort Fotos schießt.«

»Die Polizei ist eben immer für Überraschungen gut.«

Der Filialleiter, ein pausbäckiger Mann, dessen Rasierwasser wie eine Wolke über dem Tisch hing, mischte sich ein. »Und was für eine Überraschung haben Sie jetzt für uns?«

Monika Maiwald hielt Kohlmeier das Display mit dem Bild der Unbekannten hin. »Kennen Sie diese Frau?«

Kohlmeier schaute näher hin. »Ach? Die war auch auf der Beerdigung? Ich hab sie gar nicht gesehen.«

»Also kennen Sie sie?«

»Natürlich kenn ich sie!«

Paul Reiche hatte sich entschlossen, Jutta Löhr ins Kommissariat zu bitten. Theoretisch hätte sie ablehnen können. Aber warum hätte sie nicht kommen sollen und der Polizei helfen? Allerdings bezweifelte Reiche, dass die Frau wirklich etwas zur Aufklärung des Falles würde beitragen können. Und doch war sie auf dem Friedhof gewesen. Sollte das wirklich reiner Zufall gewesen sein?

Da das Büro wegen einer Vernehmung besetzt war, mussten sie wieder ins Kleine Zimmer ausweichen, das Silberchen Fleig zu Reiches Überraschung mit einer Topfpflanze verschönt hatte.

Jutta Löhr war eine schlanke, eher kleine Frau, schätzungsweise Mitte zwanzig. Sie machte einen schüchternen, ja eingeschüchterten Eindruck und war entsprechend nervös. Immer wieder, als könne sie darin Halt finden, knetete sie ihre Hände. Damit sich die junge Frau nicht bedrängt fühlte, saß nur Monika Maiwald ihr gegenüber, während Reiche und von Barden im Hintergrund blieben.

»Frau Löhr«, begann Monika Maiwald, »das hier ist eine reine Routineangelegenheit. Die anderen Mitarbeiter vom Hirsch haben wir schon befragt, aber Sie konnten wir letzte Woche nicht erreichen, weil Sie in Urlaub waren.«

Frau Löhr nickte.

»Meine Kollegen und ich haben ein paar Fragen an Sie«, fuhr die Maiwald fort, »vielleicht haben Sie etwas beobachtet oder es ist Ihnen an diesem Abend etwas aufgefallen, was wichtig für uns sein könnte.«

Jutta Löhr nickte wieder, ohne etwas zu sagen.

»Sie sind nach Holland gereist, ist das richtig?«, fragte Reiche. Er stand am Fenster, neben der Topfpflanze, einer tiefroten Blattbegonie. »Mit Ihrer Schwester, nicht wahr?«

Jutta Löhr schluckte. »Ja.«

»Badeurlaub?«, fragte Reiche mit Interesse, der nur einmal in den Niederlanden am Meer gewesen war und den flachen Strand für richtige Schwimmer ungeeignet gefunden hatte.

Jutta Löhr schüttelte den Kopf. »Nein … Nur so … Meine Schwester kann gar nicht schwimmen.«

»Sie waren nur eine Woche fort?«, fragte von Barden.

Sie wandte ihm ruckartig den Kopf zu. »Ich … Nein … Wir …«

»Was wollten Sie sagen?« Reiche lächelte aufmunternd.

»Wir … wir waren nur zwei Tage und sind dann wieder heim.« Sie biss sich auf die Lippen.

»Oh!«, wunderte sich von Barden. »Warum das?«

Frau Löhr presste ihre Finger. »Sandra … ich meine, meine Schwester, ist krank geworden.«

»Was Ernstes?«

»Ja, schon … was mit dem Magen. Krämpfe … Durchfall …«

»Geht es Ihrer Schwester inzwischen besser?«

Ein erneutes Nicken.

»An diesem Abend im Hirsch«, übernahm Monika Maiwald wieder die Befragung, »waren Sie da die ganze Zeit in der Küche?«

»Ja, es gab ja ein Haufen Arbeit. Soviel Gäste! Aber …« Sie lächelte gezwungen, »wir sind ein gutes Team.«

»Das heißt also, Sie sind spät nach Hause gekommen?«

Jutta Löhr strich mit beiden Händen ein paar Mal über ihren

Rock. Sie schien zu zögern. »Spät, ja, nach zwei wird's gewesen sein.«

»Ist Ihnen im Laufe des Abends irgend etwas Besonderes aufgefallen?«

»Nein, nichts, gar nichts.« Das kam schnell.

Maiwald, die die ganze Zeit Kringel auf das Papier vor sich gemalt hatte, deutete mit dem Kugelschreiber zur Seite. »Ich meine, Sie müssen doch mal die Küche verlassen haben ... zum Beispiel auf die Toilette gegangen sein.«

»Ja, klar.« Plötzlich wurde sie lebhaft. »Aber der Hug, unser Koch, der ist so ein Antreiber, echt. Der lässt einem kaum Zeit zum Pinkeln. Wenn was nicht so ist, wie er's haben will oder wenn was nicht klappt, dann ist er gleich gereizt und brüllt rum, der lässt den Krupska ja nicht mal ne Zigarette rauchen.«

Reiche strich sacht über die fleischigen Blätter der Begonie: Silberchen musste den Topf extra besorgt haben. »Sagen Sie, haben Sie Georg Schradi gekannt?«

Die Frage bewirkte, dass Jutta Löhr wieder ihre Finger zu kneten begann. Sie schüttelte den Kopf.

»Aber Sie waren bei seiner Beerdigung.«

»Wie – ich? Nein.«

»Sie waren doch gestern auf dem Friedhof in Lohrbach, oder?«

Sie rutschte unbehaglich auf ihrem Stuhl hin und her. »Schon. Es war da auch eine Beerdigung, stimmt.«

Eine Pause entstand.

»Sind Verwandte oder Bekannte von Ihnen in Lohrbach beerdigt?«, wollte von Barden wissen.

Sie schien nachzudenken. »Ich glaub nicht, nein.«

»Woher wussten Sie, dass Georg Schradi am Mittwoch in Lohrbach beerdigt werden würde?«

Aber sie ging auf von Bardens Fangfrage nicht ein. Sie saß ängstlich und gespannt auf dem Stuhl und wenn sie nicht ihre Hände zusammenpresste, strich sie ihren Rock glatt. Jutta Löhr tat Kommissar Reiche leid. Was wollen wir eigentlich von ihr? überlegte er. Sie war neun Stunden an dem Abend auf den Beinen, Knochenarbeit in der Hotelküche, angetrieben von einem cholerischen Chef …

Nachdem sie gegangen war, sehr erleichtert und mit einem gequälten Lächeln, meinte der Kommissar: »Na ja, viel war das ja nicht.«

Von Barden wiegte den Kopf. »Ich weiß nicht so recht …«

»Du meinst, weil sie auf dem Friedhof war?«

Von Barden kritzelte etwas in sein Notizheft. »Ich geh der Sache mal nach.«

»Wenn Du willst, sprech ich nochmal mit der Frau Schneider«, bot die Maiwald an. »Die arbeitet auch in der Küche und die kennt die Löhr schon länger.«

Von Barden nickte. »Bitte mach das.«

»Dann also bis morgen«, sagte Reiche. »Ich muss nochmal weg.« Er war vorhin von der Weber, der »Frau Abendschön«, angerufen worden. Es gehe um seinen Vater, der seiner Beschwerden wegen einen Termin beim Augenarzt gehabt habe. Reiche möge sich umgehend mit Dr. Ebling in Verbindung setzen.

21

Lisa Schneider wohnte in einer Neubausiedlung aus den achtziger Jahren. Auf dem Weg zu ihr kam Monika Maiwald an einer Bäckerei vorbei, einer Apotheke und einem Tattoo-Studio. Die Häuserblöcke standen wie Dominosteine nebeneinander. Zwischen den Wohnblocks führten Plattenwege zu den Fahrradständern und den Mülltonnen.

Monika hatte angerufen, aber vergebens. Und auch jetzt, nachdem sie bei Schneider geläutet hatte, passierte nichts. Im Nachbarhaus schaute eine Frau aus dem Fenster: »Zu wem wolle Se denn?«

»Zur Familie Schneider.«

Die Frau, die eine Art Turban trug, unter dem sich offenbar Lockenwickler verbargen, sagte: »Er ist im Garten und sie putzt drüben.« Sie wies auf die andere Straßenseite. »Beim Doktor. Gehn Se ruhig nübber.«

»Danke.«

Maiwald ging und folgte einem jungen Mann, der eben die Haustür aufschloss. Die Praxis befand sich im Erdgeschoss, die Eingangstür stand einen Spalt auf. Sie trat ein. Im Flur hingen die typischen Wartezimmerbilder: Fotografien von Sanddünen, knorrigen Bäumen und schäumenden Gebirgsbächen. Die Kommissarin zwängte sich am Putzwagen vorbei Richtung Wartezimmer, aus dem Stühlerücken zu hören war.

Lisa Schneider war eine zierliche Frau mit kleinen, tiefschwarzen Augen, die sich flink bewegten. Wenn sie den Mund öffnete, sah man zwischen ihren oberen Schneidezähnen eine kleine Lücke. Nachdem Maiwald ihren Ausweis gezeigt hatte, hob Lisa Schneider demonstrativ den Putzlappen. »Ich bin gleich fertig.« Mit energischen Bewegungen wischte sie über den Glastisch, in der Linken einen Packen Illustrierte.

»Ich hätte noch ein paar Fragen an Sie.« Monika hob ein Magazin auf, das heruntergefallen war.

»Weiß ma scho, wer's war?«, fragte die Schneider in ihrem kräftigen Dialekt. Ohne eine Antwort abzuwarten, fuhr sie fort: »Ich hab mi scho gwundert ... mir sin ja in de Küch nur ganz kurz befragt worre. Aber an dem Tag ware mir sowieso alle nebbe der Kapp.« Sie sortierte die Zeitschriften nach Größe und legte sie, exakt ausgerichtet, auf den Tisch.

Eigentlich wollte die Maiwald fragen: Haben Sie eine Idee, warum Jutta Löhr auf der Beerdigung von Georg Schradi war? Aber dann kam ihr das vor, als würde sie mit der Tür ins Haus fallen und so fragte sie: »Kennen Sie Frau Löhr schon lange?« Sie hatte sich gesetzt. Auch die Schneider, den Lappen noch in der Hand, zog sich einen der Besucherstühle heran.

»Klar, die Löhrs wohne ja grad ums Eck. Ich kenn die beide Mädle, da hatte die noch Zepf. Ich hab der Jutta auch die Stell im Hirsch besorgt, aushilfsweis halt, an de Wochenend, und der Hug, unser Koch, is au zufrieden mit ihr, auch wenn er alleweil brummt und nörgelt ...«

Monika hatte die Schneider von der ersten Befragung her nur vage in Erinnerung. Kollege Hettich hatte die Fragen gestellt, Routinefragen, und dementsprechend gab es einsilbige Antworten. Was geschehen war, war frisch, und die Leute kämpften um Fassung. Jetzt war die Situation eine ganz andere.

Lisa Schneider hatte zu reden angefangen und wie sich zeigen sollte, hörte sie nicht mehr auf. Als müsse sie nachholen, was sie bei der ersten Befragung nicht hatte loswerden können. Sie sprach gewissermaßen einen einzigen langen Satz, und er hatte nicht nur mit den Ereignissen im Hotel Hirsch zu tun. Die Maiwald gab bald ihre Versuche, Zwischenfragen zu stellen, auf.

»Wisset Se, der alte Löhr, der Großvadder von dene Mädle, hat e Gärtnerei ghabt, des is aber lang her, die gibt's scho lang nemmeh, aber de Enkelinne steckts scheint's im Blut, die Jutta hat Floristin glernt und die Sandra Gärtnerin, bei der Jutta is halt 's Problem, dass se von manche Pflanze Ausschläg kriegt, sie wollt deswegen scho ganz uffhöre, aber dann hat se die Halbtagsstell beim Reimle seim Blumelade gekriegt, sie schafft halt viel mit Handschuh, wenn Se mich frage, hat der Inhaber, der Reimle, e Aug auf sie gworfe, dem sei Frau is doch an Krebs gstorbe, und die Sandra, ihre Schwester, die hat lang im Gartenbau-Center gschafft, bis des Kind komme is, da hat se uffghört – und dann ...« Lisa Schneider holte tief Luft, »stirbt der Bub, praktisch von heut auf morge, er war grad emol drei Jahr alt, und seitdem is die Sandra nie wieder auf d' Füß komme, seitdem hat die nie mehr regelmäßig gschafft, immer nur so Jobs, Sie könne sich des net vorstelle, die Frau hat's total aus der Bahn gworfe, vor gut eim Jahr war des, des war grausam, sag ich Ihne, die Eltern habbe alles versucht, aber die Sandra is wie e Gespenst rumglaufe, die Jutta hat sich ja arg um ihre Schwester gekümmert, die Sandra is die ältere, aber wenn Sie mich frage, die Jutta is die robustere, auch wenn's im ersten Moment net so aussieht, sie wohne ja alle in eim Haus, die Eltern unne, der Vadder is bei der Post, die Alten sin ziemlich fromm und dann kommt die Tochter mit em uneheliche Kind heim, die Sandra hat ja nie gesagt, wer der Vater is, hat au kei Alimente kriegt, es war e hübscher Bub, der Vater hat sich nie mehr blicke lasse, ich mein, in so ner schwere Stund, wenn's eigne Kind stirbt, is ma doch bei der Mutter, oder?, da hält man doch zamm, aber heut is des nemmeh so, die Männer verschwinde und kümmre sich um nix, und dann prozessiere se und wolle ihr Kind sehe.«

Ich vergeude hier meine Zeit, dachte Monika Maiwald. Und doch war da etwas, was sie hinderte zu gehen. Sie saßen sich gegenüber wie zwei Patienten, die darauf warten, aufgerufen zu werden. Die Kommissarin hatte sich eine Illustrierte genommen und wippte damit.

»Der Jutta ihr Freund, der hat sich ja au davogmacht.« Lisa Schneider zeigte mit dem Daumen nach hinten, als sei der Angesprochene gerade eben verschwunden. »Wenn Se mich frage, des war kei großer Verlust, sie is ja noch jung, aber mitgnomme hat sie's scho, und da hat sie mir erzählt, sie wolle nach Holland fahre, sie hätte was gespart, und sie hat sich au gfreut, dass die Sandra mitfährt, der würde des gut tun, also nach Holland wollt ich grad net, da wär's mir zu kalt, aber nach zwei Tage sin se eh scho wieder dagwese, scheint's hat sich d' Sandra de Mage verdorbe, mich wundert des ja net, die esse doch so unheimlich fett da obe, und immer nur Fisch, also mich könne Se damit jage, aber scheint's geht's ihr scho wieder besser.«

Lisa Schneider beugte sich vor und wischte mit ihrem Lappen mehrmals die Tischkante entlang, während sich Monikas Aufmerksamkeit einem Plakat des *Berufsverbandes der Deutschen Dermatologen* zuwandte, auf dem am Gesicht eines älteren Mannes verschiedene Formen von Hautkrankheiten dargestellt waren.

»Ich sag Ihne, mir alle ware wie glähmt, stelle Sie sich vor, ich steh da und schneid Zwiebeln und drei Stockwerk höher wird einer erstoche, des is doch schrecklich, der Hirsch is ja net Brenner's Parkhotel, aber doch e gute Adress, mir habbe nur gute Gäst, dass da sowas passiert, ich mein, wer macht denn sowas, haut eim annern e Messer in de Bauch, wisset Se, immer, wenn ich jetzt die Messer seh, die zur Veschperplatt ghöre, krieg ich e Gänsehaut, der Herr Kohlmeier hat da nix geändert, mir habbe inzwischen wieder e Dutzend Veschperplatte fertiggmacht un die Leut, die die bstelle, habbe kei Ahnung, ma merkt überhaupt nix mehr von dem, was da passiert ist, des Lebe geht weiter und mir müsse ja alle unsre Brötle verdiene, als feste Aushilfe bin ich ja nur an de Wochenend in der Küch, und reich wird man bei dere Arbeit au net, sonst würd ich net au noch putze gehe, aber mei Mo hat au nur e Halbtagsstell, sonst kümmert er sich um de Garte draußen im Drosselfeld, Gottseidank is unsre Natascha scho aus'm Haus, bis vor zwei Jahr habbe mir ja den Kiosk ghabt, da wo jetzt der Getränkemarkt is, ich sag Ihne, in em Kiosk, da kriege Se einiges mit, wenn der Tag lang is …«

»Ja, also dann …«, murmelte Monika Maiwald, in dem halbherzigen Versuch, sich aus dem Redeschwall, der wie ein Spinnennetz über sie geworfen war, zu befreien, und machte Anstalten, aufzustehen. Aber sie sank doch wieder auf den Stuhl, als Lisa Schneider unbeeindruckt weitersprach.

»Die Jutta hat des mit dem Bub, Fabian hat er gheiße, genauso mitgnomme, des könne Se mir glaube, sie hat nur net viel drüber gschwätzt, ich hab mir mei eigne Gedanke gmacht, wer der Vadder gwese is, wisset Se, der Kerl, der da immer komme is, in meim Kioskle hab ich ja viel gsehe, die Sandra war damals ganz hin und weg von dem, er is e paar Mal vorgfahre in seim dicke BMW und hat se abgholt und sie is eigstiege wie die Prinzessin persönlich, gut, des ist lang her, aber dann is er auf eimal nemmeh komme, bei denne Beziehunge heutzutag, da gibt's ja immer e Hin un Her, aber wer hätt denkt, dass des dieser Schradi is, ich hätt's ja net gwusst, aber wo doch sei Name, sei Firma mit so em

Reklameschild auf der Tür uffgepeppt war, und dann stellt sich raus, des ist ihr Freund gwese und ich schäl unne Kartoffle un er wird obe umbrocht …«

Monika Maiwald fiel die Illustrierte aus den Händen. »Moment!« Sie riss die Augen auf. »Was haben Sie grad gesagt? Georg Schradi war der Freund von Jutta Löhr?«

»Net von der Jutta, von der Schwester, der Sandra.« Sie war ehrlich erstaunt. »Ich dacht, des wisset Sie?«

Normalerweise kümmerte sich Ingrid um die verschiedenen Arztbesuche des Vaters. Das gehörte in ihre Verantwortung. Sie besprach sich, soweit Paul wusste, in regelmäßigen Abständen mit Frau Weber und mit der Gabelsbergerin, die den Vater dann zum Doktor chauffierte. Aber jetzt war Ingrid in Urlaub.

Paul rief Dr. Ebling an. Es war ihm ein bisschen bang, denn er wusste, dass Josef Probleme mit den Augen hatte. Ebling machte Paul auch gleich mit der Diagnose bekannt und sagte, sein Vater müsse möglichst bald am Grauen Star operiert werden. Auf Pauls erschrockenes Schweigen meinte er, die Operation sei kein Risiko, sondern – soweit man das von einer Operation überhaupt sagen könne – etwas ganz Normales, »zumindest im Alter Ihres Vaters«.

Der Eingriff an sich, behauptete Dr. Ebling, sei nicht das Problem. In vielen Fällen werde er sogar ambulant gemacht. »Was die Sache komplizierter macht«, fuhr er fort, »ist, dass Ihr Vater auch Grünen Star hat.« Reiche gab einen unbestimmten Laut von sich. Tatsache war, dass er bislang nur gewusst hatte, dass Josef irgendeinen »Star« hatte.

Nun klärte ihn Dr. Ebling auf. Der Grüne Star sei der ungleich schwerwiegendere Defekt; es handle sich um eine Erhöhung des Augeninnendrucks und alles hänge davon ab, dass man diesen Prozess rechtzeitig erkenne, denn er habe eine Schädigung des Sehnervs und damit eine Herabsetzung des Sehvermögens zur Folge. Und diese Schädigung sei irreversibel. Insofern komme es darauf an, in welchem Stadium das Glaukom festgestellt werde. Das Gute im Falle seines Vaters sei, dass man das primäre Glaukom – denn um ein solches handle es sich – in einem relativ frühen Stadium erkannt habe.

»Die Tropfen, die er nimmt«, belehrte ihn der Arzt, »setzen den Druck herunter. Deshalb ist es wichtig, dass er sie regelmäßig nimmt. Das ist doch gewährleistet, oder?«, setzte er hinzu. Paul versicherte es, hatte aber sofort ein schlechtes Gewissen. Hatte er sich auch immer mit dem nötigen Nachdruck darum gekümmert, dass Josef die Tropfen regelmäßig nahm? Manchmal meinte er, er müsste der Gabelsbergerin mehr auf die Finger schauen. Aber wie sollte er das machen? Er war gezwungen, ihr zu vertrauen. Und bis jetzt hatte sie ihre Sache ja auch ordentlich gemacht. Auf Josef selbst war kein Verlass. Beschwerden stritt er ab, so lang es irgend möglich war.

Reiche fragte, ob es dramatisch sei, was die Dringlichkeit der Operation angehe. »Dramatisch nicht«, erwiderte Dr. Ebling. »Aber die Sache muss in die Wege geleitet werden. Das heißt, ich schreibe eine Überweisung fürs Krankenhaus und Sie setzen sich mit der Klinik in Verbindung und vereinbaren einen Termin für eine Voruntersuchung, beziehungsweise für die Operation. Ich denke, die Kollegen dort werden Ihren Vater nach der Operation zwei oder drei Tage zur Beobachtung im Haus behalten wollen.«

Reiche seufzte. »Das wird meinem Vater sehr schwer fallen.« »Sprechen Sie mit ihm. Es ist ja nicht so, dass er nicht realisiert, dass mit seinen Augen was nicht in Ordnung ist.« Dr.

Ebling räusperte sich. »Auf mich machte er einen ganz vernünftigen Eindruck.«

Oh ja, das kann er, wollte Paul rufen, auf andere einen vernünftigen Eindruck machen! Aber uns führt er an der Nase herum.

Nach dem Gespräch blieb Reiche unbeweglich auf seinem Stuhl sitzen. Er hatte Angst. Die Vorstellung, Josef könnte am Ende seiner Tage blind sein, war schrecklich. In diesem Moment war er froh, nicht zu Hause zu sein, sondern im Büro, unter seinen Kollegen. Er blickte unverwandt aus dem Fenster, auf den Baum gegenüber, aus dem manchmal Vogelgezwitscher und das Piepen der Jungen zu hören war. Jetzt war es still. Nur sein Stuhl gab ein anheimelndes Knacken von sich.

Silberchen Fleig weckte ihn auf. »Paul, hallo! Nimm ab, Monika ist am Telefon!«

Bei der abendlichen Besprechung hatte Monika Maiwalds
Eröffnung, die Schwester von Jutta Löhr sei vor Jahren mit
Georg Schradi befreundet gewesen, nur ein schwaches Echo
ausgelöst. Hettich und Fehrholz nickten und sagten gar
nichts, nur Schubert meinte: »Interessant.« Von Barden zog
wie elektrisiert die Augenbraue hoch. Sein Gefühl hatte ihm
recht gegeben.

Auch Monika Maiwald war der Meinung, das, was sie
herausgefunden hatte, sei bedeutsam. Aber Hoffmann, sachte
seinen Schnauzer streichend, zog sie vom Fall Schradi ab und
übergab ihr und Hettich die Ermittlungen im »Raubüberfall
Bahnhofstraße«.

Von Barden hatte in sein Notizbuch auch die Adresse von
Lisa Schneider geschrieben, nachdem ihm Monika Maiwald
vom Gespräch mit ihr erzählt hatte.

Das Haus der Löhrs war nur eine Ecke vom Wohnblock der
Schneiders entfernt. Allerdings standen in der Straße der
Löhrs vorwiegend Zwei- und Dreifamilienhäuser. Die Rasen-
stücke vor den Häusern waren kurz geschoren, manche mit
immergrünen Büschen bepflanzt. Und neben jedem Haus gab
es eine Garage.

Reiche klingelte mehrmals, aber niemand öffnete. Sie gingen
um das Haus herum. Auf einer Wiese stand eine Wäsche-
spinne. Angrenzend ans Nachbargrundstück gab es einen
kleinen Blumen- und Kräutergarten. Alles wirkte sauber und
gepflegt.

»Komisch.« Von Barden deutete auf die hochgezogenen Rollläden. »Die Eltern müssten doch da sein.«

»Vielleicht einkaufen.« Reiche ärgerte sich. Er hatte vorgeschlagen, morgen herzukommen. Am Sonntag waren die Leute normalerweise anzutreffen. Aber aus unerfindlichen Gründen hatte von Barden es eilig. Er wirkte beunruhigt, weil auch niemand von den Löhrs ans Telefon gegangen war.

»Paul, hör mal ...« Von Barden irritierte Reiches schlechte Laune. »Ich kann das hier doch auch allein machen ...«

Reiche zuckte mit den Schultern, ohne zu antworten. Sie standen an der Kellertreppe; am Geländer hing noch ein vom Regen aufgeweichtes Schild: *Frisch gestrichen.*

»Wir fahren zu dem Blumenladen, wo die Schwester arbeiten soll ...«

»Ich denk, der macht um vier zu«, brummte Reiche.

»Werden wir ja sehen ... Und dort nimmst du den Bus ... wenn's dir nichts ausmacht«, setzte von Barden zögernd hinzu.

Reiche dachte daran, dass er vielleicht heute noch im Krankenhaus anrufen könnte und für nächste Woche einen Termin für Josef vereinbaren. Er nickte. »Okay.«

Sie hörten Stimmen, einen erregten Wortwechsel. Die Kommissare gingen nach vorn. Jutta Löhr lehnte gerade ihr Fahrrad an die Hauswand. Sie stand mit dem Rücken zum Hof und bemerkte Reiche und von Barden nicht, die näherkamen.

»Dafür gab's überhaupt keinen Grund!«, schrie sie ihre Begleiterin an.

Lisa Schneider bemerkte die Besucher. »Jutta, da ...«

Die Löhr, die in ihrem Rucksack nach dem Hausschlüssel suchte, drehte sich um und erstarrte. Ihr Gesicht wechselte die Farbe und der Schlüssel fiel ihr aus der Hand.

»Ja ...?«, sagte sie mit tonloser Stimme.

Reiche deutete auf die Tür. »Frau Löhr, wir möchten zu Ihrer Schwester.«

Jutta Löhr blickte erschrocken von einem zum anderen.

Von Barden nickte ihr beruhigend zu.

»Meine … meine … Sandra ist nicht da.« Sie bückte sich und hob den Schlüssel auf.

Reiche schaute ihre Begleiterin an. Die nahm ihre Einkaufstasche, aus der ein großes Stück Lauch schaute, von der rechten in die linke Hand und streckte dem Kommissar die Rechte hin. »Ich bin Lisa Schneider.« Sie lächelte und zeigte ihre auseinanderstehenden Schneidezähne. Unwillkürlich bohrte Reiche mit der Zunge in seiner eigenen Zahnlücke.

Für einen Augenblick sagte niemand etwas. Sie standen vor der Tür als warteten sie auf ein Stichwort.

Endlich schloss die Löhr auf.

»Wir haben auch noch ein paar Fragen an Sie«, bemerkte Reiche und gab ihr den Rucksack, den sie auf den Eingangsstufen hatte liegen lassen.

Sie folgten Jutta Löhr ins Haus, auch Lisa Schneider, deren Augen flink von einem zum anderen wanderten.

Im ersten Stock öffnete Jutta den Glasabschluss und ging mit schnellen Schritten in die Küche, wo sie etwas vom Tisch nahm und in die Tasche steckte. Aus dem Rucksack holte sie eine Tüte Milch, ein Päckchen Brot und ein Handy. Ihre Besucher standen etwas verloren um sie herum.

Der Hauptkommissar räusperte sich. »Wo können wir Ihre Schwester erreichen?«

Die Löhr rückte auf dem Kühlschrank den Ständer mit den Vesperbrettchen zur Seite und öffnete ihren Rucksack. »Keine Ahnung, sie hat mir nicht gesagt, wohin sie ist.«

»Aber Ihre Eltern …«, begann von Barden.

»Meine Eltern sind im Burgenland. Wie jedes Jahr um diese Zeit«, unterbrach ihn die junge Frau.

»Darf ich mich setzen?«, fragte von Barden.

»Bitte …« Eine leichte Röte überflog ihr Gesicht, da sie bemerkte, wie unhöflich es war, den Gästen keinen Stuhl anzubieten. Sie selbst stellte sich hinter einen der Küchenstühle und umfasste die Lehne mit beiden Händen.

Reiche setzte sich auf die Eckbank. Über ihm hing ein Kruzifix mit einem bronzenen Christus. Die Luft in der Küche war abgestanden, das Fenster immer noch geschlossen.

Die Schneider blieb, an die Spüle gelehnt, stehen. Immer wieder ging ihr Blick zu ihrer Freundin.

Reiche sagte erst einmal nichts. Draußen, in einer unbestimmten Ferne, heulte die Sirene eines Unfallwagens. Jutta Löhr zuckte zusammen.

Reiche betrachtete sie aufmerksam. »Ihre Schwester war mit Georg Schradi befreundet?«, fragte er schließlich.

»Das ist lange her.«

»Haben Sie mit ihr über seinen Tod gesprochen?«

»Nein.« Das kam kurz und bestimmt.

Der Kommissar sah sie durchdringend an. »Sie haben nicht darüber gesprochen, dass ihr ehemaliger Freund erstochen wurde im selben Haus, in dem Sie zur gleichen Zeit gearbeitet haben?«

»Ich …« Sie zwinkerte nervös mit den Augen. »Es ging ihr nicht gut, sie war noch krank.«

»Aber sie hat von Schradis Tod gehört?« Reiche versuchte der Frau aus ihrer Verkrampfung herauszuhelfen, aber er spürte, dass es ihm nicht gelang.

»Fragen Sie sie doch selber.«

So hat das keinen Wert, dachte der Kommissar. Er schwieg. Manchmal war das Schweigen eine Waffe. Nichts sagen, nichts fragen, nur warten. Also wartete er. Sah der Fliege zu, die in komischer Eile über den Küchentisch lief.

Von Barden erkannte, dass der Versuch seines Chefs ins Leere ging. »Waren Sie auch mit Schradi befreundet?«

»Ich? Nein.«

»Aber Sie waren bei seiner Beerdigung.«

»Ja, ich – ich war neugierig.« Sie schaute kurz zu Lisa Schneider, die von der Mitteilung ihrer Freundin überrascht schien. Von Bardens Augenbraue schob sich nach oben. »Neugierig? Auf was?«

Die Löhr zuckte mit den Schultern. »So halt …«

Wieder trat eine Pause ein. Es war, als wären die Minuten mit Blei gefüllt. Jutta Löhr schien kaum zu atmen. Ihre Hände umklammerten so fest die Lehne, dass die Knöchel weiß hervortraten.

Endlich erhob sich Reiche. »Hat Ihre Schwester ein Handy?«

Sie nickte.

»Geben Sie uns bitte ihre Nummer.«

Während die Löhr ihr Handy einschaltete, um die Nummer aufzurufen, sagte sie. »Ich hab selber schon versucht, sie anzurufen …«

»Und?« Von Barden schrieb sich die Nummer auf.

Jutta schaute aufs Display, als erwarte sie eine SMS. »Sie hat es abgestellt.«

Reiche, schon an der Tür, fragte: »Haben Sie ihr gesagt, dass Sie bei der Beerdigung waren?«

Sie schüttelte heftig den Kopf. »Nein, nein.«

Auf der Straße atmete Reiche tief durch. Von Barden machte mit den Armen schwungvolle Kreise, als wolle er gleich mit Gymnastik anfangen. »Puh!«

Sie waren froh, der stickigen Atmosphäre im Hause Löhr entronnen zu sein. Alles hatte sich in dieser Küche schwer und bedrückend angefühlt.

»Die Frau steht unter einer enormen Spannung«, bemerkte Reiche. Es tat gut, etwas so Normales wie den Verkehrslärm auf der weiter ab liegenden Durchgangsstraße zu hören.

»Und sie lügt, sobald sie den Mund aufmacht«, ergänzte von Barden.

Reiche drehte sich um und schaute zum Haus. Aber hinter dem Vorhang in der Küche regte sich nichts. »Warum lügt sie?«, murmelte er.

»Das finden wir raus«, sagte von Barden. In ihm war jene Art von Anspannung und Konzentration, die sich immer dann einstellte, wenn er das Gefühl hatte, eine wirklich heiße Spur zu verfolgen.

Die Kommissare gingen ein paar Schritte weiter. Sie mussten über das, was jetzt anstand, gar nicht sprechen: nämlich Lisa Schneider abzupassen. Sie waren sicher, dass sie bald auftauchen würde.

Als die Schneider kam, schien sie nicht überrascht, dass man auf sie wartete. Sie zeigte ihr Zahnlücken-Lächeln. »Warten Sie auf mich?«, fragte sie scheinheilig.

Sie führte die Kommissare in ihre Wohnung, in einen Raum mit zwei großen Fenstern, der verdunkelt wurde durch blaue, bis zum Boden reichende Vorhänge und eine mächtige, kaffeebraune Schrankwand. Um einen riesigen Fernseher waren schwere, ebenfalls braune Polstermöbel gruppiert.

»Setzen Sie sich doch«, sagte Lisa. »Ich komme gleich.«

Reiche wurde von dem weichen Sessel fast verschluckt. Er arbeitete sich mühsam heraus und nahm nur noch auf der äußersten Kante Platz. Von Barden setzte sich aufs Sofa.

Lisa Schneider kam mit einer Flasche Apfelsaft und drei farbigen Gläsern zurück. Sie holte aus einer Schublade vier Plastikuntersetzer, legte sie auf den gekachelten Couchtisch und stellte Flasche und Gläser darauf.

»Apfelsaft von unsre eigne Äpfel«, erklärte sie stolz. »Ohne Chemie oder sowas.« Sie schenkte die Gläser voll und zog das grüne Glas zu sich heran.

»Sie haben vorhin mit Frau Löhr gestritten«, sagte Reiche, »um was ging's da?«

Sie strich sich eine Haarsträhne aus der Stirn. »Gstritten? Nei. Sie hat sich halt uffgregt …«

»Und weswegen?«

»Weil ich der Sandra von Ihrer Kollegin erzählt hab.«

Reiche starrte sie verständnislos an. »Meiner Kollegin?«

Von Barden schaltete sich ein. »Sie meint die Monika.« Und an die Schneider gewandt: »Sie haben Sandra Löhr erzählt, dass Sie von der Polizei befragt worden sind?«

»Ha ja. Ich hab die Sandra getroffen und ihr erzählt, dass die Polizei da war und mich ausgfragt hat – wie alle annere au.«

Von Barden schlug sein Notizbuch auf. »Und darüber hat sich Jutta Löhr aufgeregt?«

»Sie habbes ja ghört!« Die Schneider trank von ihrem Apfelsaft und nickte zur Bestätigung, dass er an der Qualität nichts eingebüßt hatte. Dann meinte sie: »Aber d' Jutta is in letzter Zeit sowieso so … so kiebig.«

»Und was hat die Sandra gesagt?«, fragte Reiche.

Lisa winkte ab. »Die? Nix. Aber die redt sowieso wenig.«

»Sie meinen, es hat sie nicht interessiert?«

»Ha schon. Schließlich war sie ja mal mit dem Schradi z'samm.«

»Aber die Jutta war aufgebracht darüber, dass Sie ihrer Schwester was von der Polizeibefragung erzählt haben …«

Lisa Schneider machte eine wegwerfende Handbewegung. »Ich hätt der Sandra nix sage solle, hat sie gmeint. Wo sie doch alles nur uffregt.«

Von Barden sah von seinen Notizen auf. »Und, war es so? Hat es die Sandra aufgeregt?«

»Überhaupt net. Die hat nur geguckt.«

Die Schneider genoss es, befragt zu werden. Sie blühte förmlich auf. Ihre flinken Augen blitzten von einem zum anderen, während sie sehr gerade auf dem gepolsterten Hocker saß.

»Hat auch die Sandra schon mal im Hirsch ausgeholfen?«, wollte Reiche wissen.

»Net oft. Vielleicht zwei oder drei Mal.«

Reiche griff jetzt doch nach dem blauen Glas und trank einen Schluck. Er wollte nicht unhöflich sein. Der Apfelsaft schmeckte süß und glitschig. Ich muss nachher sofort ein Pils trinken, dachte er.

Die Schneider lächelte zufrieden. »Gut, gell?«

Der Kommissar brauchte einen Moment, um zu begreifen. Er nickte. »Sehr gut.« Er schob das Glas ein Stück von sich weg.

»Sagen Sie, Frau Schneider, ist Ihnen an diesem Abend, als der Mord geschah, irgendwas aufgefallen? Zum Beispiel an Jutta Löhr.«

»An der Jutta? Eigentlich net. Es war ja Hochbetrieb. Mir waret alle am rotiere.«

»Und Frau Löhr war den ganzen Abend in der Küche?«

»Natürlich. Was glaubet Se! Da kann sich keiner davonschleiche.«

Von Barden beschrieb mit dem Finger einen Kreis. »Sie meinen von sechs bis nachts um zwei war sie ununterbrochen … sie muss doch mal austreten gewesen sein …«

Lisa Schneider grinste. »Des meine Sie! Ja scho, aufs Klo. Einmal is sie au an die Mülltonne, wir hatte ja en Haufe Abfall.«

»Sie haben also gesehen, wie sie weg ist?«

»Freilich.«

»Und wie lange war sie weg?«

Jetzt war Lisa Schneider doch etwas erstaunt. »Wie lange? Zum Pinkle halt. Kei zehn Minute. Der Hug, unser Koch, des is en Scharfer. Der hat ja eigentlich selber gnug zu schaffe, aber ma könnt grad meine, der hat e Radar, der kriegt alles mit, der hat schon, als der Krupska, der ja Raucher ist …«

Monika Maiwald hatte Reiche vor Lisa Schneiders Redefluss gewarnt. Man müsse aufpassen, sonst verliere sie sich in purer Geschwätzigkeit.

»Die Frau Löhr ist also auf die Toilette«, unterbrach sie Reiche.

»Na, wie wir alle mal, ist ja menschlich, oder?«

»Ist Ihnen da was Besonderes aufgefallen?«

Die Schneider zog die Nase kraus. »Wie, beim Klogehen? Was soll mir da …« Sie brach ab. »Also wenn Sie scho so frage: eimal hat die Jutta ihr Handy mitgnomme. Is mir aufgfalle, weil sie extra zu ihrem Rucksack is.«

»Wann war das, um welche Uhrzeit?«

Lisa schlug die Hände gegeneinander. »Du lieber Gott, des weiß ich nemmeh. Die hat öfter mal ihr Handy benutzt. Heutzutage telefoniert doch jeder überall, im Laden, im Bus, beim Friseur …« Unvermittelt deutete sie auf von Bardens Glas und sah ihn an. »Sie trinke ja gar net. Probiere Se doch mal.« Sie wandte sich an Reiche. »Ihnen hat er doch gschmeckt, oder?«

»Ja, ja«, beeilte sich Reiche zu versichern.

Von Barden nahm das Glas und nippte daran. »Wirklich sehr gut«, sagte er und tupfte sich sofort den Mund mit seinem sauber zusammengefalteten Taschentuch ab.

»Also …«, sagte Reiche, um Schneiders Aufmerksamkeit wieder auf sich zu lenken, »Sie kennen doch die Schwestern. Wie ist ihr Verhältnis zueinander? Verstehen sie sich?«

Lisa Schneider rückte mit ihrem Hocker ein Stück an den Kommissar heran. »Natierlich. Wisset Se, der Tod von dem

Kind – des war ja furchtbar.« Sie schloss für einen Moment die Augen. »So e hübscher Bub. Und stirbt.« Sie schüttelte den Kopf. »Irgend so e seltene Krankheit.«

»Wann war das?«

»Warte Se …« Ihr Gesicht hatte sich verändert. Man merkte, dass sie die Erinnerung an das Unglück bedrückte. »E gutes Jahr is des jetzt her. Und seit der Zeit ist die Sandra annersch.« Sie seufzte. »Wenn's eigne Kind stirbt, des is doch des Bitterste. Ihre Eltern habbe sich um sie gekümmert, und die Jutta au … Mir alle habbe Anteil gnomme, gell? Aber was nitzt des …«

Sie schwiegen. Die späte Nachmittagssonne zeichnete durch die Gardine ein feines Muster auf den Teppichboden. Lisa Schneider saß erschöpft auf ihrem Hocker.

»Und die Jutta – hat sie keinen Freund?«, fragte Reiche nach einer Weile.

Lisa schnaufte verächtlich. »Der is vor eim Monat davo. Der hätt au gar net zu ihr gepasst, wenn Se mich frage. Des war so e gschniegelter mit spitze Schuhe.« Sie hob wie eine Lehrerin den Zeigefinger. »Aber der Reimle, ihr Chef vom Blumenlade, also ich mein ja, dass der e Aug auf se gworfe hat, neulich, als ich …«

»Wussten Sie, dass Jutta Löhr bei Georg Schradis Beerdigung war?«, unterbrach sie von Barden.

»Nei!« In ihrer Stimme schwang deutliche Empörung. »Sie hat mir nix gsagt, ich habs erst vorhin erfahre!«

»Sie hat uns gesagt, sie gehe öfters auf Friedhöfe …«

»Kann scho sein.« Sie verdrehte die Augen. »Die ganze Familie is ja fromm.«

Aus dem Gang kamen Geräusche, eine Tür klappte.

»Des wird mei Mann sein«, bemerkte die Schneider und stand auf.

23

Auf der Heimfahrt saßen sie schweigend im Auto. Jeder hing seinen Gedanken nach. Reiche hatte Lisa Schneider seine Karte gegeben mit dem Hinweis, wenn ihr noch etwas Wichtiges einfalle, solle sie ihn anrufen. Er war müde und die Augengeschichte seines Vaters bedrückte ihn. Aber auch Jutta Löhr ging ihm nicht aus dem Kopf. Das Verhalten der jungen Frau war seltsam. Möglicherweise hatte es nichts mit dem Fall zu tun. Aber sie log und sie hatte Angst.

Dass sie die Schwester nicht angetroffen hatten, war ärgerlich, aber irgendwann würde Sandra Löhr wieder auftauchen. Jetzt war erst einmal Wochenende und er brauchte dringend ein paar Stunden, um sich auszuspannen und Abstand zu gewinnen.

Im Flur blinkte der Anrufbeantworter. Reiche ignorierte ihn erst einmal. Er rief die Augenklinik an. Die Zentrale verband ihn mit der Dienst habenden Stationsschwester, die ausgesprochen freundlich war, ihn aber auf Montag vertröstete. Am Montag würde sein Vater ganz kurzfristig den Termin für die Voruntersuchung und wahrscheinlich auch gleich für den Eingriff bekommen, denn da wurde der OP-Plan erstellt. Reiche war zufrieden. Er hatte getan, was getan werden konnte. Die freundliche Stimme der Schwester hatte auch seine Stimmung verbessert. Er machte eine Flasche Pils auf und holte sich aus dem Schrank eines der Tulpengläser. Geduldig schenkte er sich ein. Mit dem vollen Glas ging er zum Anrufbeantworter. Dabei fiel ihm wieder auf, dass die Lampe im Flur nicht brannte, weswegen er sich angewöhnt hatte, das Licht im Bad anzumachen und die Tür aufzulassen, wenn er im Flur etwas sehen wollte. Er nahm sich fest vor, endlich eine neue Birne in die Flurlampe zu schrauben!

Auf dem AB waren nur zwei Meldungen. Die erste kam von Ingrid. Sie seien gut angekommen, es gefalle ihnen sehr. Leider sei Daggi (Ingrid war mit ihrer Freundin verreist) schon am ersten Tag in eine Glasscherbe getreten. Er solle nicht vergessen, Orloff von den Vitaminkugeln zu geben.

Der zweite Anruf war von Doris: »Bitte ruf mich zurück. Es ist wichtig.«

Er setzte sich in seinen Lieblingssessel (zu Hause hatte das Polstermöbel immer nur »der Petrus« geheißen) und nahm einen ersten großen Schluck, wischte sich den Mund ab und stöhnte behaglich. Dann wählte er Doris' Nummer.

»Graf.«

»Wo brennt's?«

»Paul! Meldest du dich nicht mit Namen, wenn du anrufst?«

Er ging nicht darauf ein. »Was gibt's?«

»Hast du gute Laune?«

Er sah Doris vor sich, wie sie, halb misstrauisch, halb hoffnungsvoll, die Stirn krauszog.

»Ich hab in der Ausübung meines Berufes Apfelsaft trinken müssen und hab mir dafür jetzt ein Pils genehmigt.«

»Du magst keinen Apfelsaft?«

»Wenn's dir recht ist, vertiefen wir die Frage ein ander Mal.«

Sie lachte ein kurzes, glucksendes Lachen. »Du musst mir helfen.«

Reiche trank in einem zweiten, langen Zug das Glas leer. »Bei was?«

»Bei einer Entscheidung.«

»Ein neuer Mann?« Das meinte er ernst.

»Sei nicht albern.«

»Also …?«

»Ich bin dabei, mir eine Wohnung zu mieten.«

Reiche schwieg.

»Bist du noch da …?«

»Du ziehst bei deinen Eltern aus?«

»Das ist fällig.«

Wieder schwieg er. Er wusste, was sie von ihm wollte. Und seine erste, spontane Reaktion war: Nein.

»Kommst du mit und schaust dir mit mir die Wohnung an? Ich hab nur heute den Schlüssel.« Das sagte sie mit kleiner Stimme. Er spürte ihre Unsicherheit.

»Doris …«

»Bitte!«

Verdammt nochmal, warum werde ich bei ihr immer schwach?, dachte Reiche. Er wusste, letzten Endes würde er Ja sagen. Und war es nicht auch ein harmloser Wunsch? War es nicht verständlich, dass sie in ihrer Wahl beraten werden wollte? Aber es war eben nicht ganz so unverfänglich wie es aussah, das wusste Reiche auch. Sie war wieder dabei, ihr Netz über ihn zu werfen.

Reiche seufzte. »Wann?«

»Heute Abend um acht muss ich den Schlüssel wieder abgeben.« Mit schmeichelnder Stimme fügte sie hinzu: »Ich hol dich auch ab.«

Die Wohnung befand sich in der dritten Etage eines fünfstöckigen Mietshauses. Reiche hatte sich vorgenommen, nur »pro forma« mitzugehen und im übrigen Doris' Entscheidung, was die Wohnung anging, einfach abzunicken. Allerdings hatte er sich unter Zuhilfenahme eines Stadtplans die nähere Umgebung des Wohnhauses angesehen und dabei einige Entdeckungen gemacht. Im übrigen schien es so, als habe sich Doris ohnehin schon für die Wohnung entschieden und wollte nur noch die Bestätigung eines Dritten, speziell *seine* Bestätigung.

Tatsächlich war die Wohnung, in einer honorigen Gegend

am Stadtrand gelegen, intelligent geschnitten und mit 72 qm für eine Person recht komfortabel. Sie hatte einen großzügigen Südbalkon und eine perfekt eingerichtete Küche. Es war eine Eigentumswohnung – die Vormieterin war die Tochter des Besitzers gewesen. Auch der Mietpreis war vertretbar.

Doris spazierte nicht ohne Stolz durch die Räume. »Was meinst du? Ist doch gut, oder?«

»Du könntest gleich einziehen?«, fragte Reiche, um Zeit zu gewinnen.

»Am nächsten Ersten.«

Sie ging auf den Balkon und breitete die Arme aus. »Ich hab sogar Bäume vorm Fenster.«

Der Kommissar wusste längst, was ihn an dieser perfekten Wohnung störte: sie lag nahe, zu nahe an seiner eigenen. Zu Fuß waren es vielleicht gerade mal fünfzehn Minuten. Doris rückte ihm Stück für Stück näher.

Er trat zu ihr auf den Balkon. Hinter einem breiten Grünstreifen, auf dem zwei noch junge Ahornbäume standen, begann ein Gelände mit vereinzelten fünf- und mehrstöckigen Mietshäusern, dahinter lag eine kleine Schrebergartenanlage. »Ich find die Wohnung nicht schlecht.«

»Nicht schlecht?!« Sie sah ihn über den Rand ihrer Sonnenbrille an. »Ist das alles?«

Er lächelte unschuldig. »Ich frag mich nur …« Er brach ab.

»Ja?« Sie trat zu ihm. »Was is?«

»Eigentlich nicht der Rede wert.«

Sie boxte ihn in die Seite. »Los sag!«

Er zögerte. »Weil … weil doch die Hunde …« Er wusste, dass sie Angst vor Hunden hatte.

»Was für Hunde?«, fragte sie alarmiert.

»Der Hundesportverein hat hier ganz in der Nähe seinen Trainingsplatz.«

Sie starrte ihn an. »Wo soll das sein?«

»Direkt an der Zufahrtsstraße, hinter der alten Kaserne. Deswegen sieht man das Gelände nicht.«

»Woher weißt du das?«

»Ich wohn ja auch nicht weit. Manchmal hör ich sie bellen.«

»Und du meinst ...« Sie schob die Unterlippe vor, wie immer, wenn sie etwas beschäftigte.

Reiche winkte ab. »Da kann gar nichts passieren. Ich mein, dass da mal einer von den Hunden über den Zaun springt. schließlich werden sie ja dressiert.«

Sie lauschte beunruhigt. »Man hört nichts.«

»Ach was, wahrscheinlich eh zu weit weg.« Er sah sie treuherzig an. »Ist vielleicht auch eine gute Übung für dich.«

»Übung?!« Ihre Stimme kippte.

»Um deine Vorbehalte abzubauen. Dich anzufreunden.«

»Anfreunden!«, murmelte sie und ging ins Wohnzimmer zurück. Reiche folgte ihr und betrat das nächste Zimmer.

»Und hier schläfst du?«

Doris stand in der Tür. »Ja.«

Reiche öffnete das Fenster. »Du schläfst bei offenem Fenster?«

»Das weißt du doch.« Sie blickte sich ernüchtert um. »Warum?«

Er beugte sich vor und schaute nach rechts und links. »Na ja, lärmempfindlich bist du ja nicht ...«

»Lärmempfindlich?!«, wiederholte sie schrill. »Hier gibt's keinen Lärm. Die Bundesstraße ist ein ganzes Stück weit weg!«

Reiche nickte. »Die Straße schon ...« Der Rest des Satzes blieb in der Luft hängen.

»Genau!«, bestätigte sie mit Nachdruck.

»Aber die Eisenbahnlinie verläuft gleich hinter den Schrebergärten.«

»Eisenbahn?« Sie starrte ihn an. »Wie kommst du drauf?«

»Ich hab mir den Stadtplan angesehen. Du nicht?«

»Nein, ich ...« Doris war verwirrt. »Du meinst, man hört die Züge?«

Reiche schloss das Fenster. »Ich denke, tagsüber spielt das keine Rolle. Das sind ja vorwiegend Personenzüge. Es ist ja auch noch eine Häuserreihe dazwischen.«

Sie schluckte. »Und nachts ...?«

Reiche machte ein bedenkliches Gesicht. »Der Güterverkehr auf dieser Strecke wird hauptsächlich nachts abgewickelt.« Er machte eine Pause und fügte dann hinzu: »Du weißt ja ... diese ewiglangen Güterzüge, die nicht aufhören zu rattern ...«

24

Reiche war kurz nach sieben wach geworden. Er stand auf und machte sich Kaffee. Dann las er im Bett die Zeitung von gestern. Aber er konnte sich nicht konzentrieren, er war wohl doch noch müde. Er schlief wieder ein und erwachte von einem Geräusch. Das Telefon wimmerte.

Er fand nur langsam ins Wachsein zurück. Er hatte geträumt, er hackte Holz. Er stand vor dem großen Klotz hinter dem Schuppen und schwang die Axt. Rechts und links neben ihm befanden sich große Kerzenständer aus Messing, bestückt mit dicken gelben Kerzen, die brannten, obwohl heller Tag war. Er achtete darauf, dass kein Holzscheit auf die Kerzen flog.

Das Telefon gab keine Ruhe. Doris, dachte Reiche. Sie waren gestern in nachdenklicher Stimmung auseinandergegangen. Er hatte sie nicht gefragt, ob sie die Wohnung nehmen werde. Von ihr kam zum Abschied nur ein einsilbiges »Danke, dass du mitgekommen bist.«

Als sie wieder ins Auto stiegen, sagte er nur: »Lass dich nicht unter Druck setzen.«

Der Anruf kam nicht von Doris. Lisa Schneider war am Apparat. Er schaute auf die Uhr: es war zehn vor elf.

»Entschuldige Se, dass ich am Sonntag anruf, Herr Kommissar, aber ...« Sie dämpfte die Stimme. »Ich weiß net, was ich mache soll. Die Jutta ... also ... wie soll ich sage ...«

»Was ist mit Frau Löhr?« Reiche war jetzt hellwach.

»Vorhin bin ich her ... wisset Se, ich bin hier in ihrer Wohnung ... wollt halt nach ihr schaue, weil sie sich doch auch Sorgen macht wege ihrer Schwester ...«

»Ist die denn immer noch nicht aufgetaucht?«

»Ebe net ... Das Mädle is ganz konfus. Und die Sandra hat

ihr Handy abgstellt.« Sie machte eine Pause. »Wenn Sie mich frage: irgend ebbes stimmt da net.«

»Wo ist Frau Löhr jetzt?«

»Obe in der Wohnung von der Sandra, Blume gieße. Sie wird jede Moment runterkomme.«

»Ich denke ...«

Die Schneider unterbrach ihn gleich wieder. »Ich hab ihr gsagt, sie soll e Vermissteanzeig uffgebe, schließlich ist die Sandra seit zwei Tagen verschwunde.«

»Nun, zwei Tage sind ...«

»Aber da ist die Jutta richtig bös gworde, kei Polizei, hat sie gesagt un anfange zu heule ... Also, ich hab so e komischs Gefühl.«

»Haben Sie denn eine Ahnung, wo die Sandra sein könnte? Gab's vielleicht Streit?«

»Nei, nei, des hätt sie mir gsagt. Ich kann mir des überhaupt net zammereime ... Und wisset Se ...« Sie unterbrach sich. »Ich glaub, da kommt se. Und einmal hat se gsagt: Ich bin schuld, ich bin schuld. Da wo se gheult hat ...«

»Bleiben Sie bei ihr, ich komme.«

Während sich Reiche noch einmal Kaffee einschenkte, schaute er in den Brotkorb. Eigentlich hatte er sich frische Brötchen holen wollen, die Bäckerei an der Ecke hatte sonntags bis zwölf Uhr geöffnet. Aber dafür war nun keine Zeit mehr. Es fehlte ihm jetzt auch die notwendige Ruhe. Im Brotkorb fand er ein altes Croissant, hart wie Stein. Während er es in den Kaffee tunkte, wählte er von Bardens Handy-Nummer.

Der meldete sich mit verschlafener Stimme. »Ja? Paul?«

Reiche sparte sich die üblichen Entschuldigungsfloskeln. »Die Schneider hat mich grad angerufen. Mit der Jutta Löhr stimmt was nicht.«

»Das weiß ich schon lang.«

»Die Sandra ist verschwunden.«

»Die Schwester?«

»Ja. Schon seit zwei Tagen weg. Die Schneider hat Angst, dass die Jutta Löhr durchdreht. Ich fahr mal hin.«

Einen Moment war Stille. Dann sagte von Barden: »Ich komm.«

Lisa Schneider wartete vor dem Haus. Sie trug ein gelb gemustertes Sommerkleid mit einem breiten weißen Kragen. »I weiß net, ob des richtig war, dass ich Sie angrufe hab«, sagte sie und präsentierte ihre Zahnlücke. »Die Jutta weiß gar nix davo und …«

Reiche beruhigte sie. »Das war völlig in Ordnung, Frau Schneider.«

Um diese frühe Mittagszeit waren sie die einzigen Menschen auf der Straße. Es war merkwürdig still, nur aus der Ferne waren Verkehrsgeräusche zu hören. Über den blauen Himmel schoben sich dünne, zerrupfte Wolken. Der Wagen, der gerade in ihre Straße einbog, gehörte Martin von Barden.

Jutta Löhr empfing sie ohne Überraschung. Sie sah Lisa nur an und fragte: »Hast du die Polizei angerufen?«

Die Schneider nickte verlegen. »Jutta, ich mach mir halt Sorgen, es muss doch was gschehn!«

Sie wurden wieder in die Küche geführt, wo es nach Kaffee und, wie immer, nach abgestandener Luft roch.

Sie setzten sich auf die Eckbank, zuletzt auch Jutta Löhr, eine geblümte Kaffeetasse in der Hand.

Reiche schaute auf seine Hände, als stehe dort, was er zu sagen habe. »Frau Löhr, wenn ich Frau Schneider richtig verstanden habe, haben Sie seit zwei oder drei Tagen keine Nachricht von Ihrer Schwester und wissen auch nicht, wo sie ist.«

Die Angesprochene reagierte nicht. Sie wirkte abwesend, als

hinge sie eigenen Gedanken nach und habe nicht vor, sich durch die Anwesenheit fremder Menschen stören zu lassen.

»Kommt das öfter vor, dass Ihre Schwester über Tage weg ist?«, setzte Reiche nach.

Jutta Löhr schüttelte den Kopf.

»Und Sie haben schon überall bei Freunden und Verwandten angerufen?«

Die Löhr sagte nichts, aber Lisa Schneider, den Kommissar ansehend, nickte unmerklich.

»Haben Sie eine Ahnung, warum Ihre Schwester fortgegangen ist – ist sie vielleicht zu Ihren Eltern gefahren?«

Wieder antwortete die Schneider an ihrer Stelle. »Da hätten die doch längst angerufen.«

»Ist Ihre Schwester mit einem Fahrzeug unterwegs?«, fragte von Barden.

»Sie hat kein Auto«, murmelte die Löhr. Sie saß aufrecht auf dem Stuhl, den Kopf gesenkt, als habe sie sich Beschuldigungen anzuhören.

Reiche sah sich diskret um: Obwohl die Küche sauber war und modern eingerichtet, wirkte sie seltsam abgenutzt. Als werde sie nicht von einer, sondern von fünf Familien benutzt.

»Ich bin schuld.« Der Satz war kaum verständlich.

»Schuld?«, fragte Reiche. »Schuld an was?«

Aber Jutta Löhr war schon wieder mit ihren Gedanken woanders. »Wenn sie sich was antut!«, flüsterte sie.

»Warum sollte sich Ihre Schwester etwas antun?«

»Ich hab sie angerufen …« Jutta griff nach der Kaffeetasse, aber die war leer. Lisa Schneider nahm sie ihr aus der Hand, ging zur Anrichte und goss aus der Glaskanne Kaffee nach.

Von Barden beugte sich vor. »Frau Löhr, wollen Sie uns nicht erzählen, was passiert ist?«

Sie schüttelte den Kopf. Ihre Hand zitterte, als sie nach der Tasse griff und trank.

Sie saßen um den Tisch, wie Verschwörer, die auf ein Zeichen warteten. Stille; nur das Ticken der Wanduhr war zu hören.

»Ich hab den Müll zu den Mülltonnen gebracht und da standen am Hintereingang die Kohlmeier und ein Mann. Ich hab ihn gleich erkannt, es war der Easy.« Ihre Stimme war immer noch leise, als sie schließlich sprach. »Ich war total überrascht. Ich wusste, er lebt in Spanien, aber dann fiel mir ein, dass ja sein Vater gestorben ist. Irgendwie hab ich sofort an die Sandra gedacht. Ich war so … so aufgeregt … ich wollt's ihr einfach erzählen.«

»Uns hast du an dem Abend nichts gesagt«, warf Lisa ein.

Jutta verzog das Gesicht zu einer Grimasse, als habe sie Schmerzen und schaute dabei Lisa an. »Du weißt, er ist der Vater von Fabian.«

Lisa nickte.

»Sandra hat dem Easy einen Brief nach dem anderen nach Spanien geschrieben. Er hat gewusst, dass er Vater geworden ist. Er hat kein einziges Mal geantwortet.« Ihre Hände wischten nervös über das Wachstuch. »Nur ich wusste, dass Easy der Vater ist. Sonst niemand. Auch die Eltern net. Unser Vater hätte den Schradi sonst wegen Unterhaltszahlungen verklagt. Aber Sandra wollte das nicht.«

Niemand sagte etwas.

»Sie hat auch überlegt, ihn mit Fabian in Mallorca zu besuchen – sie hat gemeint, wenn er den Jungen erst mal sieht, dann …« Jutta schüttelte den Kopf. »Ich hab ihr gesagt, sie soll sich nichts vormachen. Aber wenn man an etwas glauben *will* … Als Fabian … als er gestorben ist, ist sie halt … Sie war einfach …« Sie suchte nach einem Wort. »Sie war wie tot. Ich hab sie später gefragt, ob Easy wüsste, dass Fabian tot ist … sie hat nur den Kopf geschüttelt. Damals hatte ich das Gefühl, sie will mit ihm nichts mehr zu tun haben.«

Die anderen am Tisch rührten sich nicht, als könne eine falsche Bewegung ihren Bericht beenden.

»Ich weiß nicht mehr, was in mir vorging, als ich Sandra angerufen hab. Irgendwie dachte ich wohl, das sei für sie eine gute Nachricht.« Sie lachte kurz auf. »Sie hat ganz normal reagiert – ich mein, sie war nicht besonders aufgeregt … ich hatte aber auch keine Zeit länger mit ihr zu reden, es gab ja so viel zu tun in der Küche.«

Sie schwieg wieder, nickte ein paar Mal vor sich hin, wie um sich selbst zu bestätigen, dass sie in gutem Glauben gehandelt habe.

»Natürlich – ich hätte sie nicht anrufen sollen. Aber ich hab mir nichts dabei gedacht. Wir rufen uns ja oft an.«

Sie atmete tief durch. Es war klar, dass das, was zu sagen war, immer schwerer wurde auszusprechen. »Ich bin so gegen drei nach Hause gekommen. In Sandras Zimmer brannte noch Licht. Das hat mich gewundert, denn eigentlich geht sie nie nach zwölf ins Bett. Und unsere Sachen für den Urlaub hatten wir schon gepackt. Ich war hundemüde, aber ich war auch neugierig. Ich dachte, vielleicht hat sie vergessen das Licht auszumachen.«

Sie bedeckte ihr Gesicht mit beiden Händen und schüttelte den Kopf. »Ich kann nicht«, flüsterte sie.

Lisa stand vorsichtig auf und ging zum Küchenschrank. Behutsam, um keinen Lärm zu machen, nahm sie vier Gläser heraus. Sie ließ das Wasser am Spülstein eine Weile laufen, füllte die Gläser und brachte sie an den Tisch.

»Sandra war im Wohnzimmer. Sie saß vor der Couch am Boden. Das haben wir als Kinder oft gemacht – uns vor die Couch auf den Teppichboden gesetzt und ferngesehen. Sie saß da, ganz zusammengekauert, sie hatte die Wolldecke wie einen Knäuel vor die Brust gedrückt. Und dann sah ich, dass sie blutete.«

Sie nahm das Glas und trank einen Schluck. »Ihre ganzen Unterarme waren aufgekratzt ... so Striemen ...« Sie zeigte es mit Daumen und Zeigefinger. »Alles war blutverschmiert. Ich dachte, sie ist verrückt geworden.« Jutta hob den Kopf und sah ihre Besucher an, als sähe sie sie zum ersten Mal. Ihr Kinn begann zu zittern und ihre Augen füllten sich mit Tränen. Lisa schob ihr ein Tempotuch hin. »Noch bevor ich was sagen konnte – ich war fürchterlich erschrocken – fing sie zu reden an, aber ich hab nichts verstanden. Sie sprach ganz leise und ganz schnell.«

Von Barden erhob sich langsam, ging zum Fenster und öffnete es einen Spalt.

Als sei das ein verabredetes Zeichen, stand Jutta ebenfalls auf und ging hinaus. Lisa formte lautlos das Wort »Toilette«. Als die Löhr zurückkam, blieb sie in der Tür stehen. »Meine Eltern ... ich darf gar nicht an meine Eltern denken ... Sie wissen nichts. Sie sind vor einer Woche gefahren und kommen erst in zwei Wochen zurück.«

»Willsche se anrufe?«, fragte Lisa.

Jutta antwortete nicht. Sie setzte sich wieder auf ihren Platz und sah ihre Freundin an. »Wer weiß, ob Sandra überhaupt noch lebt? ...«

»Jutta!«, rief die Schneider erschrocken. »Sag sowas net!«

Jutta wendete sich an Reiche. »Werden Sie sie suchen?«

»Natürlich. Aber wir brauchen Ihre Hilfe.«

Von Barden mischte sich ein. »Frau Löhr, das müssen Sie verstehen: Ihre Schwester ist eine erwachsene Person. Sie kann hingehen, wohin sie will. Sie muss es auch niemanden sagen. Warum sollte die Polizei sie suchen?«

Von der Löhr kam ein tiefer Seufzer. Sie umklammerte das

Glas mit beiden Händen, senkte den Kopf: »Sie hat mir gesagt, ich hab Easy erstochen.«

Die Schneider legte unwillkürlich die Hand vor den Mund.

»Ich weiß einfach nicht mehr weiter.« Jutta Löhr schlug ein paar Mal ihre Stirn auf den Tisch. »Ich weiß einfach nicht mehr weiter!«, wiederholte sie. Sie fing an zu weinen. Es war ein langes, verzweifeltes Weinen, als habe sich eine Schleuse geöffnet. Das Gesicht in den Händen verborgen, schluchzte sie: »Sandra, verzeih mir!«

Lisa Schneider rückte ihren Stuhl neben sie und legte ihr den Arm um die Schultern.

Niemand sagte etwas. Reiche und von Barden waren tief berührt von diesem Ausbruch. Nach einer Weile hörte die Löhr auf zu weinen und saß Minuten nur stumm da. Dann nahm sie das Taschentuch und schneuzte sich. »Was werden Sie jetzt machen?«

»Ihre Schwester ist also«, sagte Reiche und musste sich räuspern, »nach Ihrem Anruf direkt zum Hotel gefahren?«

»Wann genau weiß ich nicht.«

»Aber wie hat sie Schradi gefunden?«, fragte von Barden.

»Sie kannte die Zimmer«, warf Lisa Schneider ein, »sie hat da mal geputzt. Und Raucherzimmer gibt's nur zwei.«

»Ich hab sie in Holland gefragt, was sie von ihm wollte«, fuhr Jutta fort. Auf ihren Wangen hatten sich rote Flecken gebildet. »Sie hat gesagt … Wissen Sie was Sie gesagt hat?« Sie biss sich auf die Lippen. »Sie hat gesagt: Er ist kein schlechter Mensch, er ist nur einsam.«

»Aber es ist zum Streit gekommen«, bemerkte Reiche.

»Easy war wütend, dass sie gekommen ist. Er hat gebrüllt, sie soll ihn endlich in Ruhe lassen.«

Sie trank einen Schluck Wasser, stellte das Glas ab und starrte es an.

»Sie wollte nicht wegfahren. Sie hat gesagt, es geht nicht. Aber hier bleiben, im Haus – das ging auch nicht. Also sind wir gefahren. Ich wollte nur noch weg.«

Sie saß über den Tisch gebeugt, den Blick nach unten gerichtet und ihre Hände zerkrümelten das Taschentuch.

»Die Zugfahrt war noch am besten. Das war eine Ablenkung. Aber in der Pension in Holland ... Sandra ging es sehr schlecht.«

»Hat Sie Ihnen erzählt, was geschehen ist?« Reiche stellte die Frage zögernd, er hatte Angst, sie zu bedrängen.

»Ja. Nein.« Jutta sah auf. »Wir standen ja beide unter Schock. Aber wir mussten uns auch irgendwie normal verhalten. Obwohl die Leute schon gemerkt haben, dass was nicht stimmt.«

Für Reiche lag auf der Hand, dass Sandra Löhr in hohem Maße suizidgefährdet war. Es musste unverzüglich nach ihr gesucht werden.

Aber Jutta schien es im Moment nicht eilig zu haben. Ihre Stimme hatte wieder an Festigkeit gewonnen. Sie verfolgte ihre eigenen Gedanken. »Ich glaube nicht, dass Sandra wieder mit Easy zusammensein wollte. Fabian war ihr wichtig. Sie wollte, sie wollte ...« Jutta schaute vor sich auf die Tischplatte. »Sie wollte einfach, dass Easy über den Tod seines kleinen Sohnes traurig ist.«

Lisa Schneider seufzte. »Und wie hat Schradi reagiert?«

»Er wollte sie einfach loswerden. Das hat Sandra selbst gesagt. Ich meine, er hat in all den Jahren nie auf ihre Briefe reagiert und als sie einmal, als Fabian gestorben ist, angerufen hat, hat er einfach aufgelegt.«

»Aber jetzt im Hotel, hat sie sich nicht wegschicken lassen ...«

Jutta nickte. »Sie ist geblieben und hat ihm einfach von Fabian erzählt. Sie hatte sogar ein Foto dabei.«

Reiche und von Barden sahen sich kurz an.

»Es nimmt sie immer noch sehr mit, wenn sie von Fabian erzählt. Aber Easy hat gar nicht zugehört, er ist fuchsteufelswild geworden, weil sie nicht gegangen ist. Der Tod des Jungen hat ihn überhaupt nicht interessiert.«

Von Barden hatte sein Büchle herausgeholt und machte sich Notizen.

Jutta Löhr war beunruhigt. »Schreiben Sie das jetzt alles auf?«

»Ich will Sie nicht unterbrechen. Ich notiere mir nur Fragen.«

Jutta sagte nichts mehr. Man sah es ihr an: Plötzlich waren Angst und Verzweiflung wieder da. Sie presste die Faust vor den Mund, um nicht loszuheulen. Ihr Blick irrte von einem zum anderen.

»Was wird mit ihr geschehen?«, fragte sie, nachdem sie sich wieder gefasst hatte.

»Jedes Gericht wird im Fall Ihrer Schwester die Umstände, die zur Tat führten, berücksichtigen.« Es war ein lahmer Satz, aber Reiche fiel nichts Besseres ein.

»Hat sie mit Ihnen«, schaltete von Barden sich behutsam ein, »ich meine, hat sie über das, was … was letztendlich passiert ist, gesprochen?«

»Sandra wollte, dass Easy mit ihr auf den Friedhof geht, Fabians Grab besucht.« Jutta machte eine resignierte Geste, als wolle sie sagen: so war sie halt. »Da hat er nur gelacht und sich an die Stirn getippt. Fabian sei gar nicht sein Sohn. Und dann hat er das Foto genommen und angezündet.«

»Mein Gott!«, flüsterte die Schneider.

»Und da …« Reiche sprach nicht weiter.

»Sie sagt, sie weiß nicht mehr, was dann passiert ist. Sie ist erst wieder zu sich gekommen, als Easy am Boden lag und das Blut unter ihm vorgelaufen ist.«

25

Eine Weile herrschte Schweigen. Der Kühlschrank lud sich auf und die Brettchen klapperten leise. Reiche spürte durch das geöffnete Fenster einen angenehmen Luftzug. »Kommst du mal?«, bedeutete er von Barden mit einer Kopfbewegung. Sie gingen nach draußen in den Flur. Reiche schloss die Tür. »Das war's, oder?«

»Wir müssen sie so schnell wie möglich finden.« Von Barden machte eine vage Geste. »Wenn es nicht schon zu spät ist …«

Sie gingen wieder hinein.

Jutta saß immer noch am Tisch, Lisa neben ihr hatte ihr die Hand auf den Unterarm gelegt.

»Frau Löhr«, sagte Reiche, »wir möchten Sie bitten, mit uns in die Wohnung Ihrer Schwester zu gehen.«

Die Löhr nickte stumm. Sie wirkte ruhig, aber auch kraftlos.

Sandras Wohnung war ebenso geschnitten wie die ihrer Schwester. Auch die Einrichtung war ähnlich. Aber Sandra Löhr hatte außerdem ein Faible für Geflochtenes. In den Zimmern standen alle möglichen Körbe, geflochtene Schalen, Blumenhocker usw.

Reiche bat Jutta zu schauen, was für Kleider, Schuhe oder Mäntel ihre Schwester möglicherweise mitgenommen hatte.

Während Jutta Löhr ihren Blick durch das Wohnzimmer ihrer Schwester schweifen ließ, fragte der Kommissar: »Sagen Sie, Frau Löhr, halten Sie es für möglich, dass sich Ihre Schwester ins Ausland abgesetzt hat?«

Die Frau starrte ihn verständnislos an. »Was?«

»Glauben Sie, dass sie versucht unterzutauchen?«

Reiche glaubte es nicht, nach dem, was er in den letzten

Stunden gehört hatte; aber es wäre nicht die erste Überraschung, die er in seinem Beruf erlebte.

Jutta Löhr lächelte bitter. »Schön wär's.«

Wie es aussah, hatte die Schwester nur ihren Rucksack mitgenommen und das Mäppchen mit den Ausweisen, das sonst immer auf dem Schreibtisch lag.

Im Schlafzimmer war das Bett nicht gemacht, überall lagen Kleidungsstücke. Der Rollladen war halb heruntergelassen, das Fenster geschlossen. Jutta machte eine vage Armbewegung. »Ihre Kleider sind alle da. Nur ihre Bibel fehlt.«

Bevor sie wieder nach unten gingen, sagte von Barden: »Frau Löhr, wir benötigen noch ein Foto von Ihrer Schwester.«

Lisa Schneider verabschiedete sich, sie musste nach Hause, ihr Mann würde gleich aus dem Garten kommen und das Essen stand noch nicht auf dem Tisch. Reiche begleitete sie vor die Haustür.

»Sie haben uns sehr geholfen, Frau Schneider. Und es ist auch hilfreich, dass Sie sich um Frau Löhr kümmern.« Die kleine Frau nickte. Die letzten zwei Stunden hatten sie verändert. Sie wirkte immer noch erschrocken. Ihr Redefluss schien versiegt, sie war stiller geworden.

»Es ist vielleicht besser«, fuhr der Kommissar fort, »und das ist jetzt auch im Interesse von Frau Löhr, wenn Sie vorläufig mit niemandem über die Sache sprechen, auch nicht mit Ihrem Mann. Sie können sich vorstellen, was das sonst für einen Wirbel hier gäbe.«

»Aber kann es nicht sein, dass jemand aus der Nachbarschaft etwas über Sandras Verschwinden weiß?«

»Halten Sie das für möglich?«

»Na ja ... Eigentlich nicht.«

»Hatte sie eine Freundin, die hier im Viertel wohnt?«

»Nein, das wüsste ich.«

»Also, wir bleiben erst mal beim Stillhalten. Der Wirbel wird später sowieso noch kommen.«

»Aber ich schau nach Jutta.«

»Tun Sie das.«

Reiche betrachtete das Bild, das ihnen Jutta Löhr von ihrer Schwester rausgesucht hatte. Es war ein gutes Foto, im Freien aufgenommen. Sandra schaute über die Schultern nach hinten, ernst und aufmerksam, ihre langen blonden Haare waren zu einem Pferdeschwanz zusammengebunden, der ihren Hals freiließ. Es war das Gesicht einer jungen Frau, in deren Augen eine tiefe Trauer lag.

Sie saßen wieder am Küchentisch und überlegten: Wohin könnte Sandra gegangen sein? Sie besaß keinen Wagen, musste also mit Bahn oder Bus gefahren sein. Wohin würde sie sich wenden, mit wem Kontakt aufnehmen? Jutta bezweifelte, dass sie in ihrer Situation überhaupt mit jemand Kontakt aufnehmen würde.

Die Liste der Namen von Sandras privatem und beruflichen Umfeld war kurz. Eine wirkliche enge Freundin hatte sie nicht – das war wohl immer die Schwester gewesen. Die wenigen Namen waren schnell abtelefoniert. Die Verwandten hatte Jutta bereits angerufen – um beiläufig nach ihrer Schwester zu fragen.

»Sie müssen sich darauf einstellen, dass es Tage, möglicherweise Wochen dauert, bis wir Ihre Schwester finden«, sagte von Barden. Morgen würden sie in den Krankenhäusern, Hotels und Pensionen nach Sandra Löhr fragen und die Liste der Unfallopfer und Suizidfälle durchgehen. Dann würde die Suche nach ihr auch über das polizeiliche Fahndungssystem laufen.

Jutta nickte nur. Sie wirkte völlig erschöpft.

Die Kommissare hatten schon auf dem Weg zu ihren Wagen die Straße überquert, als ihnen Jutta Löhr nachgelaufen kam. »Ihr Rad ist weg!«

Von Bardens Augenbraue schnellte hoch. »Sie meinen, sie ist mit dem Rad gefahren?«

»Ich glaub.«

Am nächsten Morgen rief Reiche als erstes in der Augenklinik an. Nach einigem Hin und Her wurde er mit dem Oberarzt verbunden und innerhalb von fünf Minuten hatte er für Josef einen Termin. Er sollte am Mittwoch zur Voruntersuchung kommen. Im Anschluss an das Krankenhaus telefonierte Reiche mit Frau Weber vom Haus Abendschön, um sicherzustellen, dass sein Vater am späten Mittwochvormittag auch abgeholt werden konnte.

Dann fuhr er ins Kommissariat. Reiche und von Barden erzählten, was sie gestern erfahren hatten. Das Ermitteln im Niemandsland hatte ein Ende. Sie schilderten aber auch die besondere Situation: eine Tatverdächtige, die extrem suizidgefährdet war. Es gelte also nach Einleitung der Fahndung besonders auch die Krankenhäuser abzufragen und die Liste der Unfallopfer und Suizidfälle durchzugehen.

Erleichterung in der morgendlichen Runde. Die Situation hatte sich grundlegend geändert.

Hoffmann, sichtlich entspannt ein Pfefferminz lutschend, gab zu Bedenken, dass Jutta als Verwandte alle Aussagen widerrufen konnte. Aber das war eher ein formaler Hinweis.

»Was würde das ändern«, fragte Reiche, »wenn wir Sandra Löhr finden?«

Silberchen Fleig, deren Blickachsen heute wieder einmal auffallend verschoben waren, kam herein und sagte: »Die Jutta Löhr möchte den Kommissar sprechen.«

Einen Moment überlegte der Kommissar, ob sie vielleicht doch kam, um ihre Aussage von gestern zu widerrufen. »Hol sie rein.«

Jutta Löhr blieb in der Tür stehen. Sie hatte sich zurechtgemacht, trug einen leichten Blazer und eine helle Jeans mit aufgesteppten Verzierungen. Es war ihr anzusehen, dass sie nicht viel Schlaf gehabt hatte. Sie schaute verlegen auf die versammelte Mannschaft im Raum, wobei alle Anwesenden, nachdem sie kurz aufgeschaut hatten, sich demonstrativ wieder ihren Schreibtischen zuwandten.

»Wir gehen ins Kleine Zimmer«, sagte Reiche mit einem Blick auf Hoffmann, der nickte. Von Barden ging voraus.

»Ich hab's daheim nicht ausgehalten«, sagte Jutta wie entschuldigend. »Hab die ganze Nacht nicht geschlafen.« Sie setzte sich auf denselben Stuhl wie bei ihrer ersten Befragung, als sei das für sie ein schon vertrauter Platz. »Mir ist eine Verwandte eingefallen, zu der Sandra gefahren sein könnte.«

»Ach ja?« Von Barden setzte sich ans andere Ende des Tisches und schlug sein Notizheft auf.

»Tante Felicitas! Eigentlich unsere Großtante, also die Tante meiner Mutter. Die hatte ich total vergessen.«

»Vergessen?«

Jutta zögerte. »Ja. Es wird bei uns daheim – also bei meinen Eltern – nicht über sie geredet. Es gibt keinen Kontakt.«

Reiche war ans Fenster getreten. »Und wissen Sie, warum?«

»Keine Ahnung. Da muss irgendwas in den Sechziger Jahren passiert sein.«

»Aber Sie scheinen die Tante doch zu kennen?«

Jutta Löhr hatte sich im Stuhl zurückgelehnt. Sie wirkte entspannter. »Ich hab sie einmal gesehen. Das war vor zehn Jahren, bei der Beerdigung, als mein Großvater, ihr Bruder, gestorben ist. Ich weiß nur, dass sie Lehrerin war und dass ihr Mann und ihr Sohn bei einem Verkehrsunfall ums Leben gekommen sind.«

»Und Sie meinen, Ihre Schwester könnte zu ihr sein?«

Sie nickte. »Ich hab mal einen Brief von Tante Felicitas bei Sandra gesehen. Das ist aber schon Jahre her, ich glaub, es war nach Fabians Geburt. Ich hab sie darauf angesprochen, weil ich so überrascht war, aber sie ist ausgewichen. Später ist nie wieder die Rede drauf gekommen.«

»Sie haben ihre Adresse?«

»Ja, von damals. Ich weiß aber nicht, ob sie noch in Forbach wohnt, ich weiß ja nicht einmal, ob sie überhaupt noch lebt.«

»Hat sie Telefon?«

»Keine Ahnung.« Sie wurde verlegen. »Jetzt, wo ich Ihnen das erzähl, kommt es mir immer unwahrscheinlicher vor, dass Sandra gerade zu ihr ist. Aber mit allen anderen Verwandten hab ich ja schon gesprochen.«

Von Barden schob ihr ein Blatt Papier hin. »Schreiben Sie Name und Adresse auf.« Sie gab ihm den Zettel und er ging hinaus und ließ die Tür auf. Sie und Reiche waren jetzt allein.

»Werden Sie hinfahren?«, fragte sie, jetzt wieder, wie beim letzten Mal, ihre Hände umfassend.

Reiche setzte sich zu ihr an den Tisch. »Ja.«

»Noch heute?«

»Ja, natürlich.«

Von Barden kam zurück. Schubert hatte schnell herausgefunden, dass Felicitas Weiss keinen festen Telefonanschluss hatte, aber noch unter der angegebenen Anschrift wohnte.

»Ich hab heute freigenommen«, sagte die Löhr hastig, als befürchte sie, fortgeschickt zu werden, »montags ist sowieso nicht viel los – ich würde gern mitfahren.«

Reiche und von Barden sahen sich an. Von Bardens Braue rutschte nachdenklich nach oben.

26

Als sie Forbach erreichten, brach die Sonne hervor. Während der Fahrt war der Himmel verhangen gewesen und es hatte so ausgesehen, als wolle es regnen. Reiche waren Gedanken gekommen, die er inzwischen völlig überflüssig fand, die sich aber doch in seinem Kopf festgesetzt hatten. So überlegte er, warum Sandra Löhr Schradis Handy erst mitgenommen und dann weggeworfen hatte. Und ob sie, wie es von Anfang an von Bardens Vermutung gewesen war, den Weg auf der Rückseite des Hotels durch den Wald genommen hatte. Fragen, die keine Bedeutung mehr hatten.

Sonnenbeschienen zeigte sich das Städtchen im Tal der Murg, mit glänzenden Dächern und dicht bewaldeten Hängen. Die Straße, in der Felicitas Weiss wohnte, war leicht zu finden. *Wenn* sie dort noch wohnte: denn Jutta meinte, ihre Tante müsse über achtzig sein. Also lebe sie vielleicht schon in einem Altenheim.

Sie fuhren eine steile, mit Kopfstein gepflasterte Straße hinauf, bogen noch einmal ab und hielten schließlich vor einem kleinen, spitzgiebligen Häuschen mit feuerroten Geranien vor den Fenstern. Die Frau, die ihnen auf ihr Klingeln im Parterre öffnete, war hochgewachsen und hatte große, klare Augen. Es war eine hagere, knochige Gestalt, wenn auch schon etwas gebeugt. Sie trug ein bis auf den Boden reichendes, fliederfarbenes Kleid und darüber ein gehäkeltes Schultertuch. Auf dem Kopf hatte sie, trotz der warmen Jahreszeit, eine dunkelblaue Wollmütze und an den Händen Handschuhe, deren Fingerspitzen abgeschnitten waren.

Sie musterte die drei Personen, die da vor ihr standen, aufmerksam, und als Jutta zögernd »Tante Felicitas?«, sagte, hellte sich ihr Gesicht auf. »Dann bist du die Jutta! Bei Reinhards Beerdigung vor zehn Jahren hab ich dich das letzte Mal gesehen. Und wer sind die Männer?«, fragte sie und wandte sich Reiche und von Barden zu.

Der Kommissar deutete unwillkürlich eine leichte Verbeugung an. »Ich bin Kommissar Reiche, und das ist mein Kollege von Barden. Polizei«, fügte er hinzu, um es ganz deutlich zu machen.

Felicitas Weiss schien diese Eröffnung weder zu überraschen noch zu beeindrucken. Sie nickte und trat zur Seite. »Kommen Sie herein.«

Bevor sie in die Küche traten, versuchte Reiche einen Blick durch die angelehnte Tür in das gegenüberliegende Wohnzimmer zu werfen, aber das einzige, was er sehen konnte, war eine emsig tickende Kuckucksuhr. Die Küche war klein und wurde von einer Kredenz beherrscht, die sicher noch vor dem Krieg hergestellt worden war.

»Setzt euch.« Frau Weiss ging zum Spülstein und füllte den Elektrokocher mit Wasser. »Ich wollte mir gerade Kaffee machen. Mach ich ein bisschen mehr.«

»Sehr freundlich«, sagte Reiche, ehe er sich auf einem Küchenstuhl mit der altmodisch hohen Lehne niederließ, »aber wir möchten nicht weiter stören, wir haben …«

Felicitas Weiss drehte sich um und sah den Kommissar streng an. »Hören Sie, Herr Inspektor, jetzt sind Sie mein Gast. Ja oder Nein?«

»Natürlich, gern, nur …«

»Also.«

Sie nahm vom Bord über dem Herd eine grau gesprenkelte Emailkanne mit aufklappbaren Deckel und eine verbeulte Blechdose. Aus der Dose löffelte sie gemahlenen Kaffee in die Kanne.

»Kann ich dir helfen, Tante Felicitas?«, fragte Jutta. Man merkte, das Aussprechen des Namens fiel ihr noch schwer.

»Du kannst drei Tassen aus dem Schrank holen. Im mittleren Fach sind welche. Der Zucker ist unten links.«

Reiche und von Barden sahen schweigend zu, wie die alte Dame einen kleinen Steinguttopf vom Bord nahm – offenbar das Salzfässchen – und eine Prise Salz in die Kanne tat.

Das Wasser kochte und sie goss den Kaffee sprudelnd auf. Mit langsamen Schritten kam sie an den Tisch und stellte die Kanne ab. Durch die Wollhandschuhe wirkten ihre Hände breit und kräftig. Sie ging an den Kühlschrank und brachte eine Glasflasche mit Milch. »Ach Jutta, dort auf dem Bord ist meine Tasse. Sei so lieb.« Sie sprach mit ihrer Nichte, als habe sie sie erst gestern gesehen.

Sie setzte sich, nachdem sie vorher an ihre Wollmütze gegriffen und deren Sitz überprüft hatte. »Also dann …« Felicitas Weiss sah Reiche an. Der erwiderte ihren Blick und schaute in ein Gesicht voller Falten und in Augen voller Freundlichkeit.

»Wir suchen Sandra Löhr. War sie bei Ihnen?«

»Tante Felicitas«, sagte Jutta schnell, »Sandra ist vor ein paar Tagen verschwunden, ohne mir was zu sagen. Ich hab überall rumtelefoniert, ich weiß nicht, wo sie ist.«

»Sie war hier«, sagte die alte Dame. Sie musterte nun auch von Barden, der sie unbefangen anlächelte.

Sie wandte sich wieder an ihre Nichte. »Aber du weißt, dass sie großen Kummer hat. Sie sagte, sie hätte Unrecht getan.«

Jutta nickte. Normalerweise hätte der Kommissar gleich eine Reihe von Fragen gestellt, aber er spürte, dass es jetzt nicht angebracht war, die Gastgeberin zu unterbrechen.

»Ich hab sie gefragt, ob ihre Eltern wüssten, dass sie hier ist«, fuhr die Tante mit ihrer dunklen Stimme fort. »Aber eure Eltern sind zur Zeit in Urlaub, nicht wahr?«

»Sie fahren jedes Jahr nach Österreich«, murmelte Jutta.

Felicitas schaute ihren Besuch der Reihe nach an. »Es muss etwas Schlimmes sein, was sie gemacht hat, wenn ihr hier zu dritt aufkreuzt und sie sucht.«

Sie stemmte sich vom Stuhl hoch und ging zum Küchenschrank. Zog schließlich eine Schublade auf. Mit einem kleinen Sieb kam sie an den Tisch zurück. »Ich war schon überrascht, als sie hier aufgetaucht ist. Aber ich hab mich gefreut.«

Sie legte das Sieb auf Juttas Tasse – alle Tassen waren groß und aus schwerem, bunt bemalten Porzellan – und goss Kaffee ein. »Ich freu mich auch, dass du gekommen bist, Jutta. Aus welchen Gründen auch immer.«

Man merkte ihr immer noch an, dass sie Lehrerin gewesen war. Sie sprach akzentuiert und mit unverkennbarer Autorität.

»Sie hat mir nicht gesagt, was sie bedrückt. Und ich habe nicht gefragt. Wenn sie's mir hätte sagen wollen, hätte sie es gesagt.«

Nacheinander füllte sie die anderen Tassen, zuletzt die ihre. Der Kaffee dampfte und verbreitete einen starken Duft.

»Sie hat mich gefragt, was sie tun soll. Was tut man, wenn man ein Unrecht begangen hat?« Sie ließ die Frage unbeantwortet. Eine Strähne ihres weißen Haares war aus der Wollmütze gerutscht und sie schob sie zurück.

Reiche goss sich aus der Flasche einen Schuss Milch in den Kaffee und nahm einen Schluck. Der Kaffee war stark und heiß. Winzige Körner blieben auf der Zunge.

Felicitas schob von Barden die Zuckerdose hinüber. »Wenn wir in Not sind, dann wollen wir nur, dass uns der andere sieht, wirklich sieht.« Sie betonte das *wirklich*. »Reden kommt erst an zweiter Stelle.«

Ihre Gäste schwiegen – als säßen sie nicht zum ersten Mal in dieser kleinen Küche, tränken den groben, ungefilterten Kaffee und hörten der alten Lehrerin zu.

»Sie ist noch jung«, fuhr die Gastgeberin fort, »aber sie hat schon ihr Kind verloren. So was ist furchtbar – ich weiß es.« Ihre großen Augen blickten aus dem Fenster als sähen sie etwas, das den anderen verborgen war. »Sie suchte Trost, nicht wahr? Aber das ist nicht so einfach, solange die Schuld nicht beglichen ist.«

Plötzlich war ein merkwürdiges Knacken aus zu hören und dann ertönte zwei Mal hintereinander ein heiseres *Kuckuck-Kuckuck*!

Tante Felicitas schien den merkwürdigen Zwischenruf gar nicht wahrgenommen zu haben. »Sie hätte noch bleiben können. Aber ich hab ja nur meine Schlafkammer und die Couch im Wohnzimmer. Es ist ihr wohl zu eng geworden bei mir. Es hat sie weitergetrieben. Sie war voller Unruhe.«

Jetzt fragte Reiche: »Hat sie gesagt, wohin sie will?«

»Sie hat gesagt, sie will nicht mehr nach Hause. Ich wusste, was sie damit meint. Ich hab ihr erzählt, dass ich vor vielen Jahren, als ich etwa in ihrem Alter war, zu den Franziskanerinnen nach Gengenbach bin. Nach dem Noviziat hab ich nicht bleiben können, es war nicht mein Weg, aber dass ich dort war, hat mir sehr geholfen.«

»Sie meinen, sie ist nach Gengenbach ins Kloster?«, meldete sich von Barden.

»Die Franziskanerinnen dort sind eine Ordensgemeinschaft. Gengenbach ist kein Kloster. Ich hab ihr gesagt, gleich hier in der Nähe ist ein Naturfreundehaus, meines Wissens könnte man dort auch übernachten. Ich nehme an, dass sie da hin ist.«

Reiche wurde jetzt doch unruhig. »Wann war das?«

»Vor zwei Tagen.«

27

Zum Naturfreundehaus gab es einen Wanderweg und eine Fahrstraße. Da Reiche nicht nach Wandern zumute war, nahmen sie die Straße.

Beim Abschied hatte Jutta Löhr ihre Tante auf beide Wangen geküsst. »Es tut mir leid, Tante Felicitas, dass wir die ganzen Jahre … Jedenfalls bin ich froh, dass wir uns jetzt getroffen haben.« Die alte Dame sah ihre Nichte mit ihren großen, strahlenden Augen an und lächelte. »Ich bin auch froh, Jutta. Gib mir Bescheid, wenn ihr Sandra gefunden habt.«

Nach der kurvenreichen Fahrt den Berg hinauf, stellten sie den Wagen ab und gingen die letzten hundert Meter zu Fuß. Von hier oben hatte man einen weiten Blick ins Tal, auf die Stadt und die sich sanft hinziehenden Hänge des Schwarzwalds. Einige Ausflügler standen auf der kleinen Terrasse des Wanderheims und genossen das Panorama. Auch von Barden und Jutta traten an die Brüstung. Ein warmes, weiches Licht lag auf dem Städtchen im Tal.

Reiche ging um das Haus herum. Auf einer Bank saß ein junger Mann mit Kniebundhosen und einem struppigen Bart, neben sich eine Schüssel und schälte Kartoffeln. Reiche ging zu ihm und zeigte ihm Sandras Foto. »Haben Sie zufällig diese Frau hier gesehen?«

Der Mann sah ihn misstrauisch an. »Warum wollen Sie das wissen?«

Seufzend präsentierte der Kommissar seinen Dienstausweis.

»Ah so«, murmelte der Bärtige und warf eine geschälte Kartoffel in den Eimer vor sich. »Die war hier. Die ist vorhin weg.«

Reiche war wie elektrisiert. »Vorhin? Wann?«

»Vor ner Stunde ungefähr.«

»Hat sie gesagt, wohin sie will?«

Der Bärtige griff in die Schüssel. »Keine Ahnung. Ich hab sie nur mit dem Rad wegfahren sehen.«

Reiche spürte seine Ungeduld. »Sagen Sie, kennen Sie sich hier aus?«

»Bisschen.«

»Wenn man mit dem Rad von hier wegfährt, was hat man da für Möglichkeiten?«

Der Mann begann mit großer Routine eine neue Kartoffel zu schälen. »Na, entweder man fährt Richtung Forbach, oder Richtung Talsperre.«

»Sie meinen, den Schwarzenbachstaudamm?«

»Genau.« Und er setzte nach: »Was hat sie denn ausgefressen?«

Aber Reiche war schon auf dem Weg. Er fing von Barden und Jutta ab, die eben das Haus betreten wollten. »Kommt!«

An der Staumauer, wenige Schritte vom Parkplatz entfernt, gab es einen Kiosk im Stil eines kleinen Schwarzwaldhauses. Zwei Motorradfahrer in Lederkluft standen an einem der Stehtische und tranken Cola, vor sich Pappteller mit Würstchen. Reiche, von Barden und Jutta schauten hinüber zum Staudamm, dessen imposante Granitmauer das Tal durchschnitt. Als der Kommissar die riesige Wasserfläche sah, ging ihm plötzlich die Bemerkung Jutta Löhrs bei der ersten Vernehmung durch den Kopf: Sandra kann gar nicht schwimmen …

Auf der Bundesstraße nebenan rollten holländische Autos mit riesigen Wohnanhängern vorbei. Am Berghang neben der Straße befand sich ein weitläufiger Hotelkomplex. Reiche überlegte, ob sie zur Terrasse hochgehen sollten und Ausschau halten. Und fragen. Vielleicht hatte jemand Sandra gesehen.

Über den Damm führte eine Straße, die nur für Fußgänger erlaubt war. Die Staumauer überspannte das Tal in einer Breite von mehreren hundert Metern. Der See, der sich vor der Mauer ausbreitete, hatte die Form eines sanft geschwungenen S. Dichter Wald spiegelte sich im Wasser und gab ihm einen satten, blaugrünen Ton.

Sie blieben, sich umsehend, stehen. Die Sonne schob sich hinter eine Wolkenbank und machte die Landschaft einen Ton dunkler. Reiche drehte sich zu Jutta Löhr um, die hinter ihm stand. Ihr Gesicht war bleich und starr. Von Barden neben ihr blickte hinunter zum Seeufer, wo am Bootssteg ein Mann einer Frau in eines der Ruderboote half.

Auf dem Damm waren nicht mehr als ein Dutzend Fußgänger. Vor ihnen ging ein älterer Mann mit einem Hund an der Leine. Als er stehenblieb und an die Brüstung trat, gab er den Blick frei.

Sandra saß, an die Mauer gelehnt, auf dem Boden, Rad und Rucksack neben sich. Sie trug eine dunkle Hemdbluse und darüber eine dünne, orangegelbe Radfahrerjacke. Ihr blondes Haar fiel ihr offen über die Schultern. Sie begriff sofort, wer die Männer neben ihrer Schwester waren.

»Ganz langsam und in kleinen Schritten vorwärts gehen«, murmelte Reiche. Er hatte sie gleich erkannt.

Von Barden schob sich behutsam, wie zufällig, an der rechten Seite vor.

Später dachte Reiche, Jutta hätte einfach auf ihre Schwester zurennen und sie umarmen – also auch festhalten – sollen. Aber irgendetwas hinderte sie alle daran, auf Sandra Löhr einfach zuzulaufen. Er war auch überrascht, sie plötzlich vor sich zu sehen.

Sie war aufgestanden. »Bleibt stehen, verdammt nochmal!«

Sie rief so laut, dass einige Passanten sich umdrehten. Und noch einmal: »Bleib, wo du bist!« Das klang drohend. Ohnehin hatte Reiche nicht den Eindruck, es mit einer unsicheren, gebrochenen Person zu tun zu haben. Diese Frau dort schien zu wissen, was sie wollte.

»Sandra, bitte, ich will dir doch helfen!« Jutta Löhr sah in Panik zu Reiche hinüber. »Was soll ich ihr sagen?«

Der Kommissar bemerkte, dass Sandra die Brüstung hinter sich abtastete, als wolle sie ihre Höhe taxieren. Es war die Seite, an der die Staumauer senkrecht über fünfzig Meter ins Tal hin abfiel.

Er dachte, wenn sie auf dieser Seite hinunterspringt, ist sie tot.

»Bleibt stehen, oder ich spring!«

Ein Mann mit Frau und zwei Kindern schob, Unheil ahnend, die Hände auf den Schultern der Kinder, seine Familie eilig an Sandra vorbei. Alle anderen Fußgänger waren für einen Moment stehengeblieben und schauten interessiert. Etwas Ungewöhnliches lag in der Luft. Die junge Frau neben dem Fahrrad schrie zwei Männer und eine andere Frau an. In selben Moment kam ein leichter Wind auf und strich über ihre Gesichter, als wolle er sie besänftigen.

Reiche schob unmerklich seine Füße nach vorn. »Frau Löhr, ich muss mit Ihnen sprechen!«

»Ich will mit niemanden sprechen, lassen Sie mich in Ruh!«

Jemand rief: »Hören Sie nicht, was die Frau sagt?!«

Es war ein dicker Mann mit einem Strohhut und einer folkloristisch bestickten Weste über dem Hemd.

Reiche flüsterte zu von Barden: »Martin, geh dicht an der rechten Mauer entlang, schneid ihr den Weg ab.«

Sandra schaute nervös von links nach rechts. Sie spürte die Neugier der Passanten. Reiche sah, dass Sandra Löhr keinerlei Anstalten machte, ihr Rad zu nehmen, sich drauf zu schwingen und davonzufahren. Sie wollte nicht fliehen – nicht mit dem Rad.

Reiche hob die Stimme. »Frau Löhr, ich muss Sie bitten mitzukommen!«

Von Barden hatte begriffen, dass er verhindern musste, dass Sandra auf seiner Seite auf die Mauer stieg. Bei einer Höhe von fast einsfünfzig war es nicht einfach, sich ohne weiteres hochzustemmen. Er näherte sich ihr vorsichtig. Sie bemerkte es, streckte die Hand aus und zeigte auf ihn. »Bleiben Sie stehen!«

Der Mann mit dem Strohhut hatte offenbar beschlossen, der Sache auf den Grund zu gehen. Er schritt unbefangen auf Sandra zu. Seinen Strohhut abnehmend, als wolle er sie grüßen, rief er: »Was geht eigentlich hier vor? Können Sie mir sagen …«

In diesem Moment spurtete Sandra Löhr auf die andere Seite der Straße. Der Anlauf ließ sie mit Schwung die Brüstung nehmen. Einen Moment war sie mit wehendem Haar auf der Mauer zu sehen. Dann sprang sie ohne eine Sekunde zu zögern in die Tiefe.

Reiche rannte sofort los. Im Laufen, kurz von einem Fuß auf den anderen humpelnd, streifte er sich die Schuhe ab und danach die Jacke. Mit einem Satz sprang er auf die Mauer – und spürte im selben Moment einen stechenden Schmerz im Fuß. Aber da ließ er sich schon nach unten fallen, auf den orangegelben Fleck zu, der im Wasser trieb. Er hörte einen erschrockenen Ausruf, einen langen Ton, der wie ein Vogel über ihn hinweg glitt. Noch im Fallen wunderte er sich, wie dunkel hier, im Schatten der Staumauer, das Wasser aussah, fast schwarz.

28

Das Ruhig-liegen-bleiben fiel ihm schwer. Aber er sollte den Fuß so wenig wie möglich bewegen. Also richtete er es sich auf der Couch ein, Lesestoff und einen Pott Kaffee in Reichweite. Gerade als er zur Zeitung greifen wollte, klingelte das Telefon.

»Reiche.«

»Hier Praxis Dr. Winterhalter.«

»Ach du lieber Himmel«, murmelte der Kommissar. Er hatte sich um einen neuen Termin bei seinem Zahnarzt kümmern wollen – und es wieder nicht getan! Gott sei Dank konnte er jetzt seinen lädierten Fuß als Entschuldigung ins Feld führen. Frau Hummel zeigte volles Verständnis. Aber auf der Nachuntersuchung bestand sie trotzdem.

Er habe jetzt seinen Terminkalender nicht zur Hand, sagte Reiche, aber er werde … In diesem Moment klingelte es an der Tür.

»Ich melde mich!«, rief der Kommissar ins Telefon und humpelte, den Stock benutzend, den man ihm im Krankenhaus gegeben hatte, zur Tür.

»Bitte nur tröstende und einfühlsame Kommentare«, murmelte er, während er sich auf den Rückweg zur Couch machte.

»Bin ich denn ein solches Scheusal?«, fragte Doris, die ihm langsam folgte.

»Manchmal schon«, brummte der Kommissar.

Sie stellte die volle Einkaufstasche im Flur ab. »Was ist denn eigentlich passiert? Ich bin aus Bardens Erzählung nicht ganz schlau geworden.« Sie sah zu, wie sich Reiche, an der Sessellehne abstützend, das linke Bein vorgestreckt, auf das Sofa hievte.

»Ich hab mir den Fuß verstaucht, als ich ins Wasser gesprungen bin.« Er winkte ärgerlich ab. »Ich meine, als ich auf die Mauer gesprungen bin.«

»An der Schwarzenbachtalsperre.«

»Ja.«

»Und?«

»Was und?«

»Hast du das Mädchen aus dem Wasser gezogen?«

»Ja.«

Sie lächelte. »Kommissar Reiche als Lebensretter.«

Er schüttelte nur müde den Kopf.

»Entschuldige, Paul, das war blöd.« Sie griff nach seiner Hand. »Hast du Schmerzen?«

»Wenn ich ihn falsch bewege.«

»Aber er ist nicht gebrochen?«

»Das Röntgenbild sagt nein.«

Sie setzte sich vorsichtig neben ihn. »Du bist sozusagen lahmgelegt.«

Er nickte. »Doris, hör mal …«

»Schon klar«, unterbrach sie ihn. »Ich hab die Sachen dabei. Du wirst also nicht verhungern.«

»Das ist nicht das Problem.«

Sie half ihm, ein Kissen unter das Bein zu schieben. »Gibt es ein Problem?«

»Ja.«

»Und ich soll es lösen?«

»Gewissermaßen.«

Nachdem Doris die Lebensmittel im Kühlschrank verstaut hatte, spülte sie die Tassen und Teller. Sie hängte sich ihre Einkaufstasche um und ging noch einmal ins Wohnzimmer.

»Was hast du so lang gemacht?«, fragte Reiche misstrauisch.

»Dein Geschirr gewaschen.« Sie grinste. »Tja, jetzt stehst du tief in meiner Schuld.«

Er ging nicht darauf ein. »Meinst du, ich soll meinen Vater nochmal anrufen?«

»Nein, warum? Ich denke, du hast mit ihm gesprochen?«

»Hab ich. Ich hab ihm gesagt, dass du ihn zur Untersuchung ins Krankenhaus bringst, weil ich mir den Fuß verstaucht hab.« Reiche seufzte. »Aber er vergisst doch alles.«

»Mach dir keine Sorgen. Wir kriegen das schon hin. Er kennt mich ja.« Sie beugte sich zu Reiche hinunter und gab ihm einen Kuss auf die Wange. »Ciao.«

Ihre Haare leuchteten immer noch in diesem satten Kupferrot.

Er schaute sie ernst an. »Doris … Danke.«

Im Flur entlanggehend, hob sie die Hand und zeigte nach oben. »Die Lampe ist kaputt!« Dann, die Tür öffnend, drehte sie sich noch einmal um. »Ach … Paul!«

Er setzte sich auf. »Ja?«

»Die Wohnung hab ich übrigens gemietet!«

G.BRAUN BUCHVERLAG **B**
in Karlsruhe seit 1813

Karlsruhe
www.gbraun-buchverlag.de

© 2. Auflage 2011 by DRW-Verlag Weinbrenner GmbH & Co. KG,
Leinfelden-Echterdingen

Covergestaltung: post scriptum, www.post-scriptum.biz
Titelbild: post scriptum, www.post-scriptum.biz
Satz: Barbara Herrmann, Freiburg
Druck: CPI – Ebner & Spiegel, Ulm
Lektorat: Bettina Bauer-Wörner

Das Werk einschließlich aller seiner Teile ist urheberrechtlich geschützt. Jede
Verwertung außerhalb der engen Grenzen des Urheberrechtsgesetzes (auch
Fotokopien, Mikroverfilmung und Übersetzung) ist ohne Zustimmung des
Verlages unzulässig und strafbar. Dies gilt auch ausdrücklich für die Einspei-
cherung und Verarbeitung in elektronischen Systemen jeder Art und von je-
dem Betreiber.

ISBN 978-3-7650-8361-7

Printed in Germany